"中国现当代名家散文典藏"编辑委员会

主　任：阎晶明
副主任：丁　帆
委　员（以姓氏笔画为序）：
　　　　止　庵　孔令燕　何　平　何向阳
　　　　李红强　张　莉　周立民　施战军
　　　　贺绍俊　臧永清

朱光潜散文

人民文学出版社

图书在版编目（CIP）数据

朱光潜散文/朱光潜著. —北京：人民文学出版社，2022（2024.5重印）
（中国现当代名家散文典藏）
ISBN 978-7-02-016839-2

Ⅰ.①朱… Ⅱ.①朱… Ⅲ.①散文集—中国—当代 Ⅳ.①I267

中国版本图书馆 CIP 数据核字（2022）第 044204 号

责任编辑	刘　伟
装帧设计	陶　雷
责任校对	杨益民
责任印制	张　娜

出版发行	人民文学出版社
社　　址	北京市朝内大街 166 号
邮政编码	100705

| 印　　刷 | 河北环京美印刷有限公司 |
| 经　　销 | 全国新华书店等 |

字　　数	227 千字
开　　本	880 毫米×1230 毫米　1/32
印　　张	10.25　插页 4
印　　数	8001-11000
版　　次	2022 年 5 月北京第 1 版
印　　次	2024 年 5 月第 3 次印刷

| 书　　号 | 978-7-02-016839-2 |
| 定　　价 | 39.00 元 |

如有印装质量问题，请与本社图书销售中心调换。电话：010-65233595

作者像

1932年夏与奚今吾女士在伦敦结婚

1982年10月,在庆祝从教六十年座谈会上

第三部分（上）

我们艺术的修正观

序论

我们的这内科学的第一部分研究的是自近和艺术视的最的普通概念和实在：即真正的美和真正的艺术，亦即理想实在它的各种基本空性回来重居日常的统一体，不管它的特殊的内容及各种不同的表现方式如何。

如今，艺术美的这种本身完整的统一体表现为一整个特殊的艺术类型，确定了这些艺术类型的形式的性质同时也就确定了它们的内容的性质。这种内容是由艺术精神从它本身发展出来的，它同形式是对神和人的美的世界观的一个分门别类的修正。

作者手迹

出版缘起

中国现代文学开启自一百多年前的一场文学革命。从此,与社会现实密切相关,普通大众可以接受、可以欣赏、可以从中得到思想启蒙和艺术享受的新文学,就如雨后春笋般生长,涌现出一篇又一篇、一部又一部影响当时、传之久远的经典作品。自"五四"新文学以来的中国现当代文学发展进程中,散文无疑是耀人眼目的明星。

散文既能直抒胸臆,又能描摹万物,因此被视为自由多样的文体;散文语言贴近日常,最易触动人们的情感,可以直接地陶冶人们的心灵。这也是经典散文被誉为美文、拥有广泛读者、历经岁月更迭仍让人捧读的原因。百余年来的中国现当代散文创作云蒸霞蔚,已莽莽如浩瀚的文学森林,人们若贸然闯入这片森林之中,时有乱花迷眼、茫然难辨之困扰。为了让广大喜爱散文的读者能够更迅捷地读到中国现当代散文的经典性作品,我们精心编选了这套"中国现当代名家散文典藏"丛书。本丛书编选过程中,我们邀请了文学界的专家学者组成编委会,在认真商讨的基础上,汇集、编选了20世纪以来中国现当代散文史上的名家、名作。目的就是方便广大读者感受散文经典的艺术魅力,有利于集中欣赏、比较阅读、收藏,以及进行相关研究。

在研究、讨论过程中,编委会形成了经典性的编选宗旨。卷帙浩繁的现当代散文作品中,以经典作家、经典作品的筛选为编选原则,是为读者提供阅读便利的需要,也是为百余年散文创作所做的某种回顾和总结。我们深知,任何一部文学经典都并非一蹴而就,也非任由某个权威命名而成,文学经典是经过时间的淘洗,经受了社会和读者等各个方面的考验,自然形成的。这个淘洗和考验的过程就是一部文学作品被经典化的过程。经典,是经典化过程的结晶。中国现代文学是中国当代文学的前身,当代文学是活在我们身边的文学,这是一件非常有趣的事,因为这样一来,我们也许就能亲眼看到一部文学作品是如何诞生的,又是如何引起社会的热议、得到不断深入阐释的,我们对一部当代散文的喜爱,往往也是在这一过程中不断地得以强化。经典便是在这样不断被阅读、被热议、被阐释的过程中得到人们的广泛肯定从而成为大家公认的经典。当我们要编选一套现当代散文经典的丛书时,就应该考虑到当代文学的这一特点,要意识到当代文学的经典并不是凝固不变的,它仍处在不断丰富和不断成熟的经典化过程之中。这就确定了我们的基本编辑思路,即我们自觉地将"中国现当代名家散文典藏"的编选和出版,视为参与到现当代散文的经典化过程的一次积极行动。经典化,为我们的编选打通了一条通往经典性的最佳通道。我们从经典化的角度来审视现当代散文,就要更强调发展和辩证的眼光,更需要发现和辨析那些正在茁壮生长中的新现象和新作品;这也提醒我们,在经典标准的确认上不能墨守成规。我们既要关注作为文学史的经典,同时又要更看重历经岁月变幻始终在广大读者中拥有良好口碑的作品。我们认为,读者是经典化过程中不可忽视的参与者,因此也希望这次"中国现当代名家散文典藏"的编选和出版,能够为广大读者参与到现当代散文经典化进程中来提供一次良好的机会。

经典化的编选思路，自然决定了这套丛书有另一特征：开放性。中国现当代文学作为活在我们身边的文学，这就意味着它是一种具有旺盛生命力的，仍在茁壮生长的文学。回望过去的一百余年，现当代散文已经产生了不少的经典性作品；凝视当下的现实，仍有许多正行走在经典化道路上的优秀作品；放眼未来，我们相信，将会有更多的经典脱颖而出。我们这套散文典藏丛书不光要"回望"，而且还要有"凝视"和"放眼"，也就是说，我们不光要推出已有定论的经典性作品，而且还要把那些正行走在经典化道路上的，以及刚刚萌芽即将脱颖而出的优秀作品也纳入丛书的视野，因此我们必须采取开放性的编选方针。我们不是一次性地编选数十本书就宣布大功告成了，我们还要在此基础上继续延伸下去，把在经典化进程中逐渐成熟了的作家和作品吸纳进来，作为系列丛书、长期工作、"长河"计划而接连不断地出版下去。

本丛书编辑过程中，坚持优中选优原则，同时也充分尊重作家意愿和相关版权要求。在编辑"中国现当代名家散文典藏"过程中，由于版权限制等因素，使得一些名家名作还没有如期纳入丛书当中，我们也将努力创造条件，争取将更多的优秀散文佳作奉献给读者，以呈现中国现当代散文创作的整体成就和总体风貌。

感谢广大作家的支持，感谢广大读者的厚爱。

人民文学出版社
"中国现当代名家散文典藏"编辑委员会

目 录

1 导读

青春书简

3 谈动

6 谈静

10 谈十字街头

14 谈作文

18 谈摆脱

22 谈人生与我

27 《谈美》开场话

30 "慢慢走,欣赏啊!"

38 "子非鱼,安知鱼之乐?"

44 谈趣味

48 朝抵抗力最大的路径走

56 谈立志

62 谈学问

68 谈英雄崇拜

73	谈交友
79	谈青年与恋爱结婚
84	音乐与教育
90	谈谦虚
99	文学的趣味
106	生命
114	漫谈说理文
120	谈人

自叙 讲演

131	我与文学
134	在四川大学总理纪念周上的讲演
137	国难期中我们应有的自信与自省
143	五四运动的意义和影响
147	从我怎样学国文说起
159	自我检讨
163	作者自传
172	我学美学的一点经验教训
178	我的答谢词

散文 漫谈

183	慈慧殿三号

189	后门大街
194	悼夏孟刚
198	露宿
202	花会
206	爱丁堡大学中国学生生活概况
209	回忆二十五年前的香港大学
214	敬悼朱佩弦先生
220	缅怀丰子恺老友
223	回忆上海立达学园和开明书店
227	从沈从文先生的人格看他的文艺风格
229	关于沈从文同志的文学成就历史将会重新评价
232	以出世的精神，做入世的事业

书评　杂论

237	《雨天的书》
242	《望舒诗稿》
247	《桥》
253	《谷》和《落日光》
257	论自然画与人物画
262	"舍不得分手"
266	朱佩弦先生的《诗言志辨》
272	王静安的《浣溪沙》

275　谈书评

280　谈读诗与趣味的培养

286　谈中西爱情诗

290　读《论骂人文章》

293　目送归鸿,手挥五弦

297　我在《春天》里所见到的

300　丰子恺先生的人品与画品

导 读

著名美学家、文艺理论家、哲学家、翻译家、教育家朱光潜(1897 — 1986)，安徽桐城人。1923年夏，在香港大学获得文学学士学位后，应上海吴淞中国公学校长张东荪的邀请，到中国公学中学部教英文，并兼任该校校刊《旬刊》主编，同时兼任上海大学逻辑学讲师。1924年秋，经夏丏尊介绍到浙江上虞白马湖春晖中学教英文。1925年春，春晖中学教务长匡互生因不满校长经亨颐的专制作风，愤然辞职。朱光潜追随匡互生到上海组织"立达学会"，筹办"立达学园"，提倡"立己立人"、"达己达人"，强调教育"要以情谊做基础"，教育的目的是"育人"。这年9月，朱光潜赴英国爱丁堡大学文学院研修英国语言文学、哲学、心理学、欧洲古代史及艺术史。1929年7月获得文学硕士学位后，转入伦敦大学攻读英国文学和心理学，同时在法国巴黎大学攻读法文和法国文学。1931年1月，前往法国斯特拉斯堡大学学习德语，研究美学和心理学。1933年获文学博士学位后回到北平，任北京大学西语系教授。1937年8月到成都任四川大学文学院院长兼史学系主任。1940年年底，到乐山任武汉大学教务长。1946年重返北京大学，任西语系主任，后又兼任北大文学院代院长。从此，一直没有离开北大。

朱光潜学贯中西，博古通今，精通英语、德语、法语和俄语，是学界的泰斗。1920至1940年代的《给青年的十二封信》、《变态心理学派别》、《谈美——给青年的第十三封信》、《悲剧心理学》、《变态心理学》、《文艺心理学》、《诗论》、《谈修养》、《谈文学》、《克罗齐哲学述评》等学术著作，以文笔的优美生动、说理的清晰透彻、见解的独到精辟、风格的清新流畅而蜚声于海内外学术界。新中国成立后，朱光潜夜以继日地从事美学研究。1950年代他出版的《美学批判论文集》，为美学的普及和发展起了奠基的作用。1960年代他撰写的《西方美学史》，是我国第一部全面系统地阐述西方美学思想发展的专著，推动了我国美学教育和研究工作。"文革"期间，他系统地学习马列原著，1980年出版的《谈美书简》和《美学拾穗集》等专著，凝结着他在此期间刻苦学习和潜心钻研的心血，是极其珍贵的精神财富。他翻译的柏拉图的《文艺对话集》、爱克曼的《歌德谈话录》、莱辛的《拉奥孔》、黑格尔的《美学》(共三卷)、维柯的《新科学》等大量的西方美学名著，极大地拓宽了中国美学和文艺理论学的视野，使中国美学真正得以站在人类文化的基础上进行自己的创造。

朱光潜的风范及著作，是我们永恒的典范。他曾说过作为一个学者，理应精心创作富有学术价值的"传世之作"，因而提倡以"科目"或"问题"为中心去读书，由博而约，由杂而专，主张像打仗那样地去做学问。打仗须攻坚挫锐，占住要塞，做学问要善于研究重大的科研课题,不能东打一拳、西踢一脚地打"消耗战"。他的《悲剧心理学》、《变态心理学》、《文艺心理学》、《诗论》和《西方美学史》等专著均堪称是占住"学术要塞"的经典之作。与此同时,朱光潜又强调作为一个学者,就要热忱地关心现实,适应时代和社会的需求,不间断地抒写富有社会效益的"通俗读物"和"应时之作",《给青年的十二封信》、《谈美——给青年的第十三封信》、《谈修养》、《谈文学》和《谈美书简》等"通俗读物",都是作为写作"传世之作"过程中的一种调剂和娱乐。至于那些零散的美文、书评,以及赏析文章和怀人忆旧的短篇,则是为了要加深"理解"和"记忆"作的一种"复述"和"凝定"。他在《漫谈说理文》一文中说:

> 我养成一种习惯,读一部理论性的书,要等到用自己的语言把书中要义复述一遍之后,才能对这部书有较好的掌握;想一个问题,也要等到用文字把所想的东西凝定下来之后,才能对这个问题想得比较透。

在《知识的有机化》一文中说到把"知识加以有机化"的途径就是"常做文章"。他说:

> 看过一部书,我喜欢就那部书做篇文章;研究一个问题,我喜欢就那问题做篇文章;心里偶然想

到一点道理，也就马上把它写出。我发现这是整理知识与整理思想的最好方法。比如看一部书，自以为懂了，可是到要拿笔撮要或加以批评时，就会发现对于那部书的知识还是模糊隐约，对于那部书的见解还是不甚公平正确，一提笔写，就逼得你把它看仔细一点，认清楚一点。还不仅此，我生性善忘，今天看的书明天就会杳无踪影，我就写一篇文章，加一番整理，才能把它变成自己的，也才能把它记得牢固一点。再比如思索一个问题，尽管四面八方俱到，而思想总是游离不定的，条理层次不很谨严的，等到把它写下来，才会发现原来以为说得通的话说不通，原来似乎相融洽的见解实在冲突，原来像是井井有条的思路实在还很紊乱错杂，总之，破绽百出。破绽在心里常被幻觉迷惑住了，写在纸上就瞒过自己瞒不过别人，我们必须费比较谨慎的思考与衡量，并且也必须把所有的意思加以选择，整理，安排成为一种有生命的有机体。我已养成一种习惯：知识要借写作才能明确化，思想要借写作才能谨严化，知识和思想都要借写作才能系统化，有机化。

不过，既然是"应时之作"，就必须胸怀理想，给读者以诚挚的关心；既然是"习作"，也就得"尽性"而为。事实也正是如此。《给青年的十二封信》中论学、论美、论文、论人生的诤言，被誉为青年的"南针"

和"灯塔","差不多每封信都可做青年导师"。著名教育家夏丏尊说:"他那笃热的情感,温文的态度,丰富的学殖,无一不使和他接近的青年感服。"《谈美——给青年的第十三封信》、《谈修养》、《谈文学》和《谈美书简》中的那些源自心灵的对话,也只有像朱光潜这样深爱青年的导师才写得出来,渊博的学识,清晰的思辨,和蔼的态度,对青年朋友说来既是文化的熏陶,也是人生的滋养。《谈动》中的祝愿青年朋友"谈谈笑笑,跑跑跳跳"、《"慢慢走,欣赏啊!"——人生的艺术化》中的"慢慢走,欣赏啊!"、《朝抵抗力最大的路径走》中的"朝抵抗力最大的路径走",的确可以作为青年朋友"日常生活"、"读解欣赏"和"不断地奋进"的座右铭。

朱光潜一生以美育人,激励青年追求完美之人格,因而他那些谈人生和谈文艺的短章大都以"说理"见长,写得很美。《谈谦虚》阐释"知人则哲","自尊必须从谦虚做起",让我们体悟到"谦"能使尊贵者更有光彩,让"自卑者"赢得尊重。《谈读诗与趣味的培养》中说"诗人和艺术家的眼睛是点铁成金的眼睛。生命生生不息,他们的发见也生生不息";让我们真正领悟到"读诗的功用"在"使人到处都可以觉到人生世相新鲜有趣,到处可以吸收维持生命和推展生命的活力"。写人物,总是写出人物的闪光点。朱光潜对丰子恺推崇备至,《丰子恺先生的人品与画品——为嘉定丰子恺画展作》一文中说,在他的浙江朋友身上都有一股

"清气",而子恺于"清"字之外还得加一个"和"字,"他是一个真正能了解佛家精神的。他的性情向来深挚,待人无论尊卑大小,一律蔼然可亲,也偶露侠义风味"。至于像《慈慧殿三号——北平杂写之一》《后门大街——北平杂写之二》《花会》这样的文学散文,温润而亲切。《花会》写成都的青羊宫花会,以淡雅的笔墨描绘了阳春三月草长莺飞的景色,渲染出成都人恬静的民风习俗和欢快的生活场景,同时也让我们看到作者既厌恶"骚动"而又"心有常闲"的处世哲学。

叶圣陶在为朱光潜《我与文学及其他》写的序中说,朱先生的文章"是深入的学力跟开廓的襟怀交织而成的",他"有挥洒巨幅的魄力",像《文艺心理学》这样的大部头著作都是"醰醰有味的谈美的书";那么,"画些尺页小品,自能行所无事,而精妙不二"。这些"精妙不二"的"尺页小品",文情并茂,摇曳多姿,读了受益终身。

商金林
2022年1月6日于肖家河北大教工住宅寓所

青春书简

谈　动

朋友：

　　从屡次来信看，你的心境近来似乎很不宁静。烦恼究竟是一种暮气，是一种病态，你还是一个十八九岁的青年，就这样颓唐沮丧，我实在替你担忧。

　　一般人欢喜谈玄，你说烦恼，他便从"哲学辞典"里拖出"厌世主义"、"悲观哲学"等等堂哉皇哉的字样来叙你的病由。我不知道你感觉如何？我自己从前仿佛也尝过烦恼的况味，我只觉得忧来无方，不但人莫之知，连我自己也莫名其妙，那里有所谓哲学与人生观！我也些微领过哲学家的教训：在心气和平时，我景仰希腊廊下派哲学者，相信人生当皈依自然，不当存有嗔喜贪恋；我景仰托尔斯泰，相信人生之美在宥与爱；我景仰布朗宁，相信世间有丑才能有美，不完全乃真完全；然而外感偶来，心波立涌，拿天大的哲学，也抵挡不住。这固然是由于缺乏修养，但是青年们有几个修养到"不动心"的地步呢？从前长辈们往往拿"应该不应该"的大道理向我说法。他们说，象我这样一个青年应该活泼泼的，不应该暮气沉沉的，应该努力做学问，不应该把自己的忧乐放在心头。谢谢罢，请留着这副"应该"的方剂，将来患烦恼的人还多呢！

　　朋友，我们都不过是自然的奴隶，要征服自然，只得服从自然。违反自然，烦恼才乘虚而入，要排解烦闷，也须得使你的自然冲动有机会发泄。人生来好动，好发展，好创造。能动，能发展，能创造，便是顺从自然，便能享受快乐，不动，不发展，不创造，便是摧残生机，便不免感觉烦恼。这种事实在流行语中就可以见出，我们感觉快乐时说"舒畅"，感觉不快乐时说"抑郁"。这两个字样可以用作形容词，也可以用作动词。用作形容词时，它们描写快或不快的状态；用作动词时，我们可以说它们说明快或不快的原因。你感觉烦恼，因为你的生机被抑郁；你要想快乐，须得使你的生机能舒畅，能宣泄。流行语中又有"闲愁"的字样，闲人大半易于发愁，就因为闲时生机静止而不舒畅。青年人比老年人易于发愁些，因为青年人的生机比较强旺。小孩子们的生机也很强旺，然而不知道愁苦，因为他们时时刻刻的游戏，所以他们的生机不至于被抑郁。小孩子们偶尔不很乐意，便放声大哭，哭过了气就消去。成人们感觉烦恼时也还要拘礼节，那能由你放声大哭呢？黄连苦在心头，所以愈觉其苦。歌德少时因失恋而想自杀，幸而他的文机动了，埋头两礼拜著成一部《少年维特之烦恼》，书成了，他的气也泄了，自杀的念头也打消了。你发愁时并不一定要著书，你就读几篇哀歌，听一幕悲剧，借酒浇愁，也可以大畅胸怀。从前我很疑惑何以剧情愈悲而读之愈觉其快意，近来才悟得这个泄与郁的道理。

总之，愁生于郁，解愁的方法在泄，郁由于静止，求泄的方法在动。从前儒家讲心性的话，从近代心理学眼光看，都很粗疏，只有孟子的"尽性"一个主张，含义非常深广。一切道德学说都不免肤浅，如果不从"尽性"的基点出发。如果把"尽性"两字懂得透澈，我以为生活目的在此，生活方法也就在此。人性固然是复杂的，可是人是动物，基本性不外乎动。从动的中间我们可以寻出无限快感。这个道理我可以拿两种小事来印证：从前我住在家里，自己的书房总欢喜自己打扫。每看到书籍零乱，灰尘满地，你亲自去洒扫一过，霎时间混浊的世界变成明窗净几，此时悠然就坐，游目骋怀，乃觉有不可言喻的快慰，再比方你自己是欢喜打网球的，当你起劲打球时，你还记得天地间有所谓烦恼么？

你大约记得晋人陶侃的故事。他老来罢官闲居，找不得事做，便去搬砖。晨间把一百块砖由斋里搬到斋外，暮间把一百块砖由斋外搬到斋里。人问其故，他说："吾方致力中原，过尔优逸，恐不堪事。"他又尝对人说："大禹圣人，乃惜寸阴，至于众人，当惜分阴。"其实惜阴何必定要搬砖，不过他老先生还很茁壮，借这个玩艺儿多活动活动，免得抑郁无聊罢了。

朋友，闲愁最苦！愁来愁去，人生还是那么样一个人生，世界也还是那么样一个世界。假如把自己看得伟大，你对于烦恼，当有"不屑"的看待；假如把自己看得渺小，你对于烦恼当有"不值得"的看待；我劝你多打网球，多弹钢琴，多栽花木，多搬砖弄瓦。假如你不喜欢这些玩艺儿，你就谈谈笑笑，跑跑跳跳，也是好的。就在此祝你

谈谈笑笑，

跑跑跳跳！

你的朋友　孟实

（原载 1926 年 12 月 5 日《一般》第 1 卷第 12 号）

谈　静

朋友：

　　前信谈动，只说出一面真理。人生乐趣一半得之于活动，也还有一半得之于感受。所谓"感受"是被动的，是容许自然界事物感动我的感官和心灵。这两个字涵义极广。眼见颜色，耳闻声音，是感受；见颜色而知其美，闻声音而知其和，也是感受。同一美颜，同一和声，而各个人所见到的美与和的程度又随天资境遇而不同。比方路边有一棵苍松，你看见它只觉得可以砍来造船；我见到它可以让人纳凉；旁人也许说它很宜于入画，或者说它是高风亮节的象征。再比方街上有一个乞丐，我只能见到他的蓬头垢面，觉得他很讨厌；你见他便发慈悲心，给他一个铜子；旁人见到他也许立刻发下宏愿，要打翻社会制度。这几个人反应不同，都由于感受力有强有弱。

　　世间天才之所以为天才，固然由于具有伟大的创造力，而他的感受力也分外比一般人强烈。比方诗人和美术家，你见不到的东西他能见到，你闻不到的东西他能闻到。麻木不仁的人就不然，你就请伯牙向他弹琴，他也只联想到棉匠弹棉花。感受也可以说是"领略"，不过领略只是感受的一方面。世界上最快活的人不仅是最活动的人，也是最能领略的人。所谓领略，就是能在生活中寻出趣味。好比喝茶，渴汉只管满口吞咽，会喝茶的人却一口一口的细啜，能领略其中风味。

　　能处处领略到趣味的人决不至于岑寂，也决不至于烦闷。朱子有一首诗说:"半亩方塘一鉴开,天光云影共徘徊,问渠那得清如许?为有源头活水来。"这是一种绝美的境界。你姑且闭目一思索,把这幅图画印在脑里,然后假想这半亩方塘便是你自己的心,你看这首诗比拟人生苦乐多么惬当!一般人的生活干燥,只是因为他们的"半亩方塘"中没有天光云影,没有源头活水来,这源头活水便是领略得的趣味。

领略趣味的能力固然一半由于天资,一半也由于修养。大约静中比较容易见出趣味。物理上有一条定律说:两物不能同时并存于同一空间。这个定律在心理方面也可以说得通。一般人不能感受趣味,大半因为心地太忙,不空所以不灵。我所谓"静",便是指心界的空灵,不是指物界的沉寂,物界永远不沉寂的。你的心境愈空灵,你愈不觉得物界沉寂,或者我还可以进一步说,你的心界愈空灵,你也愈不觉得物界喧嘈。所以习静并不必定要逃空谷,也不必定学佛家静坐参禅。静与闲也不同。许多闲人不必都能领略静中趣味,而能领略静中趣味的人,也不必定要闲。在百忙中,在尘市喧嚷中,你偶然丢开一切,悠然遐想,你心中便蓦然似有一道灵光闪烁,无穷妙悟便源源而来。这就是忙中静趣。

我这番话都是替两句人人知道的诗下注脚。这两句诗就是"万物静观皆自得,四时佳兴与人同"。大约诗人的领略力比一般人都要大。近来看周启孟的《雨天的书》引日本人小林一茶的一首俳句:

"不要打哪,苍蝇搓他的手,搓他的脚呢。"觉得这种情境真是幽美。你懂得这一句诗就懂得我所谓静趣。中国诗人到这种境界的也很多。现在姑且就一时所想到的写几句给你看:

"鱼戏莲叶东,鱼戏莲叶西,鱼戏莲叶南,鱼戏莲叶北。"——古诗,作者姓名佚。

"山涤余霭,宇暖微霄。有风自南,翼彼新苗。"——陶渊明《时运》。

"采菊东篱下,悠然见南山。山气日夕佳,飞鸟相与还。"——陶渊明《饮酒》。

"目送飘鸿,手挥五弦。俯仰自得,游心太玄。"——嵇叔夜《送秀才从军》。

"倚仗柴门外,临风听暮蝉。渡头余落日,墟里上孤烟。"——王摩诘《赠裴迪》。

象这一类描写静趣的诗,唐人五言绝句中最多。你只要仔细玩味,你便可以见到这个宇宙又有一种景象,为你平时所未见到的。梁任公的《饮冰室文集》里有一篇谈"烟士披里纯",詹姆斯的《与教员学生谈话》(James:Talks To Teachers and Students)里面有三篇谈人生观,关于静趣都说得很透辟。可惜此时这两部书都不在手边,不能录几段出来给你看。你最好自己到图书馆里去查阅。詹姆斯的《与教员学生谈话》那三篇文章(最后三篇)尤其值得一读,记得我从前读这三篇文章,很受他感动。

静的修养不仅是可以使你领略趣味,对于求学处事都有极大帮助。释迦牟尼在菩提树阴静坐而证道的故事,你是知道的。古今许多伟大人物常能在仓皇扰乱中雍容应付事变,丝毫不觉张皇,就因为能镇静。现代生活忙碌,而青年人又多浮躁。你站在这潮流里,自然也难免跟着旁人乱嚷。不过忙里偶然偷闲,闹中偶然觅静,于身于心,都有极大裨益。你多在静中领略些趣味,不特你自己受用,就是你的朋友们看着你也快慰些。我生平不怕呆人,也不怕聪明过度的人,只是对着没有趣味的人,要勉强同他说应酬话,真是觉得苦也。你对着有趣味的人，你并不必多谈话，只是默然相对，心领神会，便可觉得朋友中间的无上至乐。你有时大概也发生同样感想罢？

眠食诸希珍重！

你的朋友　孟实

（原载 1926 年 12 月 5 日《一般》第 1 卷第 12 号）

谈十字街头

朋友：

岁暮天寒，得暇便围炉嘘烟遐想。今日偶然想到日本厨川白村的《出了象牙之塔》和《走向十字街头》两部书，觉得命名大可玩味。玩味之余，不觉发生一种反感。

所谓《走向十字街头》有两种解释。从前学士大夫好以清高名贵相尚，所以力求与世绝缘，冥心孤往。但是闭户读书的成就总难免空疏虚伪。近代哲学与文艺都逐渐趋向写实，于是大家都极力提倡与现实生活接触。世传苏格拉底把哲学从天上搬到地下，这是"走向十字街头"的一种意义。

学术思想是天下公物，须得流布人间，以求雅俗共赏。威廉·莫里斯和托尔斯泰所主张的艺术民众化，叔琴先生在《一般》诞生号中所主张的特殊的一般化，爱迪生所谓把哲学从课室图书馆搬到茶寮客座，这是"走向十字街头"的另一意义。

这两种意义都含有极大的真理。可是在这"德谟克拉西"呼声极高的时代，大家总不免忘记关于十字街头的另一面真理。

十字街头的空气中究竟含有许多腐败剂，学术思想出了象牙之塔到了十字街头以后，一般化的结果常不免流为俗化（vulgarized）。昨日的殉道者，今日或成为市场偶象，而真纯面目便不免因之污损了。到了市场而不成为偶象，成偶象而不至于破落，都是很难的事。老庄经过流俗化以后，其结果乃为白云观以静坐骗铜子的道士。易学经过流俗化以后，其结果乃为街头摆摊卖卜的江湖客。佛学经过流俗化以后,其结果乃为祈财求子的三姑六婆和秃头肥脑的蠢和尚。这都是世人所共见周知的。不必远说,且看西方科学哲学和文学落到时下一般打学者冒牌的人手里,弄得成何体统!

寂居文艺之宫,固然会象不流通的清水,终久要变成污浊恶臭的。可是十字街头的叫嚣,十字街头的尘粪,十字街头的挤眉弄眼,都处处引诱你汩没自我。臣门如市,臣心就决不能如水。名利声势虚伪刻薄肤浅欺侮等等字样,听起来多么刺耳朵,实际上谁能摆脱得净尽?所以站在十字街头的人们——尤其是你我们青年——要时时戒备十字街头的危险,要时时回首瞻顾象牙之塔。

十字街头上握有最大权威的是习俗。习俗有两种,一为传说(Tradition),一为时尚(Fashion)。儒家的礼教,五芝斋的馄饨,是传说;新文化运动,四马路的新装,是时尚。传说尊旧,时尚趋新,新旧虽不同,而盲从附和,不假思索,则根本无二致。社会是专制的,是压迫的,是不容自我伸张的。比方九十九个人守贞节,你一个人偏要不贞,你固然是伤风败俗,大逆不道;可是如果九十九个人都是娼妓,你一个人偏要守贞节,你也会成为社会公敌,被人唾弃的。因此,苏格拉底所以饮鸩,伽利略所以被教会加罪,罗曼罗兰、罗素所以在欧战期中被人谩骂。

本来风化习俗这件东西,孽虽造得不少,而为维持社会安宁计,却亦不能尽废。人与人相接触,问题就会发生。如果世界只有我,法律固为虚文,而道德也便无意义。人类须有法律道德维持,固足证其顽劣;然而人类既顽劣,道德法律也就不能勾消。所以老庄上德不德绝圣弃智的主张,理想虽高,而究不适于顽劣的人类社会。

习俗对于维持社会安宁,自有相当价值,我们是不能否认的。

可是以维持安宁为社会唯一目的,则未免大错特错。习俗是守旧的,而社会则须时时翻新,才能增长滋大,所以习俗有时时打破的必要。人是一种贱动物,只好模仿因袭,不乐改革创造。所以维持固有的风化,用不着你费力。你让它去,世间自有一般庸人懒人去担心。可是要打破一种习俗,却不是一件易事。物理学上仿佛有一条定律说,凡物既静,不加力不动。而所加的力必比静物的惰力大,才能使它动。打破习俗,你须以一二人之力,抵抗千万人之惰力,所以非有雷霆万钧的力量不可。因此,习俗的背叛者比习俗底顺从者较为难能可贵,从历史看社会进化,都是靠着几个站在十字街头而能向十字街头宣战的人。这般人的报酬往往不是十字架,就是断头台。可是世间只有他们才是不朽,倘若世界没有他们这些殉道者,人类早已为乌烟瘴气闷死了。

一种社会所最可怕的不是民众肤浅顽劣,因为民众通常都是肤浅顽劣的。它所最可怕的是没有在肤浅卑劣的环境中而能不肤浅不卑劣的人。比方英国民众就是很沉滞顽劣的,然而在这种沉滞顽劣的社会中,偶尔跳出一二个性坚强的人,如雪莱、卡莱尔、罗素等,其特立独行的胆与识,却非其他民族所可多得。这是英国人力量所在的地方。路易·狄更生尝批评日本,说她是一个没有柏拉图和亚理斯多德的希腊,所以不能造伟大的境界。据生物学家说,物竞天择的结果不能产生新种,须经突变(sports)。所谓突变,是指不象同种的新裔。社会也是如此,它能否生长滋大,就看它有无突变式的分子;换句话说,就看十字街头的矮人群中有没有几个大汉。

说到这点,我不能不替我们中国人汗颜了。处人胯下的印度还有一位泰戈尔和一位甘地,而中国满街只是一些打冒牌的学者和打冒牌的社会运动家。强者皇然叫嚣，弱者随声附和，旧者盲从传说，新者盲从时尚，相习成风，每况愈下，而社会之肤浅顽劣虚伪酷毒，乃日不可收拾。在这个当儿，站在十字街头的我们青年怎能免彷徨失措？朋友，昔人临歧而哭，假如你看清你面前的险径，你会心寒胆裂哟！围着你的全是肤浅顽劣虚伪酷毒，你只有两种应付方法：你只有和它冲突，要不然，就和它妥洽。在现时这种状况之下，冲突就是烦恼，妥洽就是堕落。无论走那一条路，结果都是悲剧。

但是，朋友，你我正不必因此颓丧！假如我们的力量够，冲突结果，也许是战胜。让我们相信世界达真理之路只有自由思想，让我们时时记着十字街头肤浅虚伪的传说和时尚都是真理路上的障碍，让我们本着少年的勇气把一切市场偶象打得粉碎！

最后，打破偶象，也并非卤莽叫嚣所可了事。卤莽叫嚣还是十字街头的特色，是肤浅卑劣的表征。我们要能于叫嚣扰攘中：以冷静态度，灼见世弊；以深沉思考，规划方略；以坚强意志，征服障碍。总而言之，我们要自由伸张自我，不要汩没在十字街头的影响里去。

朋友，让我一齐努力罢！

你的朋友　孟实

（原载 1927 年 3 月 5 日《一般》第 3 卷第 3 号）

谈 作 文

朋友：

　　我们对于许多事，自己愈不会做，愈望朋友做得好。我生平最大憾事就是对于美术和运动都一无所长。幼时薄视艺事为小技，此时亦偶发宏愿去学习，终苦于心劳力拙，怏怏然废去。所以每遇年幼好友，就劝他趁早学一种音乐，学一项运动。

　　其次，我极羡慕他人做得好文章。每读到一种好作品，看见自己所久想说出而说不出的话，被他人轻轻易易地说出来了，一方面固然以作者"先获我心"为快，而另一方面也不免心怀惭怍。惟其惭怍，所以每遇年幼好友，也苦口劝他练习作文，虽然明明知道人家会奚落我说："你这样起劲谈作文，你自己的文章就做得'蹩脚'！"

　　文章是可以练习的么？迷信天才的人自然嗤着鼻子这样问。但是在一切艺术里，天资和人力都不可偏废。古今许多第一流作者大半都经过刻苦的推敲揣摩的训练。法国福楼拜尝费三个月的功夫做成一句文章；莫泊桑尝登门请教，福楼拜叫他把十年辛苦成就的稿本付之一炬，从新起首学描实境。我们读莫泊桑那样的极自然极轻巧极流利的小说，谁想到他的文字也是费功夫作出来的呢？我近来看见两段文章，觉得是青年作者应该悬为座右铭的，写在下面给你看看：

　　一段是从托尔斯泰的儿子 Count Ilya Tolstoy 所做的《回想录》(Reminiscences) 里面译出来的，这段记载托尔斯泰著《安娜·卡列尼娜》(Anna Karenina)修稿时的情形。他说:"《安娜·卡列尼娜》初登俄报 Vyetnik 时,底页都须寄吾父亲自己校对。他起初在纸边加印刷符号如删削句读等。继而改字,继而改句,继而又大加增删,到最后,那张底页便成百孔千疮,糊涂得不可辨识。幸吾母尚能认清他的习用符号以及更改增删。她尝终夜不眠替吾父誊清改过底页。次晨,她便把他很整洁的清稿摆在桌上,预备他下来拿去付邮。吾父把这清稿又拿到书房里去看'最后一遍',到晚间这清稿又重新涂改过,比原来那张底页要更加糊涂,吾母只得再抄一遍。他很不安地向吾母道歉。'松雅吾爱,真对不起你,我又把你誊的稿子弄糟了。我再不改了。明天一定发出去。'但是明天之后又有明天。有时甚至于延迟几礼拜或几月。他总是说,'还有一处要再看一下',于是把稿子再拿去改过。再誊清一遍。有时稿子已发出了,吾父忽然想到还要改几个字,便打电报去吩咐报馆替他改。"

你看托尔斯泰对文字多么谨慎,多么不惮烦!此外小泉八云给张伯伦教授(Prof. Chamberlain)的信也有一段很好的自白,他说:"……题目择定,我先不去运思,因为恐怕易生厌倦。我作文只是整理笔记。我不管层次,把最得意的一部分先急忙地信笔写下。写好了,便把稿子丢开,去做其他较适宜的工作。到第二天,我再把昨天所写的稿子读一遍,仔细改过,再从头至尾誊清一遍,在誊清中,新的意思自然源源而来,错误也呈现了,改正了。于是我又把他搁起,再过一天,我又修改第三遍。这一次是最重要的,结果总比原稿大有进步,可是还不能说完善。我再拿一片干净纸作最后的誊清,有时须誊两遍。经过这四五次修改以后,全篇的意思自然各归其所,而风格也就改定妥帖了。"

小泉八云以美文著名,我们读他这封信,才知道他的成功秘诀。一般人也许以为这样咬文嚼字近于迂腐。在青年心目中，这种训练尤其不合胃口。他们总以为能倚马千言不加点窜的才算好脚色。这种念头不知误尽多少苍生？在艺术田地里比在道德田地里，我们尤其要讲良心。稍有苟且，便不忠实。听说印度的甘地主办一种报纸，每逢作文之先，必斋戒静坐沉思一日夜然后动笔。我们以文字骗饭吃的人们对此能不愧死么？

文章象其他艺术一样，"神而明之，存乎其人"，精微奥妙都不可言传，所可言传的全是糟粕。不过初学作文也应该认清路径，而这种路径是不难指点的。

学文如学画，学画可临帖，又可写生。在这两条路中间，写生自然较为重要。可是临帖也不可一笔勾销，笔法和意境在初学时总须从临帖中领会。从前中国文人学文大半全用临帖法。每人总须读过几百篇或几千篇名著，揣摩呻吟，至能背诵，然后执笔为文，手腕自然纯熟。欧洲文人虽亦重读书，而近代第一流作者大半由写生入手。莫泊桑初请教于福楼拜，福楼拜叫他描写一百个不同的面孔。霸若因为要描写吉普赛野人生活，便自己去和他们同住，可是这并非说他们完全不临帖。许多第一流作者起初都经过模仿的阶段。莎士比亚起初模仿英国旧戏剧作者。布朗宁起初模仿雪莱。陀思妥也夫斯基和许多俄国小说家都模仿雨果。我以为向一般人说法，临帖和写生都不可偏废。所谓临帖在多读书。中国现当新旧交替时代，一般青年颇苦无书可读。新作品寥寥无几，而旧书又受复古反动影响，为新文学家所不乐道。其实冬烘学究之厌恶新小说和白话诗，和新文学运动者之攻击读经和念古诗文，都是偏见。文学上只有好坏的分别，没有新旧的分别。青年们读新书已成时髦，用不着再提倡，我只劝有闲工夫有好兴致的人对于旧书也不妨去读读看。

　　读书只是一步预备的工夫，真正学作文，还要特别注意写生。要写生，须勤做描写文和记叙文。中国国文教员们常埋怨学生们不会做议论文。我以为这并不算奇怪。中学生的理解和知识大半都很贫弱，胸中没有议论，何能做得出议论文？许多国文教员们叫学生入手就做议论文，这是没有脱去科举时代的陋习。初学作议论文是容易走入空疏俗滥的路上去。我以为初学作文应该从描写文和记叙文入手，这两种文做好了，议论文是很容易办的。

　　这封信只就一时见到的几点说说。如果你想对于作文方法还要多知道一点，我劝你看看夏丏尊和刘薰宇两先生合著的《文章作法》。这本书有许多很精当的实例，对于初学是很有用的。

你的朋友　孟实

（原载 1927 年 9 月 5 日《一般》第 3 卷第 1 号）

谈 摆 脱

朋友：

近来研究黑格尔（Hegel）讨论悲剧的文章，有时拿他的学说来印证实际生活，颇觉欣然有会意。许久没有写信给你，现在就拿这点道理作谈料。

黑格尔对于古今悲剧，最推尊希腊索福克勒斯（Sophocles）的《安提戈涅》（Antigone）。安提戈涅的哥哥因为争王位，借重敌国的兵攻击他自己的祖国忒拜，他在战场中被打死了。忒拜新王克瑞翁（Creon）悬令，如有人敢收葬他，便处死罪，因为他是一个国贼。安提戈涅很象中国的聂嫈，毅然不避死刑，把她哥哥的尸骨收葬了。安提戈涅又是和克瑞翁的儿子海蒙（Haemon）订过婚的，她被绞以后，海蒙痛恨她，也自杀了。

黑格尔以为凡悲剧都生于两理想的冲突，而安提戈涅是最好的实例。就克瑞翁说，做国王的职责和做父亲的职责相冲突。就安提戈涅说，做国民的职责和做妹妹的职责相冲突。就海蒙说，做儿子的职责和做情人的职责相冲突。因此冲突，故三方面结果都是悲剧。

黑格尔只是论文学，其实推广一点说，人生又何尝不是一种理想的冲突场？不过实在界和舞台有一点不同，舞台上的悲剧生于冲突之得解决，而人生的悲剧则多生于冲突之不得解决。生命途程上的歧路尽管千差万别，而实际上只有一条路可走，有所取必有所舍，这是自然的道理。世间有许多人站在歧路上只徘徊顾虑，既不肯有所舍，便不能有所取。世间也有许多人既走上这一条路，又念念不忘那一条路。结果也不免差误时光。"鱼我所欲，熊掌亦我所欲，二者不可得兼，舍鱼而取熊掌可也。"有这样果决，悲剧决不会发生。悲剧之发生就在既不肯舍鱼，又不肯舍熊掌，只在那儿垂涎打算盘。这个道理我可以举几个实例来说明：

"禾"是一个大学生，很好文学，而他那一班的功课有簿记、有法律，都是他所厌恶的。他每见到我便愁眉蹙额的说："真是无聊！天天只是预备考试！天天只是读这些没有意味的课本！"我告诉他，"你既不欢喜那些东西，便把它们丢开就是了。"他说："既然花了家里的钱进学堂，总得要勉强敷衍考试才是。"我说："你要敷衍考试，就敷衍考试是了。"然而他天天嫌恶考试，天天又在那儿预备考试。

我有一个幼时的同学恋爱了一个女子。他的家庭极力阻止他。他每次来信都向我诉苦。我去信告诉他说，"你既然爱她，便毅然不顾一切去爱她就是了。"他又说："家庭骨肉的恩爱就能够这样恝然置之么？"我回复他说："事既不能两全，你便应该趁早疏绝她。"但是他到现在还是犹豫不知所可，还是照旧叫苦。

"禹"也是一个旧相识。他在衙门里充当一个小差事。他很能做文章，家里虽不丰裕，也还不至于没有饭吃。衙门里案牍和他的脾胃不很合，而且妨碍他著述。他时常觉得他的生活没有意味，和我谈心时，不是说，"嗳，如果我不要就这个事，这本稿子久已写成了。"就是说："这事简直不是人干的，我回家陪妻子吃糙米饭去了！"象这样的话我也不知道听他说过多少回数，但是他还是依旧风雨无阻的去应卯。

这些朋友的毛病都不在"见不到"而在"摆脱不开"。"摆脱不开"便是人生悲剧的起源。畏首畏尾，徘徊歧路，心境既多苦痛，而事业也不能成就。许多人的生命都是这样模模糊糊的过去的。要免除这种人生悲剧，第一须要"摆脱得开"。消极说是"摆脱得开"，积极说便是"提得起"，便是"抓得住"。认定一个目标，便专心致志的向那里走，其余一切都置之度外，这是成功的秘诀，也是免除烦恼的秘诀。现在姑且举几个实例来说明我所谓"摆脱得开"。

释迦牟尼当太子时，乘车出游，看到生老病死的苦状，便恍然解悟人生虚幻，把慈父娇妻爱子和王位一齐抛开，深夜遁入深山，静坐菩提树下，冥心默想解脱人类罪苦的方法。这是古今第一个知道摆脱的人。其次如苏格拉底，如耶稣，如屈原，如文天祥，为保持人格而从容就死，能摆脱开一般人所摆脱不开的生活欲，也很可以廉顽立懦。再其次如希腊第欧根尼提倡克欲哲学，除一个饮水的杯子和一个盘坐的桶子以外，身旁别无长物，一日见童子用手捧水喝，他便把饮水的杯子也掷碎。犹太斯宾诺莎学说与犹太教义不合，犹太教徒行贿不遂，把他驱逐出籍，他以后便专靠磨镜过活。他在当时是欧洲第一个大哲学家，海得尔堡大学请他去当哲学教授，他说："我还是磨我的镜子比较自由。"所以谢绝教授的位置。这是能为真理为学问摆脱一切的。卓文君逃开富家的安适，去陪司马相如当垆卖酒，是能为恋爱摆脱一切的。张翰在齐做大司马东曹掾，一天看见秋风乍起，想起吴中菰菜莼羹鲈鱼脍，立刻就弃官归里。陶渊明做彭泽令，不愿束带见督邮，向县吏说："我岂能为五斗米折腰向乡里小儿！"立即解绶辞官。这是能摆脱禄位以行吾心所安的。英国小说家司各特早年颇致力于诗，后读拜伦著作，知道自己在诗的方面不能有大成就，便丢开音律专去做他的小说。这是能为某一种学问而摆脱开其他学问之引诱的。孟敏堕甑，不顾而去。郭林宗问他的缘故，他回答说："甑已碎，顾之何益？"这是能摆脱过去失败的。

斯蒂文森论文，说文章之术在知遗漏（the art of omitting），其实不独文章如是，生活也要知所遗漏。我幼时，有一位最敬爱的国文教师看出我不知摆脱的毛病，尝在我的课卷后面加这样的批语："长枪短戟，用各不同，但精其一，已足致胜，汝才有偏向，姑发展其所长，不必广心博骛也。"十年以来，说了许多废话，看了许多废书，做了许多不中用的事，走了许多没有目标的路，多尝试，少成功，回忆师训，殊觉赧然，冷眼观察，世间象我这样暗中摸索的人正亦不少。大节固不用说，请问街头那纷纷群众忙的为什么？为什么天天做明知其无聊的工作，说明知其无聊的话，和明知其无聊的朋友假意周旋？在我看来，这都由于"摆脱不开"。因为人人都"摆脱不开"，所以生命便成了一幕最大的悲剧。

朋友，我写到这里，已超过寻常篇幅，把上面所写的翻看一过，觉得还没有把"摆脱"的道理说得透。我只谈到粗浅处，细微处让你自己暇时细心体会。

你的朋友　孟实

（原载 1928 年 2 月 5 日《一般》第 4 卷第 2 号）

谈人生与我

朋友：

　　我写了许多信，还没有郑重其事地谈到人生问题，这是一则因为这个问题实在谈滥了，一则也因为我看这个问题并不如一般人看得那样重要。在这最后一封信里我所以提出这个滥题来讨论者，并不是要说出什么一番大道理，不过把我自己平时几种对于人生的态度随便拿来做一次谈料。

　　我有两种看待人生的方法。在第一种方法里，我把我自己摆在前台，和世界一切人和物在一块玩把戏；在第二种方法里，我把我自己摆在后台，袖手看旁人在那儿装腔作势。

　　站在前台时，我把我自己看得和旁人一样，不但和旁人一样，并且和鸟兽虫鱼诸物也都一样。人类比其他物类痛苦，就因为人类把自己看得比其他物类重要。人类中有一部分人比其余的人苦痛，就因为这一部分人把自己比其余的人看得重要。比方穿衣吃饭是多么简单的事，然而在这个世界里居然成为一个极重要的问题，就因为有一部分人要亏人自肥。再比方生死，这又是多么简单的事，无量数人和无量数物都已生过来死过去了。一个小虫让车轮压死了，或者一朵鲜花让狂风吹落了，在虫和花自己都决不值得计较或留恋，而在人类则生老病死以后偏要加上一个苦字。这无非是因为人们希望造物主宰待他们自己应该比草木虫鱼特别优厚。

　　因为如此着想，我把自己看作草木虫鱼的侪辈，草木虫鱼在和风甘露中是那样活着，在炎暑寒冬中也还是那样活着。象庄子所说，它们"诱然皆生，而不知其所以生；同焉皆得，而不知其所以得"。它们时而戾天跃渊，欣欣向荣，时而含葩敛翅，晏然蛰处，都顺着自然所赋予的那一副本性。它们决不计较生活应该是如何，决不追究生活是为着什么，也决不埋怨上天待它们特薄，把它们供人类宰割凌虐。在它们说，生活自身就是方法，生活自身也就是目的。

从草木虫鱼的生活，我觉得一个经验。我不在生活以外别求生活方法，不在生活以外别求生活目的。世间少我一个，多我一个，或者我时而幸运，时而受灾祸侵逼，我以为这都无伤天地之和。你如果问我，人们应该如何生活才好呢？我说，就顺着自然所给的本性生活着，象草木虫鱼一样。你如果问我，人们生活在这幻变无常的世相中究竟为着什么？我说，生活就是为着生活，别无其他目的。你如果向我埋怨天公说，人生是多么苦恼呵！我说，人们并非生在这个世界来享幸福的，所以那并不算奇怪。

这并不是一种颓废的人生观。你如果说我的话带有颓废的色彩，我请你在春天到百花齐放的园子里去，看看蝴蝶飞，听听鸟儿鸣，然后再回到十字街头，仔细瞧瞧人们的面孔，你看谁是活泼，谁是颓废？请你在冬天积雪凝寒的时候，看看雪压的松树，看看站在冰上的鸥和游在水中的鱼，然后再回头看看遇苦便叫的那"万物之灵"，你以为谁比较能耐苦持恒呢？

我拿人比禽兽，有人也许目为异端邪说。其实我如果要援引"经典"，称道孔孟以辩护我的见解，也并不是难事。孔子所谓"知命"，孟子所谓"尽性"，庄子所谓"齐物"，宋儒所谓"廓然大公，物来顺应"，和希腊廊下派哲学，我都可以引申成一篇经义文，做我的护身符。然而我觉得这大可不必。我虽不把自己比旁人看得重要，我也不把自己看得比旁人分外低能，如果我的理由是理由，就不用仗先圣先贤的声威。

以上是我站在前台对于人生的态度。但是我平时很欢喜站在后台看人生。许多人把人生看作只有善恶分别的，所以他们的态度不是留恋，就是厌恶。我站在后台时把人和物也一律看待，我看西施、嫫母、秦桧、岳飞也和我看八哥、鹦鹉、甘草、黄连一样，我看匠人盖屋也和我看鸟鹊营巢、蚂蚁打洞一样，我看战争也和我看斗鸡一样，我看恋爱也和我看雄蜻蜓追雌蜻蜓一样。因此，是非善恶对我都无意义，我只觉得对着这些纷纭扰攘的人和物，好比看图画，好比看小说，件件都很有趣味。

这些有趣味的人和物之中自然也有一个分别。有些有趣味，是因为它们带有很浓厚的喜剧成分；有些有趣味，是因为它们带有很深刻的悲剧成分。

我有时看到人生的喜剧。前天遇见一个小外交官，他的上下巴都光光如也，和人说话时却常常用大拇指和食指在腮旁捻一捻，象有胡须似的。他们说这是官气，我看到这种举动比看诙谐画还更有趣味。许多年前一位同事常常很气忿的向人说："如果我是一个女子，我至少已接得一尺厚的求婚书了！"偏偏他不是女子，这已经是喜剧；何况他又麻又丑，纵然他幸而为女子，也决不会有求婚书的麻烦，而他却以此沾沾自喜，这总算得喜剧之喜剧了。这件事和英国文学家哥尔德斯密斯的一段逸事一样有趣。他有一次陪几个女子在荷兰某一个桥上散步，看见桥上行人个个都注意他同行的女子，而没有一个睬他自己，便板起面孔很气忿的说："哼，在别地方也有人这样看我咧！"如此等类的事，我天天都见得着。在闲静寂寞的时候，我把这一类的小小事件从记忆中召回来，寻思玩味，觉得比抽烟饮茶还更有味。老实说，假如这个世界中没有曹雪芹所描写的刘姥姥，没有吴敬梓所描写的严贡生，没有莫里哀所描写的达尔杜弗和阿尔巴贡，生命更不值得留恋了。我感谢刘姥姥、严贡生一流人物，更甚于我感谢钱塘的潮和匡庐的瀑。

其次，人生的悲剧尤其能使我惊心动魄；许多人因为人生多悲剧而悲观厌世，我却以为人生有价值正因其有悲剧。我在几年前做的《无言之美》里曾说明这个道理，现在引一段来：

"我们所居的世界是最完美的，就因为它是最不完美的。这话表面看去，不通已极。但是实含有至理。假如世界是完美的，人类所过的生活——比好一点，是神仙的生活，比坏一点，就是猪的生活——便呆板单调已极，因为倘若件件事都尽美尽善了，自然没有希望发生，更没有努力奋斗的必要。人生最可乐的就是活动所生的感觉，就是奋斗成功而得的快慰。世界既完美，我们如何能尝创造成功的快慰？这个世界之所以美满，就在有缺陷，就在有希望的机会，有想象的田地。换句话说，世界有缺陷，可能性才大。"

这个道理李石岑先生在《一般》三卷三号所发表的《缺陷论》里也说得很透辟。悲剧也就是人生一种缺陷。它好比洪涛巨浪，令人在平凡中见出庄严，在黑暗中见出光彩。假如荆轲真正刺中秦始皇，林黛玉真正嫁了贾宝玉，也不过闹个平凡收场，那得叫千载以后的人唏嘘赞叹？以李太白那样天才，偏要和江淹戏弄笔墨，做了一篇"反恨赋"，和"上韩荆州书"一样庸俗无味。毛声山评《琵琶记》，说他有意要做"补天石"传奇十种，把古今几件悲剧都改个快活收场，他没有实行，总算是一件幸事。人生本来要有悲剧才能算人生，你偏想把它一笔勾消，不说你勾消不去，就是勾消去了，人生反更索然寡趣。所以我无论站在前台或站在后台时，对于失败，对于罪孽，对于殃咎，都是一副冷眼看待，都是用一个热心惊赞。

朋友，我感谢你费去宝贵的时光读我的这十二封信，如果你不厌倦，将来我也许常常和你通信闲谈，现在让我暂时告别罢！

你的朋友　孟实

（原载 1928 年 3 月 5 日《一般》第 4 卷第 3 号）

《谈美》开场话

朋友：

　　从写十二封信给你之后，我已经歇三年没有和你通消息了。你也许怪我疏懒，也许忘记几年前的一位老友了，但是我仍是时时挂念你。在这几年之内，国内经过许多不幸的事变，刺耳痛心的新闻不断地传到我这里来。听说我的青年朋友之中，有些人已遭惨死，有些人已因天灾人祸而废学，有些人已经拥有高官厚禄或是正在"忙"高官厚禄。这些消息使我比听到日本出兵东三省和轰炸淞沪时更伤心。在这种时候，我总是提心吊胆地念着你。你还是在惨死者之列呢？还是已经由党而官、奔走于大人先生之门而洋洋自得呢？

　　在这些提心吊胆的时候，我常想写点什么寄慰你。我本有许多话要说而终于缄默到现在者，也并非完全由于疏懒。在我的脑际盘旋的实际问题都很复杂错乱，它们所引起的感想也因而复杂错乱。现在青年不应该再有复杂错乱的心境了。他们所需要的不是一盆八宝饭而是一帖清凉散。想来想去，我决定来和你谈美。

　　谈美！这话太突如其来了！在这个危急存亡的年头，我还有心肝来"谈风月"么？是的，我现在谈美，正因为时机实在是太紧迫了。朋友，你知道，我是一个旧时代的人，流落在这纷纭扰攘的新时代里面，虽然也出过一番力来领略新时代的思想和情趣，仍然不免抱有许多旧时代的信仰。我坚信中国社会闹得如此之糟，不完全是制度的问题，是大半由于人心太坏，我坚信情感比理智重要，要洗刷人心,并非几句道德家言所可了事,一定要从"怡情养性"做起,一定要于饱食暖衣、高官厚禄等等之外,别有较高尚、较纯洁的企求。要求人心净化,先要求人生美化。

人要有出世的精神才可以做入世的事业。现世只是一个密密无缝的利害网,一般人不能跳脱这个圈套,所以转来转去,仍是被利害两个大字系住。在利害关系方面,人已最不容易调协,人人都把自己放在首位,欺诈、凌虐、劫夺种种罪孽都种根于此。美感的世界纯粹是意象世界,超乎利害关系而独立。在创造或是欣赏艺术时,人都是从有利害关系的实用世界搬家到绝无利害关系的理想世界里去。艺术的活动是"无所为而为"的。我以为无论是讲学问或是做事业的人都要抱有一副"无所为而为"的精神,把自己所做的学问事业当作一件艺术品看待,只求满足理想和情趣,不斤斤于利害得失,才可以有一番真正的成就。伟大的事业都出于宏远的眼界和豁达的胸襟。如果这两层不讲究,社会上多一个讲政治经济的人,便是多一个借党忙官的人;这种人愈多,社会愈趋于腐浊。现在一般借党忙官的政治学者和经济学者以及冒牌的哲学家和科学家所给人的印象只要一句话就说尽了——"俗不可耐"。

人心之坏,由于"未能免俗"。什么叫做"俗"?这无非是像蛆钻粪似地求温饱,不能以"无所为而为"的精神作高尚纯洁的企求,总而言之,"俗"无非是缺乏美感的修养。

在这封信里我只有一个很单纯的目的,就是研究如何"免俗"。这事本来关系各人的性分,不易以言语晓喻,我自己也还是一个"未能免俗"的人,但是我时常领略到能免俗的趣味,这大半是在玩味一首诗、一幅画或是一片自然风景的时候。我能领略到这种趣味,自信颇得力于美学的研究。在这封信里我就想把这一点心得介绍给你。假若你看过之后，看到一首诗、一幅画或是一片自然风景的时候，比较从前感觉到较浓厚的趣味，懂得像什么样的经验才是美感的，然后再以美感的态度推到人生世相方面去，我的心愿就算达到了。

在写这封信之前，我曾经费过一年的光阴写了一部《文艺心理学》。这里所说的话大半在那里已经说过，我何必又多此一举呢？在那部书里我向专门研究美学的人说话，免不了引经据典，带有几分掉书囊的气味；在这里我只是向一位亲密的朋友随便谈谈，竭力求明白晓畅。在写《文艺心理学》时，我要先看几十部书才敢下笔写一章；在写这封信时，我和平时写信给我的弟弟妹妹一样，面前一张纸，手里一管笔，想到什么便写什么，什么书也不去翻看，我所说的话都是你所能了解的，但是我不敢勉强要你全盘接收。这是一条思路，你应该趁着这条路自己去想。一切事物都有几种看法，我所说的只是一种看法，你不妨有你自己的看法。我希望你把你自己所想到的写一封回信给我。

（选自《谈美》，开明书店1932年版）

"慢慢走,欣赏啊!"

——人生的艺术化

一直到现在,我们都是讨论艺术的创造与欣赏。在收尾这一节中,我提议约略说明艺术和人生的关系。

我在开章明义时就着重美感态度和实用态度的分别,以及艺术和实际人生之中所应有的距离,如果话说到这里为止,你也许误解我把艺术和人生看成漠不相关的两件事。我的意思并不如此。

人生是多方面而却相互和谐的整体,把它分析开来看,我们说某部分是实用的活动,某部分是科学的活动,某部分是美感的活动,为正名析理起见,原应有此分别;但是我们不要忘记,完满的人生见于这三种活动的平均发展,它们虽是可分别的而却不是互相冲突的。"实际人生"比整个人生的意义较为窄狭。一般人的错误在把它们认为相等,以为艺术对于"实际人生"既是隔着一层,它在整个人生中也就没有什么价值。有些人为维护艺术的地位,又想把它硬纳到"实际人生"的小范围里去。这般人不但是误解艺术,而且也没有认识人生。我们把实际生活看作整个人生之中的一片段,所以在肯定艺术与实际人生的距离时,并非肯定艺术与整个人生的隔阂。严格地说,离开人生便无所谓艺术,因为艺术是情趣的表现,而情趣的根源就在人生;反之,离开艺术也便无所谓人生,因为凡是创造和欣赏都是艺术的活动,无创造、无欣赏的人生是一个自相矛盾的名词。

人生本来就是一种较广义的艺术。每个人的生命史就是他自己的作品。这种作品可以是艺术的，也可以不是艺术的，正犹如同是一种顽石，这个人能把它雕成一座伟大的雕像，而另一个人却不能使它"成器"，分别全在性分与修养。知道生活的人就是艺术家，他的生活就是艺术作品。

过一世生活好比做一篇文章。完美的生活都有上品文章所应有的美点。

第一，一篇好文章一定是一个完整的有机体，其中全体与部分都息息相关，不能稍有移动或增减。一字一句之中都可以见出全篇精神的贯注。比如陶渊明的《饮酒》诗本来是"采菊东篱下，悠然见南山"，后人把"见"字误印为"望"字，原文的自然与物相遇相得的神情便完全丧失。这种艺术的完整性在生活中叫做"人格"。凡是完美的生活都是人格的表现。大而进退取与，小而声音笑貌，都没有一件和全人格相冲突。不肯为五斗米折腰向乡里小儿，是陶渊明的生命史中所应有的一段文章，如果他错过这一个小节，便失其为陶渊明。下狱不肯脱逃，临刑时还叮咛嘱咐还邻人一只鸡的债，是苏格拉底的生命史中所应有的一段文章，否则他便失其为苏格拉底。这种生命史才可以使人把它当作一幅图画去惊赞，它就是一种艺术的杰作。

其次，"修辞立其诚"是文章的要诀，一首诗或是一篇美文一定是至性深情的流露，存于中然后形于外，不容有丝毫假借。情趣本来是物我交感共鸣的结果。景物变动不居，情趣亦自生生不息。我有我的个性，物也有物的个性，这种个性又随时地变迁而生长发展。每人在某一时会所见到的景物，和每种景物在某一时会所引起的情趣，都有它的特殊性，断不容与另一人在另一时会所见到的景物，和另一景物在另一时会所引起的情趣完全相同。毫厘之差，微妙所在。在这种生生不息的情趣中我们可以见出生命的造化。把这种生命流露于语言文字，就是好文章；把它流露于言行风采，就是美满的生命史。

文章忌俗滥，生活也忌俗滥。俗滥就是自己没有本色而蹈袭别人的成规旧矩。西施患心病，常捧心颦眉，这是自然的流露，所以愈增其美。东施没有心病，强学捧心颦眉的姿态，只能引人嫌恶。在西施是创作，在东施便是滥调，滥调起于生命的干枯，也就是虚伪的表现。"虚伪的表现"就是"丑"，克罗齐已经说过。"风行水上，自然成纹"，文章的妙处如此，生活的妙处也是如此。在什么地位，是怎样的人，感到怎样情趣，便现出怎样言行风采，叫人一见就觉其谐和完整，这才是艺术的生活。

俗语说得好："惟大英雄能本色"，所谓艺术的生活就是本色的生活。世间有两种人的生活最不艺术，一种是俗人，一种是伪君子。"俗人"根本就缺乏本色，"伪君子"则竭力遮盖本色。朱晦庵有一首诗说："半亩方塘一鉴开，天光云影共徘徊，问渠那得清如许？为有源头活水来。"艺术的生活就是有"源头活水"的生活。俗人迷于名利，与世浮沉，心里没有"天光云影"，就因为没有源头活水。他们的大病是生命的干枯。"伪君子"则于这种"俗人"的资格之上，又加上"沐猴而冠"的伎俩。他们的特点不仅见于道德上的虚伪，一言一笑、一举一动，都叫人起不美之感。谁知道风流名士的架子之中掩藏了几多行尸走肉？无论是"俗人"或是"伪君子"，他们都是生活中的"苟且者"，都缺乏艺术家在创造时所应有的良心。像柏格森所说的，他们都是"生命的机械化"，只能作喜剧中的角色。生活落到喜剧里去的人大半都是不艺术的。

艺术的创造之中都必寓有欣赏，生活也是如此。一般人对于一种言行常欢喜说它"好看"、"不好看"，这已有几分是拿艺术欣赏的标准去估量它。但是一般人大半不能彻底，不能拿一言一笑、一举一动纳在全部生命史里去看，他们的"人格"观念太淡薄，所谓"好看"、"不好看"往往只是"敷衍面子"。善于生活者则彻底认真，不让一尘一芥妨碍整个生命的和谐。一般人常以为艺术家是一班最随便的人，其实在艺术范围之内，艺术家是最严肃不过的。在锻炼作品时常呕心呕肝，一笔一划也不肯苟且。王荆公作"春风又绿江南岸"一句诗时，原来"绿"字是"到"字，后来由"到"字改为"过"字，由"过"字改为"入"字，由"入"字改为"满"字，改了十几次之后才定为"绿"字。即此一端可以想见艺术家的严肃了。善于生活者对于生活也是这样认真。曾子临死时记得床上的席子是季路的，一定叫门人把它换过才瞑目。吴季札心里已经暗许赠剑给徐君，没有实行徐君就已死去，他很郑重地把剑挂在徐君墓旁树上，以见"中心契合死生不渝"的风谊。像这一类的言行看来虽似小节，而善于生活者却不肯轻易放过，正犹如诗人不肯轻易放过一字一句一样。小节如此，大节更不消说。董狐宁愿断头不肯掩盖史实，夷齐饿死不愿降周，这种风度是道德的也是艺术的。我们主张人生的艺术化，就是主张对于人生的严肃主义。

艺术家估定事物的价值，全以它能否纳入和谐的整体为标准，往往出于一般人意料之外。他能看重一般人所看轻的，也能看轻一般人所看重的。在看重一件事物时，他知道执著；在看轻一件事物时，他也知道摆脱。艺术的能事不仅见于知所取，尤其见于知所舍。苏东坡论文，谓如水行山谷中，行于其所不得不行，止于其所不得不止。这就是取舍恰到好处。艺术化的人生也是如此。善于生活者对于世间一切，也拿艺术的口胃去评判它，合于艺术口胃者毫毛可以变成泰山，不合于艺术口胃者泰山也可以变成毫毛。他不但能认真，而且能摆脱。在认真时见出他的严肃，在摆脱时见出他的豁达。孟敏堕甑，不顾而去，郭林宗见到以为奇怪。他说："甑已碎，顾之何益？"哲学家斯宾诺莎宁愿靠磨镜过活，不愿当大学教授，怕妨碍他的自由。王徽之居山阴，有一天夜雪初霁，月色清朗，忽然想起他的朋友戴逵，便乘小舟到剡溪去访他，刚到门口便把船划回去。他说："乘兴而来，兴尽而返。"这几件事彼此相差很远，却都可以见出艺术家的豁达。伟大的人生和伟大的艺术都要同时并有严肃与豁达之胜。晋代清流大半只知道豁达而不知道严肃，宋朝理学又大半只知道严肃而不知道豁达。陶渊明和杜子美庶几算得恰到好处。

一篇生命史就是一种作品，从伦理的观点看，它有善恶的分别，从艺术的观点看，它有美丑的分别。善恶与美丑的关系究竟如何呢？

就狭义说，伦理的价值是实用的，美感的价值是超实用的；伦理的活动都是有所为而为，美感的活动则是无所为而为。比如仁义忠信等等都是善，问它们何以为善，我们不能不着眼到人群的幸福。美之所以为美，则全在美的形象本身，不在它对于人群的效果（这并不是说它对于人群没有效用）。假如世界上只有一个人，他就不能有道德的活动，因为有父子才有慈孝可言，有朋友才有信义可言。但是这个想象的孤零零的人还可以有艺术的活动，他还可以欣赏他所居的世界，他还可以创造作品。善有所赖而美无所赖，善的价值是"外在的"，美的价值是"内在的"。

不过这种分别究竟是狭义的。就广义说，善就是一种美，恶就是一种丑。因为伦理的活动也可以引起美感上的欣赏与嫌恶。希腊大哲学家柏拉图和亚理斯多德讨论伦理问题时都以为善有等级，一般的善虽只有外在的价值，而"至高的善"则有内在的价值。这所谓"至高的善"究竟是什么呢？柏拉图和亚理斯多德本来是一走理想主义的极端，一走经验主义的极端，但是对于这个问题，意见却一致。他们都以为"至高的善"在"无所为而为的玩索"（disinterested contemplation）。这种见解在西方哲学思潮上影响极大，斯宾诺莎、黑格尔、叔本华的学说都可以参证。从此可知西方哲人心目中的"至高的善"还是一种美，最高的伦理的活动还是一种艺术的活动了。

"无所为而为的玩索"何以看成"至高的善"呢？这个问题涉及西方哲人对于神的观念。从耶稣教盛行之后，神才是一个大慈大悲的道德家。在希腊哲人以及近代莱布尼兹、尼采、叔本华诸人的心目中，神却是一个大艺术家，他创造这个宇宙出来，全是为着自己要创造，要欣赏。其实这种见解也并不减低神的身份。耶稣教的神只是一班穷叫化子中的一个肯施舍的财主佬，而一般哲人心中的神，则是以宇宙为乐曲而要在这种乐曲之中见出和谐的音乐家。这两种观念究竟是哪一个伟大呢？在西方哲人想，神只是一片精灵，他的活动绝对自由而不受限制，至于人则为肉体的需要所限制而不能绝对自由。人愈能脱肉体需求的限制而作自由活动，则离神亦愈近。"无所为而为的玩索"是惟一的自由活动，所以成为最上的理想。

这番话似乎有些玄渺，在这里本来不应说及。不过无论你相信不相信，有许多思想却值得当作一个意象悬在心眼前来玩味玩味。

我自己在闲暇时也欢喜看看哲学书籍。老实说，我对于许多哲学家的话都很怀疑，但是我觉得他们有趣。我以为穷到究竟，一切哲学系统也都只能当作艺术作品去看。哲学和科学穷到极境，都是要满足求知的欲望。每个哲学家和科学家对于他自己所见到的一点真理（无论它究竟是不是真理）都觉得有趣味，都用一股热忱去欣赏它。真理在离开实用而成为情趣中心时就已经是美感的对象了。"地球绕日运行"，"勾方加股方等于弦方"一类的科学事实，和《密罗斯爱神》或《第九交响曲》一样可以摄魂震魄。科学家去寻求这一类的事实，穷到究竟，也正因为它们可以摄魂震魄。所以科学的活动也还是一种艺术的活动，不但善与美是一体，真与美也并没有隔阂。

艺术是情趣的活动，艺术的生活也就是情趣丰富的生活。人可以分为两种，一种是情趣丰富的，对于许多事物都觉得有趣味，而且到处寻求享受这种趣味。一种是情趣干枯的，对于许多事物都觉得没有趣味，也不去寻求趣味，只终日拼命和蝇蛆在一块争温饱。后者是俗人，前者就是艺术家。情趣愈丰富，生活也愈美满，所谓人生的艺术化就是人生的情趣化。

"觉得有趣味"就是欣赏。你是否知道生活，就看你对于许多事物能否欣赏。欣赏也就是"无所为而为的玩索"。在欣赏时人和神仙一样自由，一样有福。

阿尔卑斯山谷中有一条大汽车路，两旁景物极美，路上插着一个标语牌劝告游人说："慢慢走，欣赏啊！"许多人在这车如流水马如龙的世界过活，恰如在阿尔卑斯山谷中乘汽车兜风，匆匆忙忙地急驰而过，无暇一回首流连风景，于是这丰富华丽的世界便成为一个了无生趣的囚牢。这是一件多么可惋惜的事啊！

朋友，在告别之前，我采用阿尔卑斯山路上的标语，在中国人告别习用语之下加上三个字奉赠：

"慢慢走，欣赏啊！"

光 潜

1932年夏，莱茵河畔。

（选自《谈美》，开明书店1932年版）

"子非鱼,安知鱼之乐?"

——宇宙的人情化

> 庄子与惠子游于濠梁之上。
> 庄子曰:"鯈鱼出游从容,是鱼乐也!"
> 惠子曰:"子非鱼,安知鱼之乐?"
> 庄子曰:"子非我,安知我不知鱼之乐?"

这是《庄子·秋水》篇里的一段故事,是你平时所欢喜玩味的。我现在借这段故事来说明美感经验中的一个极有趣味的道理。

我们通常都有"以己度人"的脾气,因为有这个脾气,对于自己以外的人和物才能了解。严格地说,各个人都只能直接地了解他自己,都只能知道自己处某种境地,有某种知觉,生某种情感。至于知道旁人旁物处某种境地、有某种知觉、生某种情感时,则是凭自己的经验推测出来的。比如我知道自己在笑时心里欢喜,在哭时心里悲痛,看到旁人笑也就以为他心里欢喜,看见旁人哭也以为他心里悲痛。我知道旁人旁物的知觉和情感如何,都是拿自己的知觉和情感来比拟的。我只知道自己,我知道旁人旁物时是把旁人旁物看成自己,或是把自己推到旁人旁物的地位。庄子看到鯈鱼"出游从容"便觉得它乐,因为他自己对于"出游从容"的滋味是有经验的。人与人,人与物,都有共同之点,所以他们都有互相感通之点。假如庄子不是鱼就无从知鱼之乐,每个人就要各成孤立世界,和其他人物都隔着一层密不通风的墙壁,人与人以及人与物之中便无心灵交通的可能了。

这种"推己及物"、"设身处地"的心理活动不尽是有意的，出于理智的，所以它往往发生幻觉。鱼没有反省的意识，是否能够象人一样"乐"，这种问题大概在庄子时代的动物心理学也还没有解决，而庄子硬拿"乐"字来形容鱼的心境，其实不过把他自己的"乐"的心境外射到鱼的身上罢了，他的话未必有科学的谨严与精确。我们知觉外物，常把自己所得的感觉外射到物的本身上去，把它误认为物所固有的属性，于是本来在我的就变成在物的了。比如我们说"花是红的"时，是把红看作花所固有的属性，好象是以为纵使没有人去知觉它，它也还是在那里。其实花本身只有使人觉到红的可能性，至于红却是视觉的结果。红是长度为若干的光波射到眼球网膜上所生的印象。如果光波长一点或是短一点，眼球网膜的构造换一个样子，红的色觉便不会发生。患色盲的人根本就不能辨别红色，就是眼睛健全的人在薄暮光线暗淡时也不能把红色和绿色分得清楚，从此可知严格地说，我们只能说"我觉得花是红的"。我们通常都把"我觉得"三字略去而直说"花是红的"，于是在我的感觉遂被误认为在物的属性了。日常对于外物的知觉都可作如是观。"天气冷"其实只是"我觉得天气冷"，鱼也许和我不一致；"石头太沉重"其实只是"我觉得它太沉重"，大力士或许还嫌它太轻。

云何尝能飞？泉何尝能跃？我们却常说云飞泉跃；山何尝能鸣？谷何尝能应？我们却常说山鸣谷应。在说云飞泉跃、山鸣谷应时，我们比说花红石头重，又更进一层了。原来我们只把在我的感觉误认为在物的属性，现在我们却把无生气的东西看成有生气的东西，把它们看作我们的侪辈，觉得它们也有性格，也有情感，也能活动。这两种说话的方法虽不同,道理却是一样,都是根据自己的经验来了解外物。这种心理活动通常叫做"移情作用"。

"移情作用"是把自己的情感移到外物身上去,仿佛觉得外物也有同样的情感。这是一个极普遍的经验。自己在欢喜时,大地山河都在扬眉带笑;自己在悲伤时,风云花鸟都在叹气凝愁。惜别时蜡烛可以垂泪,兴到时青山亦觉点头。柳絮有时"轻狂",晚峰有时"清苦"。陶渊明何以爱菊呢?因为他在傲霜残枝中见出孤臣的劲节;林和靖何以爱梅呢?因为他在暗香疏影中见出隐者的高标。

从这几个实例看,我们可以看出移情作用是和美感经验有密切关系的。移情作用不一定就是美感经验,而美感经验却常含有移情作用。美感经验中的移情作用不单是由我及物的,同时也是由物及我的;它不仅把我的性格和情感移注于物,同时也把物的姿态吸收于我。所谓美感经验,其实不过是在聚精会神之中,我的情趣和物的情趣往复回流而已。

姑先说欣赏自然美。比如我在观赏一棵古松,我的心境是什么样状态呢?我的注意力完全集中在古松本身的形象上,我的意识之中除了古松的意象之外,一无所有。在这个时候,我的实用的意志和科学的思考都完全失其作用,我没有心思去分别我是我而古松是古松。古松的形象引起清风亮节的类似联想,我心中便隐约觉到清风亮节所常伴着的情感。因为我忘记古松和我是两件事,我就于无意之中把这种清风亮节的气概移置到古松上面去,仿佛古松原来就有这种性格。同时我又不知不觉地受古松的这种性格影响,自己也振作起来,模仿它那一副苍老劲拔的姿态。所以古松俨然变成一个人,人也俨然变成一棵古松。真正的美感经验都是如此,都要达到物我同一的境界,在物我同一的境界中,移情作用最容易发生,因为我们根本就不分辨所生的情感到底是属于我还是属于物的。

再说欣赏艺术美,比如说听音乐。我们常觉得某种乐调快活,某种乐调悲伤。乐调自身本来只有高低、长短、急缓、宏纤的分别,而不能有快乐和悲伤的分别。换句话说,乐调只能有物理而不能有人情。我们何以觉得这本来只有物理的东西居然有人情呢?这也是由于移情作用。这里的移情作用是如何起来的呢?音乐的命脉在节奏。节奏就是长短、高低、急缓、宏纤相继承的关系。这些关系前后不同,听者所费的心力和所用的心的活动也不一致。因此听者心中自起一种节奏和音乐的节奏相平行。听一曲高而缓的调子,心力也随之作一种高而缓的活动;听一曲低而急的调子,心力也随之作一种低而急的活动。这种高而缓或是低而急的心力活动,常蔓延浸润到全部心境,使它变成和高而缓的活动或是低而急的活动相同调,于是听者心中遂感觉一种欢欣鼓舞或是抑郁凄恻的情调。这种情调本来属于听者,在聚精会神之中,他把这种情调外射出去,于是音乐也就有快乐和悲伤的分别了。

再比如说书法。书法在中国向来自成艺术,和图画有同等的身分,近来才有人怀疑它是否可以列于艺术,这般人大概是看到西方艺术史中向来不留位置给书法,所以觉得中国人看重书法有些离奇。其实书法可列于艺术,是无可置疑的。他可以表现性格和情趣。颜鲁公的字就象颜鲁公,赵孟頫的字就象赵孟頫。所以字也可以说是抒情的,不但是抒情的,而且是可以引起移情作用的。横直钩点等等笔划原来是墨涂的痕迹,它们不是高人雅士,原来没有什么"骨力"、"姿态"、"神韵"和"气魄"。但是在名家书法中我们常觉到"骨力"、"姿态"、"神韵"和"气魄"。我们说柳公权的字"劲拔",赵孟頫的字"秀媚",这都是把墨涂的痕迹看作有生气有性格的东西，都是把字在心中所引起的意象移到字的本身上面去。

移情作用往往带有无意的模仿。我在看颜鲁公的字时，仿佛对着巍峨的高峰，不知不觉地耸肩聚眉，全身的筋肉都紧张起来，模仿它的严肃；我在看赵孟𫖯的字时，仿佛对着临风荡漾的柳条，不知不觉地展颐摆腰，全身的筋肉都松懈起来，模仿它的秀媚。从心理学看，这本来不是奇事。凡是观念都有实现于运动的倾向。念到跳舞时脚往往不自主地跳动，念到"山"字时口舌往往不由自主地说出"山"字。通常观念往往不能实现于动作者，由于同时有反对的观念阻止它。同时念到打球又念到泅水，则既不能打球，又不能泅水。如果心中只有一个观念，没有旁的观念和它对敌，则它常自动地现于运动。聚精会神看赛跑时，自己也往往不知不觉地弯起胳膊动起脚来，便是一个好例。在美感经验之中，注意力都是集中在一个意象上面，所以极容易起模仿的运动。

移情的现象可以称之为"宇宙的人情化"，因为有移情作用然后本来只有物理的东西可具人情，本来无生气的东西可有生气。从理智观点看，移情作用是一种错觉，是一种迷信。但是如果把它勾销，不但艺术无由产生，即宗教也无由出现。艺术和宗教都是把宇宙加以生气化和人情化，把人和物的距离以及人和神的距离都缩小。它们都带有若干神秘主义的色彩。所谓神秘主义其实并没有什么神秘，不过是在寻常事物之中见出不寻常的意义。这仍然是移情作用。从一草一木之中见出生气和人情以至于极玄奥的泛神主义，深浅程度虽有不同，道理却是一样。

美感经验既是人的情趣和物的姿态的往复回流，我们可以从这个前提中抽出两个结论来：

与爱丁堡大学师友合影。1928年7月在英国爱丁堡大学毕业,获文学硕士学位

1931年于法国斯特拉斯堡大学

一、物的形象是人的情趣的返照。物的意蕴深浅和人的性分密切相关。深人所见于物者亦深，浅人所见于物者亦浅。比如一朵含露的花，在这个人看来只是一朵平常的花，在那个人看或以为它含泪凝愁，在另一个人看或以为它能象征人生和宇宙的妙谛。一朵花如此，一切事物也是如此。因我把自己的意蕴和情趣移于物，物才能呈现我所见到的形象。我们可以说，各人的世界都由各人的自我伸张而成。欣赏中都含有几分创造性。

二、人不但移情于物，还要吸收物的姿态于自我，还要不知不觉地模仿物的形象。所以美感经验的直接目的虽不在陶冶性情，而却有陶冶性情的功效。心里印着美的意象，常受美的意象浸润，自然也可以少存些浊念。苏东坡诗说："宁可食无肉，不可居无竹；无肉令人瘦，无竹令人俗。"竹不过是美的形象之一种，一切美的事物都有不令人俗的功效。

(选自《谈美》，开明书店1932年版)

谈 趣 味

拉丁文中有一句陈语:"谈到趣味无争辩。""文章千古事,得失寸心知。"不但作者对于自己的作品是如此,就是读者对于作者恐怕也没有旁的说法。如果一个人相信地球是方的或是泰山比一切的山都高,你可以和他争辩,可以用很精确的论证去说服他,但是如果他说《花月痕》比《浮生六记》高明,或是两汉以后无文章,你心里尽管不以他为然,口里最好不说,说也无从说起。遇到"自家人",彼此相看一眼,心领神会就行了。

这番话显然带着一些印象派批评家的牙慧。事实上我们天天谈文学,在批评谁的作品好,谁的作品坏,文学上自然也有是非好丑,你欢喜坏的作品而不欢喜好的作品,这就显得你的趣味低下,还有什么话可说?这话谁也承认,但是难问题不在此,难问题在你以为丑他以为美,或者你以为美而他以为丑时,你如何能使他相信你而不相信他自己呢?或者进一步说,你如何能相信你自己一定是对呢?你说文艺上自然有一个好丑的标准,这个标准又如何可以定出来呢?从前文学批评家们有些人以为要取决于多数。以为经过长久时间淘汰而仍巍然独存,为多数人所欣赏的作品总是好的。相信这话的人太多,我不敢公开地怀疑,但是在我们至好的朋友中,我不妨说句良心话:我们至多能活到一百岁,到什么时候才能知道 Marcel Proust 或 D. H. Lawrence 值不值得读一读呢?从前批评家们也有人,例如阿诺德,以为最稳当的办法是拿古典名著做"试金石",遇到新作品时,把它拿来在这块"试金石"上面擦一擦,硬度如果相仿佛，它一定是好的；如果擦了要脱皮，你就不用去理会它。但是这种办法究竟是把问题推远而并没有解决它，文学作品究竟不是石头，两篇相擦时，谁看见哪一篇"脱皮"呢？

"天下之口有同嗜"，——但是也有例外。文学批评之难就难在此。如果依正统派，我们便要抹煞例外；如果依印象派，我们便要抹煞"天下之口有同嗜"。关于文学的嗜好，"例外"也并不可一笔勾消。在 Keats 未死以前，嗜好他的诗的人是例外，在印象主义闹得很轰烈时，真正嗜好 Malarmé 的诗人还是例外，我相信现在真正欢喜 T. S. Eliot 的人恐怕也得列在例外。这些"例外"的人常自居 élite 之列，而实际上他们也往往真是 élite。所谓"经过长久时间淘汰而仍巍然独存的"作品往往是先由这班"例外"的先生们捧出来的。

在正统派看，"天下之口有同嗜"一个公式之不可抹煞当更甚于"例外"之不可抹煞。他们总得喊要"标准"，喊要"普遍性"。他们自然也有正当道理。反正这场官司打不清，各个时代都有喊要标准的人，同时也都有信任主观嗜好的人。他们各有各的功劳，大家正用不着彼此瞧不起彼此。

文艺不一定只有一条路可走。东边的景致只有面朝东走的人可以看见，西边的景致也只有面朝西走的人可以看见。向东走者听到向西走者称赞西边景致时觉其夸张，同时怜惜他没有看到东边景致美。向西走者看待向东走者也是如此。这都是常有的事，我们不必大惊小怪。理想的游览风景者是向东边走过之后能再回头向西走一走，把东西两边的风味都领略到。这种人才配估定东西两边的优劣。也许他以为日落的景致和日出的景致各有胜境，根本不同，用不着去强分优劣。

一个人不能同时走两条路，出发时只有一条路可走。从事文艺的人入手不能不偏，不能不依傍门户，不能不先培养一种褊狭的趣味。初喝酒的人对于白酒红酒种种酒都同样地爱喝，他一定不识酒味。到了识酒味时他的嗜好一定褊狭，非是某一家某一年的酒不能使他喝得畅快。学文艺也是如此，没有尝过某一种 clique 的训练和滋味的人总不免有些江湖气。我不知道会喝酒的人是否可以从非某一家某一年的酒不喝，进到只要是好酒都可以识出味道；但是我相信学文艺者应该能从非某家某派诗不读，做到只要是好诗都可以领略到滋味的地步。这就是说，学文艺的人入手虽不能不偏，后来却要能不偏，能凭空俯视一切门户派别，看出偏的弊病。

　　文学本来一国有一国的特殊的趣味，一时有一时的特殊的风尚。就西方诗说，拉丁民族的诗有为日耳曼民族所不能欣赏的境界，日耳曼民族的诗也有为非拉丁民族所能欣赏的境界。寝馈于古典派作品既久者对于浪漫派作品往往格格不入；寝馈于象征派既久者亦觉其他作品都索然无味。中国诗的风尚也是随时代变迁。汉魏六朝唐宋各有各的派别，各有各的信徒。明人尊唐，清人尊宋，好高古者祖汉魏，喜妍艳者推重六朝和西崑。门户之见也往往很严。

　　但是门户之见可以范围初学而不足以羁縻大雅。读诗较广泛者常觉得自己的趣味时时在变迁中，久而久之，有如江湖游客，寻幽览胜，风雨晦明，川原海岳，各有妙境，吾人正不必以此所长，量彼所短，各派都有长短，取长弃短，才无偏蔽。古今的优劣实在不易下定评，古有古的趣味，今也有今的趣味。后人做不到"蒹葭苍苍"和"涉江采芙蓉"诸诗的境界，古人也做不到"空梁落燕泥"和"山山尽落晖"诸诗的境界。浑朴精妍原来是两种不同的趣味，我们不必强其同。

文艺上一时的风尚向来是靠不住的。在法国十七世纪新古典主义盛行时，十六世纪的诗被人指摘，体无完肤，到浪漫时代大家又觉得"七星派诗人"亦自有独到境界。在英国浪漫主义盛行时，学者都鄙视十七十八世纪的诗；现在浪漫的潮流平息了，大家又觉得从前被人鄙视的作品，亦自有不可磨灭处。个人的趣味演进亦往往如此。涉猎愈广博，偏见愈减少，趣味亦愈纯正。从浪漫派脱胎者到能见出古典派的妙处时，专在唐宋做工夫者到能欣赏六朝人作品时，笃好苏辛词者到能领略温李的情韵时，才算打通了诗的一关。好浪漫派而止于浪漫派者，或是好苏辛而止于苏辛者，终不免坐井观天，诬天渺小。

　　趣味无可争辩，但是可以修养。文艺批评不可抹视主观的私人的趣味，但是始终拘执一家之言者的趣味不足为凭。文艺自有是非标准，但是这个标准不是古典，不是"耐久"和"普及"①，而是从极偏走到极不偏，能凭空俯视一切门户派别者的趣味；换句话说，文艺标准是修养出来的纯正的趣味。

（原载1935年3月6日天津《益世报》文学副刊第1期）

---

① "耐久"不是可靠的标准，Richards 说得很透辟，参看 Principles of Criticism Chapter XXIX。如果读者愿看一段诙谐的文章，可以翻阅 Voltaire 的 Canide Chap. XXX，Procurante 谈荷马、维吉尔和弥尔顿一般"耐久"作者的话，都是我们心里所想说的，不过我们怕人讥笑，或是要自居能欣赏一般人所公认的伟大作品，不敢或不肯把老实话说出罢了。

朝抵抗力最大的路径走

我提出这个题目来谈，是根据一点亲身的经验。有一个时候，我学过做诗填词。往往一时兴到，我信笔直书，心里想到什么，就写什么，写成了自己读读看，觉得很高兴，自以为还写得不坏，后来我把这些处女作拿给一位精于诗词的朋友看，请他批评，他仔细看了一遍后，很坦白地告诉我说："你的诗词未尝不能做，只是你现在所做的还要不得。"我就问他："毛病在那里呢？"他说："你的诗词都来得太容易，你没有下过力，你欢喜取巧，显小聪明。"听了这话，我捏了一把冷汗，起初还有些不服，后来对于前人作品多费过一点心思，才恍然大悟那位朋友批评我的话真是一语破的。我的毛病确是在没有下过力。我过于相信自然流露，没有知道第一次浮上心头的意思往往不是最好的意思，第一次浮上心头的词句也往往不是最好的词句。意境要经过洗炼，表现意境的词句也要经过推敲，才能脱去渣滓，达到精妙境界。洗炼推敲要吃苦费力，要朝抵抗力最大的路径走。福楼拜自述写作的辛苦说："写作要超人的意志，而我却只是一个人！"我也有同样感觉，我缺乏超人的意志，不能拼死力往里钻，只朝抵抗力最低的路径走。

这一点切身的经验使我受到很深的感触。它是一种失败，然而从这种失败中我得到一个很好的教训。我觉得不但在文艺方面，就在立身处世的任何方面，贪懒取巧都不会有大成就，要有大成就，必定朝抵抗力最大的路径走。

"抵抗力"是物理学上的一个术语。凡物在静止时都本其固有

"惰性"而继续静止，要使它动，必须在它身上加"动力"，动力愈大，动愈速愈远。动的路径上不能无抵抗力，凡物的动都朝抵抗力最低的方向。如果抵抗力大于动力，动就会停止，抵抗力纵是低，聚集起来也可以使动力逐渐减少以至于消灭，所以物不能永动，静止后要它续动，必须加以新动力。这是物理学上一个很简单的原理，也可以应用到人生上面。人象一般物质一样，也有惰性，要想他动，也必须有动力。人的动力就是他自己的意志力。意志力愈强，动愈易成功；意志力愈弱，动愈易失败。不过人和一般物质有一个重要的分别：一般物质的动都是被动，使它动的动力是外来的；人的动有时可以是主动，使他动的意志力是自生自发自给自足的。在物的方面，动不能自动地随抵抗力之增加而增加；在人的方面，意志力可以自动地随抵抗力之增加而增加，所以物质永远是朝抵抗力最低的路径走，而人可以朝抵抗力最大的路径走。物的动必终为抵抗力所阻止，而人的动可以不为抵抗力所阻止。

　　照这样看，人之所以为人，就在能不为最大的抵抗力所屈服。我们如果要测量一个人有多少人性，最好的标准就是他对于抵抗力所拿出的抵抗力，换句话说，就是他对于环境困难所表现的意志力。我在上文说过，人可以朝抵抗力最大的路径走，人的动可以不为抵抗力所阻。我说"可以"不说"必定"，因为世间大多数人仍是惰性大于意志力，欢喜朝抵抗力最低的路径走，抵抗力稍大，他就要缴械投降。这种人在事实上失去最高生命的特征，堕落到无生命的物质的水平线上，和死尸一样东推东倒，西推西倒。他们在道德学问事功各方面都决不会有成就，万一以庸庸得厚福，也是叨天之幸。

　　人生来是精神所附丽的物质，免不掉物质所常有的惰性。抵抗力最低的路径常是一种引诱，我们还可以说，凡是引诱所以能成为引诱，都因为它是抵抗力最低的路径，最能迎合人的惰性。惰性是我们的仇敌，要克服惰性，我们必须动员坚强的意志力，不怕朝抵抗力最大的路径走。走通了，抵抗力就算被征服，要做的事也就算成功。举一个极简单的例子。在冬天早晨，你睡在热被窝里很舒适，心里虽知道这应该是起床的时候而你总舍不得起来。你不起来，是顺着惰性，朝抵抗力最低的路径走。被窝的暖和舒适，外面的空气寒冷，多躺一会儿的种种藉口，对于起床的动作都是很大的抵抗力，使你觉得起床是一件天大的难事。但是你如果下一个决心，说非起来不可，一耸身你也就起来了。这一起来事情虽小，却表示你对于最大抵抗力的征服，你的企图的成功。

这是一个琐屑的事例，其实世间一切事情都可作如此看法。历史上许多伟大人物所以能有伟大成就者，大半都靠有极坚强的意志力，肯向抵抗力最大的路径走。例如孔子，他是当时一个大学者，门徒很多，如果他贪图个人的舒适，大可以坐在曲阜过他安静的学者的生活。但是他毕生东奔西走，席不暇暖，在陈绝过粮，在匡遇过生命的危险，他那副奔波劳碌栖栖遑遑的样子颇受当时隐者的嗤笑。他为什么要这样呢？就因为他有改革世界的抱负，非达到理想，他不肯甘休。《论语》长沮桀溺章最足见出他的心事。长沮桀溺二人隐在乡下耕田，孔子叫子路去向他们问路，他们听说是孔子，就告诉子路说："滔滔者天下皆是也，而谁以易之！"意思是说，于今世道到处都是一般糟，谁去理会它，改革它呢？孔子听到这话叹气说："鸟兽不可与同群，吾非斯人之徒与而谁与？天下有道，丘不与易也。"意思是说，我们既是人就应做人所应该做的事；如果世道不糟，我自然就用不着费气力去改革它。孔子平生所说的话，我觉得这几句最沉痛，最伟大。长沮桀溺看天下无道，就退隐躬耕，是朝抵抗力最低的路径走，孔子看天下无道，就牺牲一切要拼命去改革它，是朝抵抗力最大的路径走。他说得很干脆，"天下有道，丘不与易也"。

再如耶稣，从《新约》中四部《福音》看，他的一生都是朝抵抗力最大的路径走。他抛弃父母兄弟，反抗当时旧犹太宗教，攻击当时的社会组织，要在慈爱上建筑一个理想的天国，受尽种种困难艰苦，到最后牺牲了性命，都不肯放弃了他的理想。在他的生命史中有一段是一发千钧的危机。他下决心要宣传天国福音后，跑到沙漠里苦修了四十昼夜。据他的门徒的记载，这四十昼夜中他不断地受恶魔引诱。恶魔引诱他去争尘世的威权，去背叛上帝，崇拜恶魔自己。耶稣经过四十昼夜的挣扎，终于拒绝恶魔的引诱，坚定了对于天国的信念。从我们非教徒的观点看，这段恶魔引诱的故事是一个寓言，表示耶稣自己内心的冲突。横在他面前的有两路：一是上帝的路，一是恶魔的路。走上帝的路要牺牲自己，走恶魔的路他可以握住政权，享受尘世的安富尊荣。经过了四十昼夜的挣扎，他决定了走抵抗力最大的路——上帝的路。

我特别在耶稣生命中提出恶魔引诱的一段故事，因为它很可以说明宋明理学家所说的天理与人欲的冲突。我们一般人尽善尽恶的不多见，性格中往往是天理与人欲杂糅，有上帝也有恶魔，我们的生命史常是一部理与欲，上帝与恶魔的斗争史。我们常在歧途徘徊，理性告诉我们向东，欲念却引诱我们向西。在这种时候，上帝的势力与恶魔的势力好象摆在天平的两端，见不出谁轻谁重。这是"一发千钧"的时候，"一失足即成千古恨"，一挣扎立即可成圣贤豪杰。如果要上帝的那一端天平沉重一点，我们必须在上面加一点重量，这重量就是拒绝引诱，克服抵抗力的意志力。有些人在这紧要关头拿不出一点意志力，听惰性摆布，轻轻易易地堕落下去，或是所拿的意志力不够坚决，经过一番冲突之后，仍然向恶魔缴械投降。例如洪承畴本是明末一个名臣，原来也很想效忠明朝，恢复河山，清兵入关后，大家都预料他以死殉国，清兵百计劝诱他投降，他原也很想不投降，但是到最后终于抵不住生命的执著与禄位的诱惑，做了明朝的汉奸。再举一个眼前的例子，汪精卫前半生对于民族革命很努力，当这次抗战开始时，他广播演说也很慷慨激昂。谁料到他的利禄薰心，一经敌人引诱，就起了卖国叛党的坏心事。依陶希圣的记载，他在上海时似仍感到良心上的痛苦，如果他拿出一点意志力，即早回头，或以一死谢国人，也还不失为知过能改的好汉。但是他拿不出一点意志力，就认错做错，甘心认贼作父。世间许多人失节败行，都象汪精卫洪承畴之流，在紧要关头，不肯争一口气，就马马虎虎地朝抵抗力最低的路径走。

这是比较显著的例，其实我们涉身处世，随时随地目前都横着两条路径，一是抵抗力最低的，一是抵抗力最大的。比如当学生，不死心踏地去做学问，只敷衍功课，混分数文凭；毕业后不拿出本领去替社会服务，只奔走巴结，夤缘幸进，以不才而在高位；做事时又不把事当事做，只一味因循苟且，敷衍公事，甚至于贪污淫佚，遇钱即抓，不管它来路正当不正当——这都是放弃抵抗力最大的路径而走抵抗力最低的路径。这种心理如充类至尽，就可以逐渐使一个人堕落。我当穷究目前中国社会腐败的根源，以为一切都由于懒。懒，所以苟且因循敷衍，做事不认真；懒，所以贪小便宜，以不正当的方法解决个人的生计；懒，所以随俗浮沉，一味圆滑，不敢为正义公道奋斗；懒，所以遇引诱即堕落，个人生活无纪律，社会生活无秩序。知识阶级懒，所以文化学术无进展；官吏懒，所以政治不上轨道；一般人都懒，所以整个社会都"吊儿郎当"暮气沉沉。懒是百恶之源，也就是朝抵抗力最低的路径走。如果要改造中国社会，第一件心理的破坏工作是除懒，第一件心理的建设工作是提倡奋斗精神。

　　生命就是一种奋斗，不能奋斗，就失去生命的意义与价值；能奋斗，则世间很少不能征服的困难。古话说得好，"有志者事竟成"。希腊最大的演说家是德摩斯梯尼，他生来口吃，一句话也说不清楚，但他抱定决心要成为一个大演说家，他天天一个人走到海边，向着大海练习演说，到后来居然达到了他的志愿。这个实例阿德勒派心理学家常喜援引。依他们说，人自觉有缺陷，就起"卑劣意识"，自耻不如人，于是心中就起一种"男性的抗议"，自己说我也是人，我不该不如人，我必用我的意志力来弥补天然的缺陷。阿德勒派学者用这原则解释许多伟大人物的非常成就，例如聋子成为大音乐家，瞎子成为大诗人之类。我觉得一个人的紧要关头在起"卑劣意识"的时候。起"卑劣意识"是知耻，孔子说得好，"知耻近乎勇"。但知耻虽近乎勇而却不就是勇。能勇必定有阿德勒派所说的"男性的抗议"。"男性的抗议"就是认清了一条路径上抵抗力最大而仍然勇往直前，百折不挠。许多人虽天天在"卑劣意识"中过活，却永不能发"男性的抗议"，只知怨天尤人，甚至于自己不长进，希望旁人也跟着他不长进，看旁人长进，只怀满肚子醋意。这种人是由知耻回到无耻。注定的要堕落到十八层地狱，永不超生。

　　能朝抵抗力最大的路径走，是人的特点。人在能尽量发挥这特点时，就足见出他有富裕的生活力。一个人在少年时常是朝气勃勃，有志气，肯干，觉得世间无不可为之事，天大的困难也不放在眼里。到了年事渐长，受过了一些磨折，他就逐渐变成暮气沉沉，意懒心灰，遇事都苟且因循，得过且过，不肯出一点力去奋斗。一个人到了这时候，生活力就已经枯竭，虽是活着，也等于行尸走肉，不能有所作为了。所以一个人如果想奋发有为，最好是趁少年血气方刚的时候，少年时如果能努力，养成一种勇往直前百折不挠的精神，老而益壮，也还是可能的。

　　一个人的生活力之强弱，以能否朝抵抗力最大的路径为准，一个国家或是一个民族也是如此。这个原则有整个的世界史证明。姑举几个显著的例，西方古代最强悍的民族莫如罗马人，我们现在说到能吃苦肯干，重纪律，好冒险，仍说是"罗马精神"。因其有这种精神，所以罗马人东征西讨，终于统一了欧洲，建立一个庞大的殖民帝国。后来他们从殖民地获得丰富的资源，一般罗马公民都可以坐在家里不动而享受富裕的生活，于是变成骄奢淫佚，无恶不为，一到新兴的"野蛮"民族从欧洲东北角向南侵略，罗马人就毫无抵抗而分崩瓦解。再如满清，他们在入关以前过的是骑猎生活，民性最强悍，很富于吃苦冒险的精神，所以到明末张李之乱社会腐败紊乱时，他们以区区数十万人之力就能入主中夏。可是他们做了皇帝之后，一切皇亲国戚都坐着不动吃皇粮，享大位，过舒服生活，不到三百年，一个新兴民族就变成腐败不堪，辛亥革命起，我们就轻轻易易地把他们推翻了。我们如果要明白一个民族能够堕落到什么地步，最好去看看北平的旗人。

　　我们中华民族在历史上经过许多波折，从周秦到现在，没有那一个时代我们不遇到很严重的内忧，也没有那一个时代我们没有和邻近的民族挣扎，我们爬起来蹶倒，蹶倒了又爬起，如此者已不知若干次。从这简单的史实看，我们民族的生活力确是很强旺，它经过不断的奋斗才维持住它的生存权。这一点祖传的力量是值得我们尊重的。

于今我们又临到严重的关头了。横在我们面前的只有两条路，一是汪精卫和一班汉奸所走的，抵抗力最低的，屈伏；一是我们全民族在蒋委员长领导之下所走的，抵抗力最大的，抗战。我相信我们民族的雄厚的生活力能使我们克服一切困难。不过我们也要明白，我们的前途困难还很多，抗战胜利只解决困难的一部分，还有政治、经济、文化、教育各方面的建设工作还需要更大的努力。一直到现在，我们所拿出来的奋斗精神还是不够。因循、苟且、敷衍，种种病象在社会上还是很流行。我们还是有些老朽，我们应该趁早还童。

孟子说："天将降大任于斯人也，必先苦其心志，劳其筋骨，饿其体肤，空乏其身，行拂乱其所为，所以动心忍性，增益其所不能。"于今我们的时代是"天将降大任于斯人"的时代了，孟子所说的种种磨折，我们正在亲领身受。我希望每个中国人，尤其是青年们，要明白我们的责任，本着大无畏的精神，不顾一切困难，向前迈进。

(原载 1941 年 6 月 20 日《中学生》战时半月刊第 44 期)

谈 立 志

抗战以前与抗战以来的青年心理有一个很显然的分别：抗战以前，普通青年的心理变态是烦闷，抗战以来，普通青年的心理变态是消沉。烦闷大半起于理想与事实的冲突。在抗战以前，青年对于自己前途有一个理想，要有一个很好的环境求学，再有一个很好的职业做事；对于国家民族也有一个理想，要把侵略的外力打倒，建设一个新的社会秩序。这两种理想在当时都似很不容易实现，于是他们急躁不耐烦，失望，以至于苦闷。抗战发生时，我们民族毅然决然地拼全副力量来抵挡侵略的敌人，青年们都兴奋了一阵，积压许久的郁闷为之一畅。但是这种兴奋到现在似已逐渐冷静下去，国家民族的前途比从前光明，个人求学就业也比从前容易，虽然大家都硬着脖子在吃苦，可是振作的精神似乎很缺乏。在学校的学生们对功课很敷衍，出了学校就职业的人们对事业也很敷衍，对于国家大事和世界政局没有象从前那样关切。这是一个很可忧虑的现象，因为横在我们面前的还有比抗敌更艰难的局面，需要更坚决更沉着的努力来应付，而我们青年现在所表现的精神显然不足以应付这种艰难的局面。

如果换过方式来说，从前的青年人病在志气太大，目前的青年人病在志气太小，甚至于无志气。志气太大，理想过高，事实迎不上头来，结果自然是失望烦闷；志气太小，因循苟且，麻木消沉，结果就必至于堕落。所以我们宁愿青年烦闷，不愿青年消沉。烦闷至少是对于现实的欠缺还有敏感，还可以激起努力；消沉对于现实的欠缺就根本麻木不仁，决不会引起改善的企图。但是说到究竟，烦闷之于消沉也不过是此胜于彼，烦闷的结果往往是消沉，犹如消沉的结果往往是堕落。目前青年的消沉与前五六年青年的烦闷似不无关系。烦闷是耗费心力的，心力耗费完了，连烦闷也不曾有，那便是消沉。

一个人不会生来就烦闷或消沉的，因为人都有生气，而生气需要发扬，需要活动。有生气而不能发扬，或是活动遇到阻碍，才会烦闷和消沉。烦闷是感觉到困难，消沉是无力征服困难而自甘失败。这两种心理病态都是挫折以后的反应。一个人如果经得起挫折，就不会起这种心理变态。所谓经不起挫折，就是没有决心和勇气，就是意志薄弱。意志薄弱经不起挫折的人往往有一套自宽自解的话，就是把所有的过错都推诿到环境。明明是自己无能，而埋怨环境不允许我显本领；明明是自己甘心做坏人，而埋怨环境不允许我做好人。这其实是懦夫的心理，对于自己全不肯负责任。环境永远不会美满的，万一它生来就美满，人的成就也就无甚价值。人所以可贵，就在他不象猪豚，被饲而肥，他能够不安于污浊的环境，拿力量来改变它，征服它。

普通人的毛病在责人太严责己太宽。埋怨环境还由于缺乏自省自责的习惯。自己的责任必须自己担当起，成功是我的成功，失败也是我的失败。每个人是他自己的造化主，环境不足畏，犹如命运不足信。我们的民族需要自力更生。我们每个人也是如此。我们的青年必须先有这种觉悟，个人和国家民族的前途才有希望。能责备自己，信赖自己，然后自己才会打出一个江山来。

我们有一句老话："有志者事竟成。"这话说得很好，古今中外在任何方面经过艰苦奋斗而成功的英雄豪杰都可以做例证。志之成就是理想的实现。人为的事实都必基于理想，没有理想决不能成为人为的事实。譬如登山，先须存念头去登，然后一步一步的走上去，最后才会达到目的地。如果根本不起登的念头，登的事实自无从发生。这是浅例。世间许多行尸走肉浪费了他们的生命，就因为他们对于自己应该做的事不起念头。许多以教育为事业的人根本不起念头去研究，许多以政治为事业的人根本不起念头为国民谋幸福。我们的文化落后，社会紊乱，不就由于这个极简单的原因么？这就是上文所谓"消沉"，"无志气"。"有志者事竟成"，无志者事就不成。

不过"有志者事竟成"一句话也很容易发生误解，"志"字有几种意义：一是念头或愿望(wish)，一是起一个动作时所存的目的(purpose)，一是达到目的的决心(will, determination)。譬如登山，先起登的念头，次要一步一步的走，而这走必步步以登为目的，路也许长，障碍也许多，须抱定决心，不达目的不止，然后登的愿望才可以实现，登的目的才可以达到。"有志者事竟成"的志，须包含这三种意义在内：第一要起念头，其次要认清目的和达到目的之方法，第三是抱必达目的之决心。很显然的，要事之成，其难不在起念头，而在目的之认识与达到目的之决心。

有些人误解立志只是起念头。一个小孩子说他将来要做大总统，一个乞丐说他成了大阔老要砍他的仇人的脑袋，所谓"癞蛤蟆想吃天鹅肉"，完全不思量达到这种目的所必有的方法或步骤，更不抱定循这方法步骤去达到目的之决心，这只是狂妄，不能算是立志。世间有许多人不肯学乘除加减而想将来做算学的发明家，不学军事学当兵打仗而想将来做大元帅东征西讨，不切实培养学问技术而想将来做革命家改造社会，都是犯这种狂妄的毛病。

如果以起念头为立志，则有志者事竟不成之例甚多。愚公尽可移山，精卫尽可填海，而世间却实有不可能的事情。我们必须承认"不可能"的真实性。所谓"不可能"，就是俗语所谓"没有办法"，没有一个方法和步骤去达到所悬想的目的。没有认清方法和步骤而想达到那个目的，那只是痴想而不是立志，志就是理想，而理想的理想必定是可实现的理想。理想普通有两种意义，一是"可望而不可攀，可幻想而不可实现的完美"，比如许多宗教都以长生不老为人生理想，它成为理想，就因为事实上没有人长生不老。理想的另一意义是"一个问题的最完美的答案"，或是"可能范围以内的最圆满的解决困难的办法"。比如长生不老虽非人力所能达到，而强健却是人力所能达到的，就人的能力范围来说，强健是一个合理的理想。这两种意义的分别在一个蔑视事实条件，一个顾到事实条件，一个渺茫无稽，一个有方法步骤可循。严格地说，前一种是幻想痴想而不是理想，是理想都必顾到事实。在理想与事实起冲突时，错处不在事实而在理想。我们必须接受事实，理想与事实背驰时，我们应该改变理想。坚持一种不合理的理想而至死不变只是匹夫之勇，只是"猪武"。我特别着重这一点，因为有些道德家在盲目地说坚持理想，许多人在盲目地听。

我们固然要立志，同时也要度德量力。卢梭在他的教育名著《爱弥儿》里有一段很透辟的话，大意是说人生幸福起于愿望与能力的平衡。一个人应该从幼时就学会在自己能力范围以内起愿望，想做自己所能做的事，也能做自己所想做的事。这番话出诸浪漫色彩很深的卢梭尤其值得我们玩味。卢梭自己有时想入非非，因此吃过不少的苦头，这番话实在是经验之谈。许多烦闷，许多失败，都起于想做自己所不能做的事，或是不能做自己所想做的事。

志气成就了许多人，志气也毁坏了许多人。既是志，实现必不在目前而在将来。许多人拿立志远大作借口，把目前应做的事延宕贻误。尤其是青年们欢喜在遥远的未来摆一个黄金时代，把希望全寄托在那上面，终日沉醉在迷梦里，让目前宝贵的时光与机会错过，徒贻后日无穷之悔。我自己从前有机会学希腊文和意大利文时，没有下手，买了许多文法读本，心想到四十岁左右时当有闲暇岁月，许我从容自在地自修这些重要的文字，现在四十过了几年了，看来这一生似不能与希腊文和意大利文有缘分了，那箱书籍也恐怕只有摆在那里霉烂了。这只是一例，我生平有许多事叫我追悔，大半都象这样"志在将来"而转眼即空空过去。"延"与"误"永是连在一起，而所谓"志"往往叫我们由"延"而"误"。所谓真正立志，不仅要接受现在的事实，尤其要抓住现在的机会。如果立志要做一件事，那件事的成功尽管在很远的将来，而那件事的发动必须就在目前一顷刻。想到应该做，马上就做，不然，就不必发下一个空头愿。发空头愿成了一个习惯，一个人就会永远在幻想中过活，成就不了任何事业，听说抽鸦片烟的人想头最多，意志力也最薄弱。老是在幻想中过活的人在精神方面颇类似烟鬼。

　　我在很早的一篇文章里提出我个人做人的信条，现在想起，觉得其中仍有可取之处，现在不妨趁此再提出供读者参考。我把我的信条叫做"三此主义"，就是此身，此时，此地。一、此身应该做而且能够做的事，就得由此身担当起，不推诿给旁人。二、此时应该做而且能够做的事，就得在此时做，不拖延到未来。三、此地（我的地位，我的环境）应该做而且能够做的事，就得在此地做，不推诿到想象中的另一地位去做。

这是一个极现实的主义。本分人做本分事，脚踏实地，丝毫不带一点浪漫情调。我相信如果我们能够彻底地照着做，不至于很误事。西谚说得好："手中的一只鸟，值得林中的两只鸟。"许多"有大志"者往往为着觊觎林中的两只鸟，让手中的一只鸟安然逃脱。

（选自《谈修养》，重庆中周出版社1943年5月版）

谈 学 问

　　这是一个大题目，不易谈；因为许多人对它有很大的误解，却又不能不谈。最大的误解在把学问和读书看成一件事。子弟进学校不说是"求学"而说是"读书"，学子向来叫做"读书人"，粗通外国文者在应该用"学习"（learn）或"治学"（study）等字时常用"阅读"（read）来代替。这种传统观念的错误影响到我国整个教育的倾向。各级学校大半把教育缩为知识传授，而知识传授的途径就只有读书，教员只是"教书人"。这种错误的观念如果不改正，教育和学问恐怕就没有走上正轨的希望。如果我们稍加思索，它也应该不难改正。学是学习，问是追问。世间可学习可追问的事理甚多，知识技能须学问，品格修养也还须学问；读书人须学问，农工商兵也还须学问，各行有各行的"行径"。学问是任何人对于任何事理，由不知求知，由不能求能的一套工夫。它的范围无限，人生一切活动，宇宙一切现象和真理，莫不包含在内。学问的方法甚多。人从堕地出世，没有一天不在学问。有些学问是由仿效得来的，也有些学问是由尝试、思索、体验和涵养得来的。读书不过是学问的方法之一种，它当然很重要，却并非唯一的。朱子教门徒，一再申说"读书乃学者第二事"。有许多读书人实在并非在做学问，也有许多实在做学问的人并不专靠读书，制造文字——书的要素——是一种绝大学问，而首先制造文字的人就根本无书可读。许多其它学问都可由此类推。子路的"何必读书然后为学"一句话本身并不错，孔子骂他，只是讨厌他说这话的动机在辩护让一个青年学子去做官,也并没有说它本身错。

一般人常埋怨现在青年对于学问没有浓厚的兴趣。就个人任教的经验说,我也有这样的观感。平心而论,这大半要归咎我们"教书人"。把学问看成"教书""读书"一个错误的观念如果不全是我们养成的,至少我们未曾设法纠正。而且我们自己又没有好生学问,给青年学子树一个好榜样,可以激励他们的志气,提起他们的兴趣。此外,社会上一般人对于学问的性质和功用所存的误解也不无关系。近代西方学者常把纯理的学问和应用的学问分开,以为治应用的学问是有所为而为,治纯理的学问是无所为而为。他们怕学问全落到应用一条窄路上,尝设法替无所为而为的学问辩护,说它虽"无用",却可满足人类的求知欲。这种用心很可佩服,而措词却不甚正确。学问起于生活的需要,世间绝没有一种学问无用,不过"用"的意义有广狭之别。学得一种学问,就可以有一种技能,拿它来应用于实际事业,如学得数学几何三角就可以去算帐、测量、建筑、制造机械,这是最正常的"用"字的狭义。学得一点知识技能,就混得一种资格,可以谋一个职业,解决饭碗问题,这是功利主义的"用"字的狭义。但是学问的功用并不仅如此,我们甚至可以说,学问的最大功用并不在此。心理学者研究智力,有普通智力与特殊智力的分别;古人和今人品题人物,都有通才与专才的分别。学问的功用也可以说有"通"有"专"。治数学即应用于计算数量,这是学问的专用;治数学而变成一个思想缜密、性格和谐、善于立身处世的人,这是学问的通用。学问在实际上确有这种通用。就智慧说,学问是训练思想的工具。一个真正有学问的人必定知识丰富,思想锐敏,洞达事理,处任何环境,知道把握纲要,分析条理,解决困难。就性格说,学问是道德修养的途径。苏格拉底说得好,"知识即德行。"世间许多罪恶都起于愚昧,如果真正彻底明了一件事是好的,另一件事是坏的,一个人决不会睁着眼睛向坏的方面走。中国儒家讲学问,素来全重立身行己的工夫,一个学者应该是一个圣贤,不仅如现在所谓"知识分子"。

现在所谓"知识分子"的毛病在只看到学的狭义的"用",尤其是功利主义的"用"。学问只是一种干禄的工具。我曾听到一位教授在编成一部讲义之后,心满意足地说:"一生吃着不尽了!"我又曾听到一位朋友劝导他的亲戚不让刚在中学毕业的儿子去就小事说:"你这种办法简直是吃稻种!"许多升学的青年实在只为着要让稻种发生成大量谷子,预备"吃着不尽"。所以大学里"出路"最广的学系如经济系机械系之类常是拥挤不堪,而哲学系、数学系、生物学系诸"冷门",就简直无人问津。治学问根本不是为学问本身,而是为着它的出路销场,在治学问时既是"醉翁之意不在酒",得到出路销场后当然更是"得鱼忘筌"了。在这种情形之下的我们如何能期望青年学生对于学问有浓厚的兴趣呢?

这种对于学问功用的窄狭而错误的观念必须及早纠正。生活对于有生之伦是唯一的要务,学问是为生活。这两点本是天经地义。不过现代中国人的错误在把"生活"只看成口腹之养。"谋生活"与"谋衣食"在流行语中是同一意义。这实在是错误得可怜可笑。人有肉体,有心灵。肉体有它的生活,心灵也应有它的生活。肉体需要营养,心灵也不能"辟谷"。肉体缺乏营养,必酿成饥饿病死;心灵缺乏营养,自然也要干枯腐化。人为万物之灵,就在他有心灵或精神生活。所以测量人的成就并不在他能否谋温饱,而在他有无丰富的精神生活。一个人到了只顾衣食饱暖而对于真善美漫不感觉兴趣时,他就只能算是一种"行尸走肉",一个民族到了只顾体肤需要而不珍视精神生活的价值时，它也就必定逐渐没落了。

　　学问是精神的食粮，它使我们的精神生活更加丰富。肚皮装得饱饱的，是一件乐事，心灵装得饱饱的，是一件更大的乐事。一个人在学问上如果有浓厚的兴趣，精深的造诣，他会发现万事万物各有一个妙理在内，他会发现自己的心涵蕴万象，澄明通达，时时有寄托，时时在生展，这种人的生活决不会干枯，他也决不会做出卑污下贱的事。《论语》记"颜子在陋巷，一箪食，一瓢饮，人不堪其忧，回也不改其乐"。孔子赞他"贤"，并不仅因为他能安贫，尤其因为他能乐道，换句话说，他有极丰富的精神生活。宋儒教人体会颜子所乐何在，也恰抓着紧要处，我们现在的人不但不能了解这种体会的重要，而且把它看成道学家的迂腐。这在民族文化上是一个极严重的病象，必须趁早设法医治。

　　中国语中"学"与"问"连在一起说，意义至为深妙，比西文中相当的译词如 learning, study, science 诸字都好得多。人生来有向上心，有求知欲，对于不知道的事物欢喜发疑问。对于一种事物发生疑问，就是对于它感觉兴趣，既有疑问，就想法解决它，几经摸索，终于得到一个答案，于是不知道的变为知道的，所谓"一旦豁然贯通"，这便是学有心得。学原来离不掉问，不会起疑问就不会有学。许多人对于一种学问不感觉兴趣，原因就在那种学问对于他们不成问题，没有什么逼得他们要求知道。但是学问的好处正在原来有问题的可以变成没有问题，原来没有问题的也可以变成有问题。前者是未知变成已知，后者是发现貌似已知究竟仍为未知。比如说逻辑学，一个中学生学过一年半载，看过一部普通教科书，觉得命题、推理、归纳、演绎之类都讲得妥妥贴贴，了无疑义。可是他如果进一步在逻辑学上面下一点研究工夫，便会发现他从前认为透懂的几乎没有一件不成为问题,没有一件不曾经许多学者辩论过。他如果再更进一步去讨探,他会自己发见许多有趣的问题,并且觉悟到他自己一辈子也不一定能把这些问题都解决得妥妥贴贴。逻辑学是一科比较不幼稚的学问,犹且如此,其它学问更可由此类推了。一个人对于一种学问如果肯钻进里面去,必须使有问题的变为没有问题(这便是问),疑问无穷,发见无穷,兴趣也就无穷。学问之难在此,学问之乐也就在此。一个人对于一种学问说是不感兴趣,那只能证明他不用心,不努力下工夫,没有钻进里面去。世间决没有自身无兴趣的学问,人感觉不到兴趣,只由于人的愚昧或懒惰。

学与问相连,所以学问不只是记忆而必是思想,不只是因袭而必是创造。凡是思想都是由已知推未知,创造都是旧材料的新综合,所以思想究竟须从记忆出发,创造究竟须从因袭出发。由记忆生思想,由因袭生创造,犹如吸收食物加以消化之后变为生命的动力。食而不化固然是无用,不食而求化也还是求无中生有。向来论学问的话没有比孔子的"学而不思则罔,思而不学则殆"两句更为精深透辟。学原有"效"义,研究儿童心理学者都知道学习大半基于因袭或模仿。这里所谓"学"是偏重吸收前人已有的知识和经验。思是自己运用脑筋,一方面求所学得的能融会贯通,井然有条,一方面由疑难启发新知识与新经验。一般学子有两种通弊。一种是聪明人所尝犯着的,他们过于相信自己的思考力而忽略前人的成就。其实每种学问都有长久的历史,其中每一个问题都曾经许多人思虑过,讨论过,提出过种种不同的解答,你必须明白这些经过,才可以利用前人的收获,免得绕弯子甚至于走错路。比如说生物学上的遗传问题,从前雷马克、达尔文、魏意斯曼、孟德尔诸大家已经做过许多实验,得到许多观察,用过许多思考。假如你对于他们的工作茫无所知或是一笔抹煞,只凭你自己的聪明才力来解决遗传问题,这岂不是狂妄?世间这种"思而不学"的人正甚多,他们不知道这种凭空构造的"殆"。另外一种通弊是资质较钝而肯用功的人所常犯的。他们一味读死书,古人所说的无论正确不正确,都不分皂白地接受过来,吟咏赞叹,自己毫不用思考求融会贯通,更没有一点冒险的精神,自己去求新发见,这是学而不思,孔子对于这种办法所下的评语是"罔",意思就是说无用。

学问全是自家的事。环境好、图书设备充足、有良师益友指导启发,当然有很大的帮助。但是这些条件具备不一定能保障一个人在学问上有成就,世间也有些在学问上有成就的人并不具这些条件。最重要的因素是个人自己的努力。学问是一件艰苦的事,许多人不能忍耐它所必经的艰苦。努力之外,第二个重要的因素是认清方向与门径。入手如果走错了路,愈努力则入迷愈深,离题愈远。比如学写字、诗文或图画,一走上庸俗恶劣的路,后来如果想把它丢开,比收覆水还更困难,习惯的力量比什么都较沉重,世上有许多人象在努力做学问,只是陷入"野狐禅",高自期许而实荒谬绝伦,这个毛病只有良师益友可以挽救。学校教育,在我想,只有两个重要的功用:第一是启发兴趣,其次就是指点门径。现在一般学校不在这两方面努力,只尽量灌输死板的知识。这种教育对于学问不仅无裨益而且是障碍!

(选自《谈修养》,重庆中周出版社 1943 年 5 月版)

谈英雄崇拜

关于英雄崇拜有两种相反的看法,依一种看法,英雄造时势,人类文化各方面的发端与进展都靠着少数伟大人物去倡导推动,多数人只在随从附和。一个民族有无伟大成就,要看他有无伟大人物,也要看他中间多数民众对于伟大人物能否倾倒敬慕,闻风兴起。卡莱尔在他的名著《英雄崇拜》里大致持这种看法。"世界历史",他说,"人类在这世界上所成就的事业的历史,骨子里就是在当中工作的几个伟大人物的历史"。"英雄崇拜就是对于伟大人物的极高度的爱慕。在人类胸中没有一种情操比这对于高于自己者的爱慕更为高贵。"尼采的超人主义其实也是一种英雄崇拜主义涂上了一层哲学的色彩。但依另一种看法,时势造英雄,历史的原动力是多数民众,民众的努力造成每时代政教文化各方面的"大势所趋",而所谓英雄不过顺承这"大势所趋"而加以尖锐化,并没有什么神奇。这是托尔斯泰在《战争与和平》里所提出的主张。他说:"英雄只是贴在历史上的标签,他们的姓名只是历史事件的款识。"有些人根据这个主张而推论到英雄不必受崇拜。从史实看,自从古雅典城时代的群众领袖(demagogue)一直到现代极权国家的独裁者,有不少的事例可证明盲目的英雄崇拜往往酿成极大的灾祸。有些人根据这些事例而推论到英雄崇拜的危险。此外也还有些人以为崇拜英雄势必流于发展奴性,阻碍独立自由的企图,造成政治上的独裁与学术思想上的正统专制,与德谟克拉西精神根本不相容。

就大体说，反对英雄崇拜的理论在现代颇占优胜，因为它很合一批不很英雄的人们的口胃。不过在事实上，英雄崇拜到现在还很普遍而且深固，无论带那一种色彩的人心中都免不掉有几分。托尔斯泰不很看重英雄，而他自己却被许多人当作英雄去崇拜。这是一个很有趣而也很有意义的人生讽刺。社会靠着传统和反抗两种相反的势力演进。无论你站在那一方壁垒，双方都各有它的理想的斗士，它的英雄；维拥传统者如此，反抗者也是如此。从有人类社会到现在，每时代每社会都有它的英雄，而英雄也都被人崇拜，这是铁一般的事实，没有人能否认的。我们在这里用不着替一个与历史俱久的事实辩护，我们只须研究它的涵义和在人生社会上的可能的功用。

什么叫做"英雄"。牛津字典所给 hero 的字义大要有四：第一是"具有超人的本领，为神灵所默佑者"；其次是"声名煊赫的战士，曾为国争战者"；第三是"其成就及高贵性格为人所景仰者"；最后是"诗和戏剧中的主角"。这四个意义显然是互相关联的。凡是英雄必定是非常人，得天独厚，能人之所难能，在艰危时代能为国家杀敌御侮，在承平时代他的事业和品学也能为民族的楷模，在任何重大事件中，他必是倡导推动者，如戏剧中的主角。他的名称有时不很一致，"圣贤"，"豪杰"，"至人"，所指的都大致相同。

一谈到英雄，大概没有不明了他是什么一种人；可是追问到究竟那一个人才算是英雄，意见却很难一致。小孩子们看惯侠义小说，心目中的英雄是在峨嵋山修炼得道的拳师剑侠；江湖帮客所知道的英雄是《水浒传》里所形容的梁山泊一群好汉和他们帮里的"柁把子"。读书人言必讲周孔，弄武艺的人拜关羽岳飞。古代和近代，中国和西方，所持的英雄标准也不完全一致。仔细研究起来，每种社会，每种阶级，甚至于每个人都各有各的英雄。所以这个意义似很明显的名称所指的究为何种人实在很难确定。

这也并不足为奇。英雄本是一种理想人物。一群人或一个人所崇拜的英雄其实就是他们的或他的人生理想的结晶。人生理想如忠孝节义智仁勇之类都是抽象概念，颇难捉摸，而人类心理习性常倾向于依附可捉摸的具体事例。英雄就是抽象的人生理想所实现的具体事例，他是一幅天然图画，大家都可以指着他向自己说："象那样的人才是我们所应羡慕而仿效的！"说到英勇，一般人印象也许很模糊，但是一般人都知道崇拜秦皇汉武，或是亚历山大和拿破仑。人人尽管知道忠义为美德，但是要一般人为忠义所感动，千言万语也抵不上一篇岳飞或文天祥的叙传。每个人，每个社会，都有他的特殊的人生理想；很显然的，也就有他的特殊英雄。哲学家的英雄是孔子和苏格拉底，宗教家的英雄是释迦和耶稣，侵略者的英雄是拿破仑，而资本家的英雄则为煤油大王和钢铁大王。行行出状元，就是行行有英雄。

人们所崇拜的英雄尽管不同，而崇拜的心理则无二致。这心理分析起来也很复杂。每个英雄必有确足令人钦佩之点，经得起理智衡量，不仅能引起盲目的崇拜。但是"崇拜"是宗教上的术语，既云崇拜，就不免带有几分宗教的迷信，就不免有几分盲目。英雄尽管有不足崇拜处，可是我们既然崇拜他，就只看得见他的长处，看不见他的短处。"爱而知其恶"就不是崇拜，崇拜是无限制的敬慕，有时甚至失去理性。西谚说："没有人是他的仆从的英雄。"因为亲信的仆从对主人看得太清楚。古代帝王要"深居简出"，实有一套秘诀在里面。在崇拜的心理中，情感的成分远过于理智的成分。英雄崇拜的缺点在此，因为它免不掉几分盲目的迷信；但是优点也正在此，因为它是敬贤向上心的表现。敬贤向上是人类心灵中最可宝贵的一点光焰，个人能上进，社会能改良，文化能进展，都全靠有它在烛照。英雄常在我们心中煽燃这一点光焰，常提醒我们人性尊严的意识，将我们提升到高贵境界。崇拜英雄就是崇拜他所特有的道德价值。世间只有几种人不能崇拜英雄：一是愚昧者，根本不能辨别好坏；一是骄矜妒忌者，自私的野心蒙蔽了一切，不愿看旁人比自己高一层；一是所谓"犬儒"（cynics），轻世玩物，视一切无足道；最后就是丧尽天良者，毫无人性，自然也就没有人性中最高贵的虔敬心。这几种人以外，任何人都多少可以崇拜英雄，一个人能崇拜英雄，他多少还有上进的希望，因为他还有道德方面的价值意识。

崇拜英雄的情操是道德的，同时也是超道德的。所谓"超道德的"，就是美感的。太史公在《孔子世家》赞里说："高山仰止，景行行止，虽不能至，然心焉向往之。"这几句话写英雄崇拜的情绪最为精当。对着伟大人物，有如对着高山大海，使人起美学家所说的"崇高雄伟之感"（sense of the sublime）。依美学家的分析，起崇高雄伟感觉时，我们突然间发现对象无限伟大，无形中自觉此身渺小，不免肃然起敬，栗然生畏，惊奇赞叹，有如发呆；但惊心动魄之余，就继以心领神会，物我同一而生命起交流，我们于不知不觉中吸收融会那一种伟大的气魄，而自己也振作奋发起来，仿佛在模仿它，努力提升到同样伟大的境界。对高山大海如此，对暴风暴雨如此，对伟大英雄也如此。崇拜英雄是好善也是审美。在人生胜境，善与美常合而为一，此其一例。

这种所描写的自然只是极境，在实际上英雄崇拜有深有浅，不一定都达到这种极境。但无论深浅，它的影响都大体是好的。社会的形成与维系都不外借宗教政治教育学术几种"文化"的势力。宗教起于英雄崇拜，卡莱尔已经详论过。世界中最宗教的民族要算希伯来人，读《旧约》的人们大概都明了希伯来也是一个最崇拜英雄的民族，政治的灵魂在秩序组织，而秩序组织的建立与维持必赖有领袖。一个政治团体里有领袖能号召，能得人心悦诚服，政治没有不修明的。极权国家固然需要独裁者，民主国家仍然需要独裁者，无论你给他什么一个名义。至于教育学术也都需要有人开风气之先。假想没有孔墨庄老几个哲人，中国学术思想还留在怎样一个地位！没有柏拉图、亚理斯多德、笛卡儿、康德几个哲人，西方学术思想还留在怎样一个地位！如此等类问题是颇耐人寻思的。俗话有一句说得有趣："山中无老虎，猴子称霸王。"阮步兵登广武曾发"时无英雄，遂令竖子成名"之叹。一个国家民族到了"猴子称霸王"或是"竖子成名"的时候，他的文化水准也就可想而见了。

　　学习就是模仿，人是最善于学习的动物，因为他是最善于模仿的动物。模仿必有模型，模型的美丑注定模仿品的好丑，所谓"种瓜得瓜，种豆得豆"。英雄（或是叫他"圣贤"，"豪杰"）是学做人的好模型。所以从教育观点看，我们主张维持一般人所认为过时的英雄崇拜。尤其在青年时代，意象的力量大于概念，与其向他们说仁义道德，不如指点几个有血有肉的具有仁义道德的人给他们看。教育重人格感化，必须是一个具体的人格才真正有感化力。

　　我们民族中从古至今，做人的好模型委实不少，可惜长篇传记不发达，许多伟大人物都埋在断简残篇里面，不能以全副面目活现于青年读者眼前。这个缺陷希望将来有史家去弥补。

（选自《谈修养》，重庆中周出版社1943年5月版）

谈 交 友

　　人生的快乐有一大半要建筑在人与人的关系上面。只要人与人的关系调处得好，生活没有不快乐的。许多人感觉生活苦恼，原因大半在没有把人与人的关系调处适宜。这人与人的关系在我国向称为"人伦"。在人伦中先儒指出五个最重要的，就是君臣、父子、夫妇、兄弟、朋友。这五伦之中，父子、夫妇、兄弟起于家庭，君臣和朋友起于国家社会。先儒谈伦理修养，大半在五伦上做工夫，以为五伦上面如果无亏缺，个人修养固然到了极境，家庭和国家社会也就自然稳固了。五伦之中，朋友一伦的地位很特别，它不象其它四伦都有法律的基础，它起于自由的结合，没有法律的力量维系它或是限定它，它的唯一的基础是友爱与信义。但是它的重要性并不因此减少。如果我们把人与人中间的好感称为友谊，则无论是君臣、父子、夫妇或是兄弟之中，都绝对不能没有友谊。就字源说，在中西文里"友"字都含有"爱"的意义。无爱不成友，无爱也不成君臣、父子、夫妇或兄弟。换句话说，无论那一伦，都非有朋友的要素不可，朋友是一切人伦的基础。懂得处友，就懂得处人；懂得处人，就懂得做人。一个人在处友方面如果有亏缺，他的生活不但不能是快乐的，而且也决不能是善的。

　　谁都知道，有真正的好朋友是人生一件乐事。人是社会的动物，生来就有同情心，生来也就需要同情心。读一篇好诗文，看一片好风景，没有一个人在身旁可以告诉他说："这真好呀！"心里就觉得美中有不足。遇到一件大喜事，没有人和你同喜，你的欢喜就要减少七八分；遇到一件大灾难，没有人和你同悲，你的悲痛就增加七八分。孤零零的一个人不能唱歌，不能说笑话，不能打球，不能跳舞，不能闹架拌嘴，总之，什么开心的事也不能做。世界最酷毒的刑罚要算幽禁和充军，逼得你和你所常接近的人们分开，让你尝无亲无友那种孤寂的风味。人必须接近人，你如果不信，请你闭关独居十天半个月，再走到十字街头在人群中挤一挤，你心里会感到说不出来的快慰，仿佛过了一次大瘾，虽然街上那些行人在平时没有一个让你瞧得上眼。人是一种怪物，自己是一个人，却要显得瞧不起人，要孤高自赏，要闭门谢客，要把心里所想的看成神妙不可言说，"不可与俗人道"，其实隐意识里面惟恐人不注意自己，不知道自己，不赞赏自己。世间最欢喜守秘密的人往往也是最不能守秘密的人。他们对你说："我告诉你，你却不要告诉人。"他不能不告诉你，却忘记你也不能不告诉人。这所谓"不能"实在出于天性中一种极大的压迫力。人需要朋友，如同人需要泄露秘密，都由于天性中一种压迫力在驱遣。它是一种精神上的饥渴，不满足就可以威胁到生命的健全。

　　谁也都知道，朋友对于性格形成的影响非常重大。一个人的好坏，朋友熏染的力量要居大半。既看重一个人把他当作真心朋友，他就变成一种受崇拜的英雄，他的一言一笑，一举一动都在有意无意之间变成自己的模范，他的性格就逐渐有几分变成自己的性格。同时，他也变成自己的裁判者，自己的一言一笑，一举一动，都要顾到他的赞许或非难。一个人可以蔑视一切人的毁誉，却不能不求见谅于知己。每个人身旁有一个"圈子"，这圈子就是他所尝亲近的人围成的，他跳来跳去，尝跳不出这圈子。在某一种圈子就成为某一种人。圣贤有道，盗亦有道。隔着圈子相视，尧可非桀，桀亦可非尧。究竟谁是谁非，责任往往不在个人而在他所在的圈子。古人说："与善人交，如入芝兰之室，久而不闻其香；与恶人交，如入鲍鱼之肆，久而不闻其臭。"久闻之后，香可以变成寻常，臭也可以变成寻常，而习安之，就不觉其为香为臭。一个人应该谨慎择友，择他所在的圈子，道理就在此。人是善于模仿的，模仿品的好坏，全看模型的好坏，有如素丝，染于青则青，染于黄则黄。"告诉我谁是你的朋友，我就知道你是怎样的一种人。"这句西谚确实是经验之谈。《学记》论教育，一则曰："七年视论学取友"，再则曰："相观而善之谓摩"。从孔孟以来，中国士林向奉尊师敬友为立身治学的要道。这都是深有见于朋友的影响重大。师弟向不列于五伦，实包括于朋友一伦里面，师与友是不能分开的。

　　许叔重《说文解字》谓"同志为友"。就大体说，交友的原则是"同声相应，同气相求"。但是绝对相同在理论与事实都是不可能。"人心不同，各如其面。"这不同亦正有它的作用。朋友的乐趣在相同中容易见出；朋友的益处却往往在相异处才能得到。古人尝拿"如切如磋，如琢如磨"来譬喻朋友的交互影响。这譬喻实在是很恰当。玉石有瑕疵棱角，用一种器具来切磋琢磨它，它才能圆融光润，才能"成器"。人的性格也难免有瑕疵棱角，如私心、成见、骄矜、暴躁、愚昧、顽恶之类，要多受切磋琢磨，才能洗刷净尽，达到玉润珠圆的境界。朋友便是切磋琢磨的利器，与自己愈不同，磨擦愈多，切磋琢磨的影响也就愈大。这影响在学问思想方面最容易见出。一个人多和异己的朋友讨论，会逐渐发现自己的学说不圆满处，对方的学说有可取处，逼得不得不作进一层的思考，这样地对于学问才能逐渐鞭辟入里。在朋友互相切磋中，一方面被"磨"，一方面也在受滋养。一个人被"磨"的方面愈多，吸收外来的滋养也就愈丰富。孔子论益友，所以特重直谅多闻。一个不能有诤友的人永远是愚而好自用，在道德学问上都不会有很大的成就。

好朋友在我国语文里向来叫做"知心"或"知己"。"知交"也是一个习用的名词。这个语言的习惯颇含有深长的意味。从心理观点看，求见知于人是一种社会本能，有这本能，人与人才可免除隔阂，打成一片，社会才能成立。它是社会生命所借以维持的，犹如食色本能是个人与种族生命所借以维持的，所以它与食色本能同样强烈。古人尝以一死报知己，钟子期死后，伯牙不复鼓琴。这种行为在一般人看近似于过激，其实是由于极强烈的社会本能在驱遣。其次，从伦理哲学观点看，知人是处人的基础，而知人却极不易，因为深刻的了解必基于深刻的同情。深刻的同情只在真挚的朋友中才常发见，对于一个人有深交，你才能真正知道他。了解与同情是互为因果的，你对于一个人愈同情，就愈能了解他；你愈了解他，也就愈同情他。法国人有一句成语说："了解一切，就是宽容一切。"(tout comprendre，c'est tout pardonner)。这句话说来象很容易，却是人生的最高智慧，需要极伟大的胸襟才能做到。古今有这种胸襟的只有几个大宗教家，象释迦牟尼和耶稣，有这种胸襟才能谈到大慈大悲；没有它，任何宗教都没有灵魂。修养这种胸襟的捷径是多与人做真正的好朋友，多与人推心置腹，从对于一部分人得到深刻的了解，做到对于一般人类起深厚的同情。从这方面看，交友的范围宜稍广泛，各种人都有最好，不必限于自己同行同趣味的。蒙田在他的论文里提出一个很奇怪主张，以为一个人只能有一个真正的朋友，我对这主张很怀疑。

交友是一件寻常事，人人都有朋友，交友却也不是一件易事，很少人有真正的朋友。势利之交固容易破裂，就是道义之交也有时不免闹意气之争。王安石与司马光、苏轼、程颢诸人在政治和学术上的侵轧便是好例。他们个个都是好人，彼此互有相当的友谊，而结果闹成和世俗人一般的翻云覆雨。交道之难，从此可见。从前人谈交道的话说得很多。例如"朋友有信"，"久而敬之"，"君子之交淡如水"，视朋友须如自己，要急难相助，须知护友之短，象孔子不假盖于悭吝朋友；要劝善规过，但"不可则止，无自辱焉"。这些话都是说起来颇容易，做起来颇难。许多人都懂得这些道理，但是很少人真正会和人做朋友。

孔子尝劝人"毋友不如己者"，这话使我很徨徨不安。你不如我，我不和你做朋友，要我和你做朋友，就要你胜似我，这样我才能得益。但是这算盘我会打你也就会打，如果你也这么说，你我之间不就没有做朋友的可能么？柏拉图写过一篇谈友谊的对话，另有一番奇妙议论。依他看，善人无须有朋友，恶人不能有朋友，善恶混杂的人才或许需要善人为友来消除他的恶，恶去了，友的需要也就随之消灭。这话显然与孔子的话有些牴牾。谁是谁非，我至今不能断定，但是我因此想到朋友之中，人我的比较是一个重要问题，而这问题又和善恶问题密切相关。我从前研究美学上的欣赏与创造问题，得到一个和常识不相通的结论，就是：欣赏与创造根本难分，每人所欣赏的世界就是每人所创造的世界，就是他自己的情趣和性格的返照；你在世界中能"取"多少，就看你在你的性灵中能提出多少"与"它，物与我之中有一种生命的交流，深人所见于物者深，浅人所见于物者浅。现在我思索这比较实际的交友问题，觉得它与欣赏艺术自然的道理颇可暗合默契。你自己是什样的人，就会得到什样的朋友。人类心灵尝交感回流。你拿一分真心待人，人也就拿一分真心待你，你所"取"如何，就看你所"与"如何。"爱人者人恒爱之，敬人者人恒敬之。"人不爱你敬你，就显得你自己有损缺。你不必责人，先须返求诸己。不但在情感方面如此，在性格方面也都是如此。友必同心，所谓"心"是指性灵同在一个水准上。如果你我在性灵上有高低，我高就须感化你，把你提高到同样水准；你高也是如此，否则友谊就难成立。朋友往往是测量自己的一种最精确的尺度。你自己如果不是一个好朋友，就决不能希望得到一个好朋友。要是好朋友，自己须先是一个好人。我很相信柏拉图的"恶人不能有朋友"的那一句话。恶人可以做好朋友时，他在他方面尽管是坏，在能为好朋友一点上就可证明他还有人性，还不是一个绝对的恶人。说来说去，"同声相应，同气相求"那句老话还是对的，何以交友的道理在此，如何交友的方法也在此。交友和一般行为一样，我们应该常牢记在心的是"责己宜严，责人宜宽"。

（选自《谈修养》，重庆中周出版社1943年5月版）

谈青年与恋爱结婚

在动物阶层，性爱不成问题，因为一切顺着自然倾向，不失时，不反常，所以也就合理。在原始人类社会，性爱不成为严重的问题，因为大体上还是顺自然倾向的，纵有社会裁制，习惯成了自然，大家也就相安无事。在近代开化的社会，性爱的问题变成很严重，因为自然倾向与社会裁制发生激烈的冲突，失时和反常的现象常发生，伦理的、宗教的、法律的、经济的、社会的关系愈复杂，纠纷愈多而解决愈困难。这困难成年人感觉到很迫切，青年人感觉到尤其迫切。性爱在青年期有一个极大的矛盾：一方面性欲在青年期由潜伏而旺盛，力量特别强烈；一方面种种理由使青年人不适宜于性生活的活动。

先说青年人不适宜于性爱的理由：

一、恋爱的正常归宿是结婚，结婚的正常归宿是生儿养女，成立家庭。青年除学习期，在事业上尚无成就，在经济上未能独立，负不起成立家庭教养子女的责任。恋爱固然可以不结婚，但是性的冲动培养到最紧张的程度而没有正常的发泄，那是违反自然，从医学和心理学观点看，对于身心都有很大的妨害。结婚固然也可以节制生育，但是寻常婚后生活中，子女的爱是夫妻中间一个重要的联系，培养起另一代人原是结婚男女的共同目标与共同兴趣，把这共同目标与共同兴趣用不自然的方法割去了，结婚男女的生活就很干枯，他们的情感也就逐渐冷淡。这对于种族和个人都没有裨益，失去了恋爱与婚姻的本来作用。

二、青年身体发展尚未完全成熟，早婚妨碍健康，尽人皆知；如果生儿养女，下一代人也必定比较羸弱，可以影响到民族的体力，我国已往在这方面吃的亏委实不小。还不仅此，据一般心理学家的观察，性格的成熟常晚于体格的成熟，青年在体格方面尽管已成年，在心理方面往往还很幼稚，男子尤其是如此。在二十余岁的光景，他们心中装满着稚气的幻想，没有多方的人生经验，认不清现实，情感游离浮动，理智和意志都很薄弱，性格极易变动，尤其是缺乏审慎周详的抉择力与判断力，今天做的事明天就会懊悔。假如他们钟情一个女子，马上就会陷入沉醉迷狂状态，把爱的实现看得比世间任何事都较重要；达不到目的，世界就显得黑暗，人生就显得无味，觉得非自杀不可；达到目的，结婚就成了"恋爱的坟墓"，从前的仙子就是现在的手镣脚铐。到了这步田地，他们不是牺牲自己的幸福，就是牺牲别人的幸福。许多有为青年的前途就这样毁去了，让体格性格都不成熟的青年人去试人生极大的冒险，那简直是一个极大的罪孽。

三、人生可分几个时期，每时期有每时期的正当使命与正当工作。青年期的正当使命是准备做人，正当工作是学习。在准备做人时，在学习时，无论是恋爱或结婚都是一种妨害。人生精力有限，在恋爱和结婚上面消耗了一些，余剩可用于学习的就不够。在大学期间结婚的学生成绩必不会顶好，在中学期间结婚的学生的前途决不会有很大的希望。自己还带乳臭，就腆颜准备做父母，还满口在谈幸福，社会上有这现象，就显得它有些病态。恋爱用不着反对，结婚更用不着反对，只是不能"用违其时"。禽兽性生活的优点就在不失时，一生中有一个正当的时期，一年中有一个正当的季节。在人类，正当的时期是壮年，老年人过时，青年人不及时，青年人恋爱结婚，与老年人恋爱结婚，是同样的反常可笑。

假如我们根据这几条理由，就绝对反对青年讲恋爱，是否可能呢？我自己也是过来人，略知此中甘苦，凭自己的经验和对旁人的观察，我可以大胆地说：在三十岁以前，一个人假如不受爱情的搅扰，对男女间事不发生很大的兴趣，专心致志地去做他的学问，那是再好没有的事，他可以多得些成就，少得些苦恼。我还可以说，象这样天真烂漫地过去青春的人，世间也并非绝对没有；而且如果我们认定三十岁左右为正当的结婚年龄，从生物学观点看，这种人也不能算是不自然或不近人情。不过我们也须得承认，在近代社会中，这种浑厚的青年人确实很少；少的原因是在近代生活对于性爱有许多不健康的暗示与刺激，以及教育方面的欠缺。家庭和学校对男女间事绝对不准谈，仿佛这中间事极神秘或是极不体面，有不可告人处。只这印象对儿童们影响就很坏。他们好奇心特别强，你愈想瞒，他们就愈想知道。他们或是从大人方面窥出一些偷偷摸摸的事，或是从一块儿游戏的顽童听到一些淫秽的话。不久他们的性的冲动逐渐发达了，这些不良的种子就在他们心中发芽生枝，好奇心以外又加上模仿本能的活动。他们开始看容易刺激性欲的小说或电影，注意窥探性生活的秘密，甚至想自己也跳到那热闹舞台上去表演。他们年纪轻，正当的对象自无法可得，于是演出种种"性的反常"现象，如同性爱、自性爱、手淫之类。如果他们生在都市里，年纪比较大一点，说不定还和不正当的女人来往。如果他们进了大学，读过一些讴歌恋爱的诗文，看过一些甜情蜜意的榜样，就会觉得恋爱是大学生活中应有的一幕，自己少不得也要凑趣应景，否则即是一个缺陷，一宗耻辱。我们可以说，现在一般青年从幼稚园到大学，沿途所学的性生活的影响都是不健康的，无怪他们向不健康的路径走。

自命为"有心人"的看到这种景象，或是嗟叹世风不古，或是诅咒近代教育，想拿古老的教条来钳制近代青年的活动。世风不古是事实，无用嗟叹，在任何时代，世风都不会"古"的。世界既已演变到现在这个阶段，要想回到男女授受不亲那种状态，未免是痴人说梦。我个人的主张是要把科学知识尽量地应用到性爱问题上面来，使一般人一方面明白它在生物学、生理学和心理学上的意义，一方面也认清它所连带的社会、政治、经济各方面的责任。这问题，象一切其他人生问题一样，可以用冷静的头脑去思索，不必把它摆在一种带有宗教性的神秘氛围里。神秘本身就是一种诱惑，暗中摸索都难免跌交。

就大体说，我赞成用很自然的方法引导青年撇开恋爱和结婚的路。所谓自然的方法有两种。第一是精力有所发挥，精神有所委托。一个人心无二用，却也不能没有所用。青年人精力最弥满，要他闲着无所用，就难免泛滥横流。假如他在工作里发生兴趣，在文艺里发生兴趣，甚至在游戏运动里发生兴趣，这就可以垄断他的心神，不叫它旁迁他涉。我知道很多青年因为心有所用，很自然地没有走上恋爱的路。第二是改善社交生活，使同情心得到滋养。青年人最需要的是同情，最怕的是寂寞，愈寂寞就愈感觉异性需要的迫切。一般青年追求异性，与其说是迫于性的冲动，勿宁说是迫于同情的需要。要满足这需要，社交生活如果丰富也就够了。一个青年如果有亲热的家庭生活，加上温暖的团体生活，不感觉到孤寂，他虽然还有"遇"恋爱的可能，却无"谋"恋爱的必要。

这番话并非反对男女青年的正常交接，反之，我认为男女社交公开是改善社交生活的一端。愈隔绝，神秘观念愈深，把男女关系看成神秘，从任何观点看，都是要不得的。我虽然赞成叔本华的"男女的爱都是性爱"的看法，却不敢同意王尔德的"男女间只有爱情而无友谊"的看法。因为友谊有深有浅，友谊没有深到变为爱情的程度是常见的。据我个人的观察，青年施受同情的需要虽很强烈，而把同情专注在某一个对象上并不是一个很自然的现象。无论在同性中或异性中，一个人很可能地同时有几个好友。交谊愈广泛，发生恋爱的可能性也就愈少。一个青年最危险的遭遇莫过于向来没有和一个女子有较深的接触，一碰见第一个女子就爱上了她。许多在男女社交方面没有经验的青年却往往是如此，而许多悲剧也就如此酿成。

在男女社交公开中，"遇"恋爱自然很可能，但是危险性比较小，双方对于异性都有较清楚的认识。既然"遇"上了恋爱，一个人最好认清这是一件极自然极平凡而亦极严重的事。他不应视为儿戏，却也不应沉醉在诗人的幻想里，他应该用最写实的态度去应付它。如果"恋爱至上"，他也要从生物学观点把它看成"至上"，与爱神无关，与超验哲学更无关。他就要准备作正常的归宿——结婚，生儿养女，和担负家庭的责任。

柏拉图到晚年计划第二"理想国"，写成一本书叫做《法律》，里面有一段话颇有意思，现在译来作本文的结束：

"我们的公民不应比鸟类和许多其他动物都不如，它们一生育就是一大群，不到生殖的年龄却不结婚，维持着贞洁。但是到了适当的时候，雌雄就配合起来，相欢相爱，终身过着圣洁和天真的生活，牢守着它们的原来的合同：——真的，我们应该向他们（公民们）说，你们须比禽兽高明些。"

（选自《谈修养》，重庆中周出版社 1943 年 5 月版）

音乐与教育

柏拉图写过一个长篇对话，叫做《理想国》，讨论理想的政治和教育。他知道要一个国家的政治合于理想，先要使它的教育合于理想，所以他费了大半篇幅谈理想国的统制阶级应该受什么样一种训练。他所定的课程异常简单。一个人在二十岁以前只消有两种教育工具，一是体操，一是音乐。至于我们现在的学校里许多功课，像史地，理化，数学，社会科学，哲学，外国文之类，他或是完全不讲，或是摆在二十岁以后的课程里。他的教育主张，在现代人看来，像很奇怪。可是如果你丢开成见，细心去想一想，你也许会佩服希腊人的思想，和他们的艺术一样，简单虽然简单，深刻却是深刻。体操讲究好了，身体可以健全；音乐讲究好了，心灵可以和谐。身心两方面都达到理想的状态，还愁有什么学不好或是做不好？身心是基本，我们近代人舍基本不注意，只在一些肤浅的知识上做工夫，反自以为聪明。许多祸害似都由此起。我们急须回头猛省。

我在另一篇文章里已谈过体育的重要，现在专谈音乐。

音乐是一种最原始最普遍的艺术。飞禽走兽大半都欢喜歌唱，在歌唱中，它们表现生命的富裕和欢乐，同时，它们借歌舞把在生活中所领略得的乐趣传给同类，引起交感共鸣。歌唱在一般动物社会中是一种团结的原动力，它们没有文化传统和制度组织，但是它们一呼百应，一唱百和，全靠这一点声音上的感通。人类在原始阶段也还保持着这本能的音乐嗜好。没有一个原始民族不欢喜歌舞,小孩在个人生命史上相当于原始民族在种族生命史上,欢喜歌舞仍然是天性。人类到了开化以后,小孩到了成年以后,往往逐渐丧失音乐的嗜好,高兴时不放着嗓子唱一曲歌,颓唐时也不拿一种乐器来弹奏一番,哀乐全闷在心里,而且一个人关起来纳闷,生气因之萧索,同情也因之冷淡。这是一个极严重的损失,而且是违反自然本性的。对于这种现象的造成,教育家们要负一大部分责任,他们丢开了人类一个最强烈的本能,一个最有力的教育工具,不去利用。假如他们知道利用,音乐的力量要超出任何学问训练之上。

何以故呢?音乐不仅是最原始最普遍的艺术,而且是最完美的艺术,可以普及深入一般民众,从根本上陶冶人的性格。在其他艺术,实质与形式多少可以分别出来,了解实质与了解形式可以分为两事;音乐却完全融化实质与形式的分别,实质即形式,形式亦即实质,内外一致,天衣无缝。所以音乐达到了艺术的最高理想。如果美育是教育中一项要目,美育的最好工具就应该是音乐。音乐虽是顶完美的,却不能算是最困难的艺术。叔本华说得最清楚,一般艺术都须借意象来表现,例如文学所用的语文意义,图画所用的形色光影;音乐则为意志的直接外射,用不着凭借意象。所以了解其他艺术,我们须假道于理智,比如说,不懂得语文意义,就无从了解文学;音乐则表现最直接,感动也最直接,我们接受声音的刺激,生理上马上就起反响,用不着理智的分析。中国人不一定能了解外国的文学,但是多少可以受外国音乐的感动,因为没有语文的障碍。小孩子和乡下文盲尽管不能读书明理,也多少可以欣赏成年人和音乐家的唱歌奏乐,因为没有知识经验的障碍。音乐是纯从感官打动人心的,耳里听到,心里就起哀乐共鸣。这件事实可以解释音乐的普及性，也可以解释它的深入性。如果要教育的力量普及而又深入，舍音乐还有什么其它途径呢？

音乐对于人生至少有三重大功用。

第一是表现。情感思想都需要发扬宣泄。我们都知道在欢喜时大笑一场，在悲哀时痛哭一场，是一件畅快事。严守一个秘密，心里才感觉不舒服；尤其是感情不能压抑，压抑便引起冲突和苦痛。依近代心理学看，许多精神病都是情感不得宣泄的结果。表现在生气的洋溢。一个人或一个民族到了不需要艺术的表现时，那只有两种可能：一是生气萎竭，一是生气受不了自然的歪曲，向不正常不健康的路途发泄。所以给生气以正常的康健的表现，也就是培养生气。音乐的表现是最正常的康健的表现，因为它是人类的普遍嗜好，而同时它的命脉在和谐。亚理斯多德在《政治学》里谈到古希腊人用一种音乐医精神病。有一种癫狂病，医治的方法是叫病人听一种音乐，听了几回他的情感上的脓疱化消了，病就自然好。亚理斯多德把音乐的这种功能叫做 katharsis，这字含有"发散"和"净化"两个意义。音乐对于人的情感不仅能"发散"而且能"净化"，就因为它本身是和谐，对于人的心灵自然能产生和谐的影响。我们有听音乐经验的人都知道在凝神静听之后，全体筋肉脉搏都经过一番和谐的震荡，心灵仿佛在困倦之后洗过一回澡，汗垢尽去，血液畅通，有心旷神怡之乐。如果我们不仅是欣赏，自己能歌唱弹奏，除了这种生气洋溢的乐趣以外，我们还可以得到人生最大的快慰，成就一种作品的感觉。我们创造了一个可欣赏的世界，替人类开辟了一种愉悦的泉源，意识到这种力量，就如同创世主在第七天的神情。人能多尝这种创造的快慰，人生便显得华严，而人的品格也就自然会高贵。

三十年代初在法国斯特拉斯堡大学与友人合影

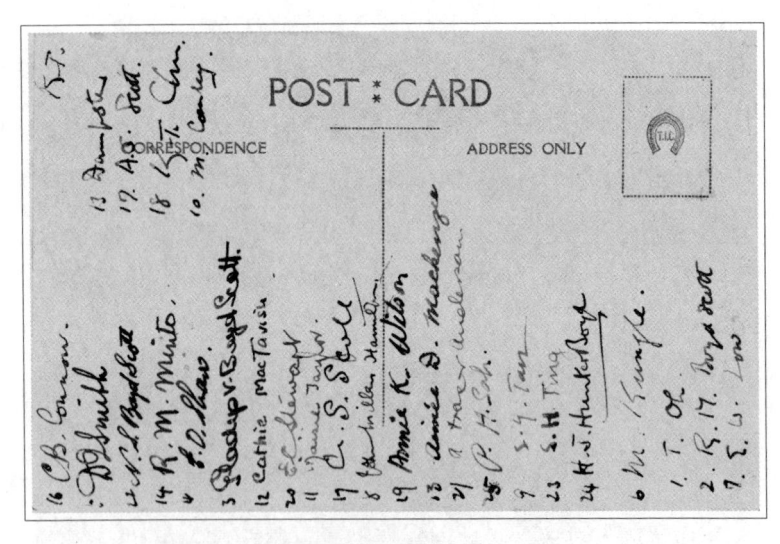

留学法国同学名单

其次是感动。音乐直接打动感官，引起生理的反应，所以感人最普及而深入。这道理在上文已说过。中西神话和历史上都有不少的关于音乐感动力的传说。城市有借音乐造成的，也有借音乐毁倒的；胜仗有用音乐打来的，重围有用音乐解去的；美人有借音乐取得的，深交有因音乐结成的；名著有从音乐引起思致的，至道有借音乐证成的。瓠巴鼓琴，游鱼出听；据近代生理学家的实验，对牛弹琴，也并非毫无影响。人类情感有许多花样，每种花样在脉搏呼吸和筋肉运动上都有一个特殊的节奏，特殊的模型。音乐的抑扬顿挫，长短急舒，往往与这种节奏和模型相称。某一种乐调在生理上激起某一种节奏和模型，就引起某一种情调。所以在听音乐时，实在有两种乐调在进行。一是外在的，耳朵听的；一是内在的，听者身体在无意中所表演的。人类生理构造大致相同，所以一个乐调可以在无数听者的心弦上引起交感共鸣。音乐是极强烈的同情媒介，也就因为这个缘故。我们如果想尝广大同情的味道，最好在稠人广众中听音乐。乐声作时，全体听众屏息肃然静听，无论尊卑老幼，乐就都乐，哀就都哀，霎时间不独人我之见泯除净尽，即传统习俗所积累成的层层枷锁也一齐丢开，我们在霎时间回到自由的原始人，沉没到浑然一体的大我。音乐使我们畅快，四围许多人都同时在分享我的感觉，意识到这一点，我们更加畅快。这里没有分别界限，没有恩仇迎拒，我们同是一个阳光煦育的兄弟姊妹，我们皆大欢喜。要群众团结一气，最有效的媒介只有音乐。

第三是感化。感动是暂时的，感化是久远的。音乐由感动至感化，因为它的和谐浸润到整个身心，成为固定的模型(Pattern)，习惯成为自然，身心的活动也就处处不违背和谐的原则。内心和谐，则一切不和谐的卑鄙龌龊的念头自无从发生，表现于行为的也自从容中节。中国先儒以礼乐立教，就为明白了这个道理。乐的精神在和谐，礼的精神在秩序，这两者中间，乐更是根本的，因为内和谐外自然有秩序，没有和谐做基础的秩序就成了呆板形式，没有灵魂的躯壳。内心和谐而生活有秩序，一个人修养到这个境界，就不会有疵可指了。谈到究竟，德育须从美育上做起。道德必由真性情的流露，美育怡情养性，使性情的和谐流露为行为的端正，是从根本上做起。惟有这种修养的结果，善与美才能一致。明白这个道理，我们就会明白孔子谈政教何以那样重诗乐。诗与乐原来是一回事，一切艺术精神原来也都与诗乐相通。孔子提倡诗乐，犹如近代人提倡美育。他说："诗可以兴，可以观，可以群，可以怨。"又说："温柔敦厚，诗教也。"都是看到了诗乐对于情感教育的重要。他不但把诗乐认为教育的基础，而且把它们认为政治的基础，实在政教是不能分离的，世间安有无教之政呢？近代人舍教而言政，只见得他们愚昧。"颜渊问为邦。子曰，乐则韶舞，放郑声，远佞人。"远佞人还在放郑声之次，我们现在只知道厌恶佞人，其实还有比这更重要的事务——音乐教育。音乐教育上了轨道，佞人也许就不会存在，而政治也不会不修明了。

　　一个民族的性格常表现于音乐，最显著的是中西音乐的分别。西方音乐偏于阳刚，使听者发扬蹈厉；中国音乐偏于阴柔，使听者沉潜肃穆。这各有所长，我们用不着偏袒。我们所最忧虑的是我国一般民众，尤其是士大夫阶级，大半没有真正的音乐的嗜好。这似乎表现了民族精神的衰落。我个人认为人心的污浊与社会的腐败都种根于此。我每想起柏拉图的教育主张，就深深感觉到我国目前教育须有一个彻底的改革。我们必须普及音乐教育，尤其是要把国乐本身大加一番整理洗刷。这不是宣传可以了事。但是制礼作乐是盛业也是美名,容易被宣传者当作一种口号呐喊了事。这是我草此文时心里所栗栗危惧的。大家须拿出一副极严肃的态度来应付这问题,前途才有希望。

(原载 1943 年 7 月《中学生》杂志第 65 期)

谈 谦 虚

说来说去，做人只有两桩难事，一是如何对付他人，一是如何对付自己。这归根还只是一件事，最难的事还是对付自己，因为知道如何对付自己，也就知道如何对付他人，处世还是立身的一端。

自己不易对付，因为对付自己的道理有一个模棱性，从一方面看，一个人不可无自尊心，不可无我，不可无人格。从另一方面看，他不可有妄自尊大心，不可执我，不可任私心成见支配。总之，他自视不宜太小，却又不宜太大，难处就在调剂安排，恰到好处。

自己不易对付，因为不容易认识，正如有力不能自举，有目不能自视。当局者迷，旁观者清。我们对于自己是天生成的当局者而不是旁观者，我们自囿于"我"的小圈子，不能跳开"我"来看世界，来看"我"，没有透视所必需的距离，不能取正确观照所必需的冷静的客观态度，也就生成地要执迷，认不清自己，只任私心、成见、虚荣、幻觉种种势力支配，把自己的真实面目弄得完全颠倒错乱。我们象蚕一样，作茧自缚，而这茧就是自己对于自己所错认出来的幻相。真正有自知之明的人实在不多见。"知人则哲"，自知或许是哲以上的事。"知道你自己"一句古训所以被称为希腊人最高智慧的结晶。

"知道你自己"，谈何容易！在日常自我估计中，道理总是自己的对，文章总是自己的好，品格也总是自己的高，小的优点放得特别大，大的弱点缩得特别小。人常"阿其所好"，而所好者就莫过于自己。自视高,旁人如果看得没有那么高,我们的自尊心就遭受了大打击,心中就结下深仇大恨。这种毛病在旁人,我们就马上看出;在自己,我们就熟视无睹。

希腊神话中有一个故事。一位美少年纳西司(Narcissus)自己羡慕自己的美,常伏在井栏上俯看水里自己的影子,愈看愈爱,就跳下去拥抱那影子,因此就落到井里淹死了。这寓言的意义很深永。我们都有几分"纳西司病",常因爱看自己的影子堕入深井而不自知。照镜子本来是好事,我们对于不自知的人常加劝告:"你去照照镜子看!"可是这种忠告是不聪明的,他看来看去,还是他自己的影子,像纳西司一样,他愈看愈自鸣得意,他的真正面目对于他自己也就愈模糊。他的最好的镜子是世界,是和他同类的人。他认清了世界,认清了人性,自然也就会认清自己,自知之明需要很深厚的学识经验。

德尔斐神谕宣示希腊说:苏格拉底是他们中间最大的哲人,而苏格拉底自己的解释是:他本来和旁人一样无知,旁人强不知以为知,他却明白自己的确无知,他比旁人高一着,就全在这一点。苏格拉底的话老是这样浅近而深刻,诙谐而严肃。他并非说客套的谦虚话,他真正了解人类知识的限度。"明白自己无知"是比得上苏格拉底的那样哲人才能达到的成就。有了这个认识,他不但认清了自己,多少也认清了宇宙。孔子也仿佛有这种认识。他说:"吾有知乎哉,无知也。"他告诉门人:"知之为知之,不知为不知,是知也。"所谓"不知之知"正是认识自己所看到的小天地之外还有无边世界。

这种认识就是真正的谦虚。谦虚并非故意自贬声价,作客套应酬,象虚伪者所常表现的假面孔;它是起于自知之明,知道自己所已知的比起世间所可知的非常渺小，未知世界随着已知世界扩大，愈前走发见天边愈远。他发见宇宙的无边无底，对之不能不起崇高雄伟之感，返观自己渺小，就不能不起谦虚之感。谦虚必起于自我渺小的意识，谦虚者的心目中必有一种为自己所不知不能的高不可攀的东西，老是要抬着头去望它。这东西可以是全体宇宙，可以是圣贤豪杰，也可以是一个崇高的理想。一个人必须见地高远，"知道天高地厚"才能真正地谦虚；不知道天高地厚的人就老是觉得自己伟大，海若未曾望洋，就以为"天下之美尽在己"。谦虚有它消极方面，就是自我渺小的意识；也有它积极方面，就是高远的瞻瞩与恢阔的胸襟。

看浅一点，谦虚是一种处世哲学。"人道恶盈而喜谦"，人本来没有可盈的时候，自以为盈，就无法再有所容纳，有所进益。谦虚是知不足，知不足然后能自强。一切自然节奏都是一起一伏。引弓欲张先弛，升高欲跳先蹲，谦虚是进取向上的准备。老子譬道，常用谷和水。"谷神不死"，"旷兮其若谷"，"上善若水"，"天下莫柔弱于水而攻坚强者莫之能胜"。谷虚所以有容，水柔所以不毁。人的谦虚可以说是取法于谷和水，它的外表虽是空旷柔弱，而它的内在的力量却极刚健。大易的谦卦六爻皆吉。作易的人最深知谦的力量，所以说，"谦尊而光，卑而不可逾"。道家与儒家在这一点认识上是完全相同的。这道理好比打太极拳，极力求绵软柔缓，可是"四两拨千斤"，极强悍的力士在这轻推慢挽之前可以望风披靡。古希腊的悲剧作者大半是了解这个道理的，悲剧中的主角往往以极端的倔强态度和不可以倔强胜的自然力量（希腊人所谓神的力量）搏斗，到收场时一律被摧毁，悲剧的作者拿这些教训在观众心中引起所谓"退让"（resignation）情绪，使人恍然大悟在自然大力之前，人是非常渺小的，人应该降下他的骄傲心，顺从或接收不可抵制的自然安排。这思想在后来耶稣教中也很占势力。近代科学主张"以顺从自然去征服自然"，道理也是如此。

看深一点，谦虚是一种宗教情绪。这道理在上文所说的希腊悲剧中已约略可见。宗教都有一个被崇拜的崇高的对象，我们向外所呈献给被崇拜的对象是虔敬，向内所对待自己的是谦虚。虔敬和谦虚是宗教情绪的两方面，内外相应相成。这种情绪和美感经验中的"崇高意识"（sense of the sublime）以及一般人的英雄崇拜心理是相同的。我们突然间发现对象无限伟大，无形中自觉此身渺小，于是栗然生畏，肃然起敬；但是惊心动魄之余，就继以心领神会，物我交融，不知不觉中把自己也提升到那同样伟大的境界。对自然界的壮观如此，对伟大的英雄如此，对理想中所悬的全知全能的神或尽善尽美的境界也是如此。在这种心境中，我们同时感到自我的渺小和人性的尊严，自卑和自尊打成一片。

我们姑拿两首人人皆知的诗来说明这个道理。一是陈子昂的"前不见古人，后不见来者，念天地之悠悠，独怆然而涕下！"一是杜甫的，"侧身天地常怀古，独立苍茫自咏诗"。我们试玩味两诗所表现的心境。在这种际会，作者还是觉得上天下地，唯我独尊，因而踌躇满意呢？还是四顾茫茫，发见此身渺小而怳然若有所失呢！这两种心境在表面上是相反的，而在实际上却并行不悖，形成哲学家们所说的"相反者之同一"。在这种际会，骄傲和谦虚都失去了它们的寻常意义，我们骄傲到超出骄傲，谦虚到泯没谦虚。我们对庄严的世相呈献虔敬，对蕴藏人性的"我"也呈献虔敬。

有这种情绪的人才能了解宗教，释迦和耶稣都富于这种情绪，他们极端自尊也极端谦虚。他们知道自尊必从谦虚做起，所以立教特重谦虚。佛家的大戒是"我执"、"我慢"。佛家的哲学精义在"破我执"。佛徒在最初时期都须以行乞维持生活,所以叫做"比丘"。行乞是最好的谦虚训练。耶稣常溷身下层阶级,一再告诫门徒说:"凡自己谦卑象这小孩的,他在天国里就是最大的","你们中间谁为大,谁就要做你们的用人,自高的必降为卑,自卑的必升为高"。这教训在中世纪发生影响极大,许多僧侣都操贱役,过极刻苦的生活,去实现谦卑(humiliation)的理想,圣佛兰西斯是一个很美的例证。

耶佛和其他宗教都有膜拜的典礼,它的意义深可玩味。在只是虚文时,它似很可鄙笑;在出于至诚时,它却是虔敬和谦虚的表现,人类可敬的动作就莫过于此。人难得弯下这个腰干,屈下这双膝盖,低下这颗骄傲的心,在真正可尊敬者的面前"五体投地"。有一次我去一个法会听经,看见皈依的信士们进来时恭恭敬敬地磕一个头,出去时又恭恭敬敬地磕一个头。我很受感动,也觉得有些些尴尬。我所深感惭愧的倒不是人家都磕头而我不磕头,而是我的衷心从来没有感觉到有磕头的需要。我虽是愚昧,却明白这足见性分的浅薄。我或是没有脱离"无明",没有发现一种东西叫我敬仰到须向它膜拜的程度;或是没有脱离"我慢",虽然发现了可膜拜者而仍以膜拜为耻辱。

"我慢"就是骄傲,骄傲是自尊情操的误用。人不可没有自尊情操,有自尊情操才能知耻,才能有所谓荣誉意识(sense of honour),才能有所为有所不为,也才能发奋向上。孔子说:"知耻近乎勇",和《学记》的"知不足然后能自强",《易经》的"谦尊而光,卑而不可逾"两句名言意义骨子里相同。近代心理学家阿德勒(Adler)把这个道理发挥得最透辟。依他看,我们有自尊心,不甘居下流，所以发现了自己的缺陷，就引以为耻，在心理形成所谓"卑劣结"（inferiority complex），同时激起所谓"男性的抗议"（masculine protest），要努力弥补缺陷，消除卑劣，来显出自己的尊严。努力的结果往往不但弥补缺陷，而且所达到的成就反比本来没有缺陷的更优越。希腊的德摩斯梯尼斯本来口吃，不甘心受这缺陷的限制，发愤练习演说，于是成为最大的演说家，中国孙子因膑足而成兵法，左丘明因失明而成《国语》，司马迁因受宫刑而作《史记》，道理也是如此。阿德勒所谓"卑劣结"其实就是谦虚，"知耻"，或"知不足"；他的"男性抗议"就是"自强"，"近乎勇"或"卑而不可逾"。从这个解释，我们也可以看出谦虚与自尊心不但并不相反，而且是息息相通。真正有自尊心者才能谦虚，也才能发奋为雄。"尧，人也，舜，人也，有为者亦若是"，在作这种打算时，我们一方面自觉不如尧舜，那就是谦虚，一方面自觉应该如尧舜，那就是自尊。

骄傲是自尊情操的误用，是虚荣心得到廉价的满足。虚荣心和幻觉相连，有自尊而无自知。它本来起于社会本能——要见好于人；同时也带有反社会的倾向，要把人压倒，它的动机在好胜而不在向上，在显出自己的荣耀而不在理想的追寻。虚荣加上幻觉，于是在人我比较中，我们比得胜固然自骄其胜，比不胜也仿佛自以为胜，或是丢开定下来的标准，另寻自己的胜处。我们常暗地盘算：你比我能干，可是我比你有学问；你干的那一行容易，地位低，不重要，我干的才是真正了不起的事业；你的成就固然不差，可是如果我有你的地位和机会，我的成就一定比你更好。总之，我们常把眼睛瞟着四周的人，心里作一个结论："我比你强一点！"于是伸起大拇指，洋洋自得，并且期望旁人都甘拜下风，这就是骄傲。人之骄傲,谁不如我?我以压倒你为快,你也以压倒我为快。无论谁压倒谁,妒忌、忿恨、争斗以及它们所附带的损害和苦恼都在所不免。人与人,集团与集团,国家与国家,中间许多灾祸都是这样酿成的。"礼至而民不争",礼之端就是辞让,也就是谦虚。

欢喜比照人己而求己比人强的人大半心地窄狭,谩世傲物的人要归到这一类。他们昂头俯视一切,视一切为"卑卑不足道","望望然去之"。阮籍能为青白眼,古今传为美谈。这种谩世傲物的态度在中国向来颇受人重视。从庄子的"让王"类寓言起,经过魏晋清谈,以至后世对于狂士和隐士的崇拜,都可以表现这种态度的普遍。这仍是骄傲在作祟。在清高的烟幕之下藏着一种颇不光明的动机。"人都腥腉,只有我干净"(所谓"世人皆浊我独清"),他们在这种自信或幻觉中鸩醉而陶然自乐。熟看《世说新语》,我始而羡慕魏晋人的高标逸致,继而起一种强烈的反感,觉得那一批人毕竟未闻大道,整天在臧否人物,自鸣得意,心地毕竟局促。他们忘物而未能忘我,正因其未忘我而终亦未能忘物,态度毕竟是矛盾。魏晋人自有他们的苦闷,原因也就在此。"人都腥腉,只有我干净。"这看法或许是幻觉,或许是真理。如果它是幻觉,那是妄自尊大;如果它是真理,就引以自豪,也毕竟是小气。孔子、释迦、耶稣诸人未尝没有这种看法,可是他们的心理反应不是骄傲而是怜悯,不是遗弃而是援救。长沮桀溺说:"滔滔者天下皆是,而谁以易之",孔子说:"鸟兽不可与同群,吾非斯人之徒与而谁与?"这是谩世傲物者与悲天悯人者在对人对己的态度上的基本分别。

人生本来有许多矛盾的现象,自视愈大者胸襟愈小,自视愈小者胸襟愈大。这种矛盾起于对于人生理想所悬的标准高低。标准悬得愈低，愈易自满，标准悬得愈高，愈自觉不足。虚荣者只求胜过人，并不管所拿来和自己比较的人是否值得做比较的标准。只要自己显得是长子，就在矮人国中也无妨。孟子谈交友的对象，分出"一乡之善士"，"一国之善士"，"天下之善士"，"古之人"四个层次。我们衡量人我也要由"一乡之善士"扩充到"古之人"。大概性格愈高贵，胸襟愈恢阔，用来衡量人我的尺度也就愈大，而自己也就显得愈渺小。一个人应该有自己渺小的意识，不仅是当着古往今来的圣贤豪杰的面前，尤其是当着自然的伟大，人性的尊严和时空的无限。你要拿人比自己，且抛开张三李四，比一比孔子、释迦、耶稣、屈原、杜甫、米开朗琪罗、贝多芬，或是爱迪生！且抛开你的同类，比一比太平洋、大雪山、诸行星的演变和运行，或是人类知识以外的那一个茫茫宇宙！在这种比较之后，你如果不为伟大崇高之感所撼动而俯首下心，肃然起敬，你就没有人性中最高贵的成分。你如果不盲目，看得见世界的博大，也看得见世界的精微，你想一想，世间哪里有临到你可凭以骄傲的？

在见道者的高瞻远瞩中，"我"可以缩到无限小，也可以放到无限大。在把"我"放到无限大时，他们见出人性的尊严；在把"我"缩到无限小时，他们见出人性在自己小我身上所实现的非常渺小。这两种认识合起来才形成真正的谦虚。佛家法相一宗把叫做"我"的肉体分析为"扶根尘"，和龟毛兔角同为虚幻，把"我"的通常知见都看成幻觉，和镜花水月同无实在性。这可算把自我看成极渺小。可是他们同时也把宇宙一切，自大地山河以至玄理妙义，都统摄于圆湛不生灭妙明真心，万法唯心所造，而此心却为我所固有，所以"明心见性"，"即心即佛"。这就无异于说，真正可以叫做"我"的那种"真如自性"还是在我，宇宙一切都由它生发出来,"我"就无异于创世主。这对于人性却又看得何等尊严!不但宗教家,哲学家象柏拉图、康德诸人大抵也还是如此看法。我们先秦儒家的看法也不谋而合。儒本有"柔懦"的意义,儒家一方面继承"一命而偻,再命而伛,三命而俯,循墙而走"那种传统的谦虚恭谨,一方面也把"我"看成"与天地合德"。他们说:"返身而诚,万物皆备于我矣","能尽人之性,则能尽物之性;能尽物之性,则可以赞天地之化育,与天地参矣"。他们拿来放在自己肩膀上的责任是"为天地立心,为生民立命,为往圣继绝学,为万世开太平"。这种"顶天立地,继往开来"的自觉是何等尊严!

意识到人性的尊严而自尊,意识到自我的渺小而自谦,自尊与自谦合一,于是法天行健,自强不息,这就是《易经》所说的"谦尊而光,卑而不可逾"。

(原载1944年2月《当代文艺》第1卷第2期)

文学的趣味

　　文学作品在艺术价值上有高低的分别，鉴别出这高低而特有所好，特有所恶，这就是普通所谓趣味。辨别一种作品的趣味就是评判，玩索一种作品的趣味就是欣赏，把自己在人生自然或艺术中所领略得的趣味表现出就是创造。趣味对于文学的重要于此可知。文学的修养可以说就是趣味的修养。趣味是一个比喻，由口舌感觉引申出来的。它是一件极寻常的事，却也是一件极难的事。虽说"天下之口有同嗜"，而实际上"人莫不饮食也，鲜能知味"。它的难处在没有固定的客观的标准，而同时又不能完全凭主观的抉择。说完全没有客观的标准吧，文章的美丑犹如食品的甜酸，究竟容许公是公非的存在；说完全可以凭客观的标准吧，一般人对于文艺作品的欣赏有许多个别的差异，正如有人嗜甜，有人嗜辣。在文学方面下过一番功夫的人都明白文学上趣味的分别是极微妙的，差之毫厘往往谬以千里。极深厚的修养常在毫厘之差上见出，极艰苦的磨炼也常是在毫厘之差上做功夫。

　　举一两个实例来说。南唐中主的《浣溪沙》是许多读者所熟读的：

　　　　菡萏香销翠叶残，西风愁起绿波间。还与韶光共憔悴，不堪看。　　细雨梦回鸡塞远，小楼吹彻玉笙寒。多少泪珠何限恨，倚阑干。

冯正中、王荆公诸人都极赏"细雨梦回"二句，王静安在《人间词话》里却说："菡萏香销二句大有众芳芜秽美人迟暮之感，乃古今独赏其细雨梦回二句，故知解人正不易得。"《人间词话》又提到秦少游的《踏莎行》，这首词最后两句是"郴江幸自绕郴山，为谁流下潇湘去"，最为苏东坡所叹赏；王静安也不以为然："少游词境最为凄惋，至'可堪孤馆闭春寒，杜鹃声里斜阳暮'，则变而为凄厉矣。东坡赏其后二语，犹为皮相。"

这种优秀的评判正足见趣味的高低。我们玩味文学作品时，随时要评判优劣，表示好恶，就随时要显趣味的高低。冯正中、王荆公、苏东坡诸人对于文学不能说算不得"解人"，他们所指出的好句也确实是好，可是细玩王静安所指出的另外几句，他们的见解确不无可议之处，至少是"郴江绕郴山"二句实在不如"孤馆闭春寒"二句。几句中间的差别微妙到不易分辨的程度，所以容易被人忽略过去。可是它所关却极深广，赏识"郴江绕郴山"的是一种胸襟；赏识"孤馆闭春寒"的另是一种胸襟；同时，在这一两首词中所用的鉴别的眼光可以应用来鉴别一切文艺作品，显出同样的抉择，同样的好恶，所以对于一章一句的欣赏大可见出一个人的一般文学趣味。好比善饮酒者有敏感鉴别一杯酒，就有敏感鉴别一切的酒。趣味其实就是这样的敏感。离开这一点敏感，文艺就无由欣赏，好丑妍媸就变成平等无别。

不仅欣赏，在创作方面我们也需要纯正的趣味。每个作者必须是自己的严正的批评者，他在命意布局遣词造句上都须辨析锱铢，审慎抉择，不肯有一丝一毫含糊敷衍。他的风格就是他的人格，而造成他的特殊风格的就是他的特殊趣味。一个作家的趣味在他的修改锻炼的功夫上最容易见出。西方名家的稿本多存在博物馆，其中修改的痕迹最足发人深省。中国名家修改的痕迹多随稿本淹没，但在笔记杂著中也偶可见一斑。姑举一例。黄山谷的《冲雪宿新寨》一首七律的五六两句原为"俗学近知回首晚，病身全觉折腰难"。这两句本甚好，所以王荆公在都中听到，就击节赞叹，说"黄某非风尘俗吏"。但是黄山谷自己仍不满意，最后改为"小吏有时须束带，故人颇问不休官"。这两句仍是用陶渊明见督邮的典故，却比原文来得委婉有含蓄。弃彼取此，亦全凭趣味。如果在趣味上不深究，黄山谷既写成原来两句，就大可苟且偷安。

以上谈欣赏和创作，摘句说明，只是为其轻而易举，其实一切文艺上的好恶都可作如是观。你可以特别爱好某一家，某一体，某一时代，某一派别，把其余都看成左道狐禅。文艺上的好恶往往和道德上的好恶同样地强烈深固，一个人可以在趣味异同上区别敌友，党其所同，伐其所异。文学史上许多派别，许多笔墨官司，都是这样起来的。

在这里我们会起疑问：文艺有好坏，爱憎起于好坏，好的就应得一致爱好，坏的就应得一致憎恶，何以文艺的趣味有那么大的纷歧呢？你拥护六朝，他崇拜唐宋；你赞赏苏辛，他推尊温李，纷纭扰攘，莫衷一是。作品的优越不尽可为凭，莎士比亚、布莱克、华兹华斯一般开风气的诗人在当时都不很为人重视。读者的深厚造诣也不尽可为凭，托尔斯泰攻击莎士比亚和歌德，约翰逊看不起弥尔顿，法朗士讥诮荷马和维吉尔。这种趣味的纷歧是极有趣的事实。粗略地分析，造成这事实的有下列几个因素：

第一是资禀性情。文艺趣味的偏向在大体上先天已被决定。最显著的是民族根性。拉丁民族最喜欢明晰，条顿民族最喜欢力量，希伯来民族最喜欢严肃，他们所产生的文艺就各具一种风格，恰好表现他们的国民性。就个人论，据近代心理学的研究，许多类型的差异都可以影响文艺的趣味。比如在想象方面，"造形类"人物要求一切象图画那样一目了然，"涣散类"人物喜欢一切象音乐那样迷离隐约；在性情方面，"硬心类"人物偏袒阳刚，"软心类"人物特好阴柔；在天然倾向方面，"外倾"者喜欢戏剧式的动作，"内倾"者喜欢独语体诗式的默想。这只是就几个荦荦大端来说，每个人在资禀性情方面还有他的特殊个性，这和他的文艺的趣味也密切相关。

其次是身世经历。《世说新语》中谢安有一次问子弟："《毛诗》何句最佳？"谢玄回答："昔我往矣，杨柳依依；今我来思，雨雪霏霏。"谢安表示异议，说："訏谟定命，远猷辰告句有雅人深致。"这两人的趣味不同，却恰合两人不同的身分。谢安自己是当朝一品，所以特别能欣赏那形容老成谋国的两句；谢玄是翩翩佳公子，所以那流连风景，感物兴怀的句子很合他的口胃。本来文学欣赏，贵能设身处地去体会。如果作品所写的与自己所经历的相近，我们自然更容易了解，更容易起同情。杜工部的诗在这抗战期中读起来，特别亲切有味，也就是这个道理。

第三是传统习尚。法国学者泰纳著《英国文学史》，指出"民族"、"时代"、"周围"为文学的三大决定因素，文艺的趣味也可以说大半受这三种势力形成。各民族、各时代都有它的传统，每个人的"周围"（法文 milieu 略似英文 circle，意谓"圈子"，即常接近的人物，比如说，属于一个派别就是站在那个圈子里）都有它的习尚。在西方，古典派与浪漫派、理想派与写实派；在中国，六朝文与唐宋古文，选体诗、唐诗和宋诗，五代词、北宋词和南宋词，桐城派古文和阳湖派古文，彼此中间都树有很森严的壁垒。投身到某一派旗帜之下的人，就觉得只有那一派是正统，阿其所好，以至目空其余一切。我个人与文艺界朋友的接触，深深地感觉到传统习尚所产生的一些不愉快的经验。我对新文学属望很殷，费尽千言万语也不能说服国学耆宿们，让他们相信新文学也自有一番道理。我也很爱读旧诗文，向新文学作家称道旧诗文的好处，也被他们嗤为顽腐。此外新旧文学家中又各派别之下有派别，京派海派，左派右派，彼此相持不下。我冷眼看得很清楚，每派人都站在一个"圈子"里，那圈子就是他们的"天下"。

一个人在创作和欣赏时所表现的趣味，大半由上述三个因素决定。资禀性情、身世经历和传统习尚，都是很自然地套在一个人身上的，轻易不能摆脱，而且它们的影响有好有坏，也不必完全摆脱。我们应该做的功夫是根据固有的资禀性情而加以磨砺陶冶，扩充身世经历而加以细心的体验，接收多方的传统习尚而求截长取短，融会贯通。这三层功夫就是普通所谓学问修养。纯恃天赋的趣味不足为凭，纯恃环境影响造成的趣味也不足为凭，纯正的可凭的趣味必定是学问修养的结果。

孔子有言："知之者不如好之者，好之者不如乐之者"，仿佛以为知、好、乐是三层事，一层深一层；其实在文艺方面，第一难关是知，能知就能好，能好就能乐。知、好、乐三种心理活动融为一体，就是欣赏，而欣赏所凭的就是趣味。许多人在文艺趣味上有欠缺，大半由于在知上有欠缺。

有些人根本不知，当然不会盛感到趣味，看到任何好的作品都如蠢牛听琴，不起作用。这是精神上的残废。犯这种毛病的人失去大部分生命的意味。

有些人知得不正确，于是趣味低劣，缺乏鉴别力，只以需要刺激或麻醉，取恶劣作品疗饥过瘾，以为这就是欣赏文学。这是精神上的中毒，可以使整个的精神受腐化。

有些人知得不周全，趣味就难免窄狭，象上文所说的，被囿于某一派别的传统习尚，不能自拔。这是精神上的短视，"坐井观天，诬天藐小"。

要诊治这三种流行的毛病，唯一的方剂是扩大眼界，加深知解。一切价值都由比较得来，生长在平原，你说一个小山坡最高，你可以受原谅，但是你错误。"登东山而小鲁，登泰山而小天下"，那"天下"也只是孔子所能见到的天下。要把山估计得准确，你必须把世界名山都游历过，测量过。研究文学也是如此，你玩索的作品愈多，种类愈复杂，风格愈纷歧，你的比较资料愈丰富，透视愈正确，你的鉴别力(这就是趣味)也就愈可靠。

人类心理都有几分惰性，常以先入为主，想获得一种新趣味，往往须战胜一种很顽强的抵抗力。许多旧文学家不能欣赏新文学作品，就因为这个道理。就我个人的经验来说，起初习文言文，后来改习语体文，颇费过一番冲突与挣扎。在才置信语体文时，对文言文颇有些反感，后来多经摸索，觉得文言文仍有它的不可磨灭的价值。专就学文言文说，我起初学桐城派古文，跟着古文家们骂六朝文的绮靡，后来稍致力于六朝人的著作，才觉得六朝文也有为唐宋文所不可及处。在诗方面我从唐诗入手，觉宋诗索然无味，后来读宋人作品较多，才发现宋诗也特有一种风味。我学外国文学的经验也大致相同，往往从笃嗜甲派不了解乙派，到了解乙派而对甲派重新估定价值。我因而想到培养文学趣味好比开疆辟土，须逐渐把本来非我所有的征服为我所有。英国诗人华兹华斯说道："一个诗人不仅要创造作品，还要创造能欣赏那种作品的趣味。"我想不仅作者如此，读者也须时常创造他的趣味。生生不息的趣味才是活的趣味，象死水一般静止的趣味必定陈腐。活的趣味时时刻刻在发现新境界，死的趣味老是囿在一个窄狭的圈子里。这道理可以适用于个人的文学修养，也可以适用于全民族的文学演进史。

（选自《谈文学》，开明书店 1946 年 5 月版）

生 命

　　说起来已是二十年前事了。如今我还记得清楚，因为那是我生平中一个最深刻的印象。有一年夏天，我到苏格兰西北海滨一个叫做爱约夏的地方去游历，想趁便去拜访农民诗人彭斯的草庐。那一带地方风景仿佛像日本内海而更曲折多变化。海湾伸入群山间成为无数绿水映着青山的湖。湖和山都老是那样恬静幽闲而且带着荒凉景象，几里路中不容易碰见一个村落，处处都是山，谷，树林和草坪。走到一个湖滨，我突然看见人山人海，男的女的，老的少的，穿深蓝大红衣服的，褴褛蹒跚的，蠕蠕蠢动，闹得喧天震地：原来那是一个有名的浴场。那是星期天，人们在城市里做了六天的牛马，来此过一天快活日子。他们在炫耀他们的服装，他们的嗜好，他们的皮肉，他们的欢爱，他们的文雅与村俗。像湖水的波涛汹涌一样，他们都投在生命的狂澜里，尽情享一日的欢乐。就在这么一个场合中，一位看来像是皮鞋匠的牧师在附近草坪中竖起一个讲台向寻乐的人们布道。他也吸引了一大群人。他喧嚷，群众喧嚷，湖水也喧嚷，他的话无从听清楚，只有"天国"、"上帝"、"忏悔"、"罪孽"几个较熟的字眼偶尔可以分辨出来。那群众常是流动的，时而由湖水里爬上来看牧师，时而由牧师那里走下湖水。游泳的游泳，听道的听道，总之，都在凑热闹。

　　对着这场热闹，我伫立凝神一反省，心里突然起了一阵空虚寂寞的感觉，我思量到生命的问题。摆在我们面前的显然就是生命。

我首先感到的是这生命太不调和。那么幽静的湖山当中有那么一大群嘈杂的人在嬉笑取乐，有如佛堂中的蚂蚁抢搬虫尸，已嫌不称；又加上两位牧师对着那些喝酒，抽烟，穿着游泳衣裸着胳膊大腿卖眼色的男男女女讲"天国"和"忏悔"，这岂不是对于生命的一个强烈的讽刺？约翰受洗者在沙漠中高呼救世主来临的消息，他的声音算是投在虚空中了。那位苏格兰牧师有什么可比的约翰？他以布道为职业，于道未必有所知见，不过剽窃一些空洞的教门中语扔到头脑空洞的人们的耳里，岂不是空虚而又空虚？推而广之，这世间一切，何尝不都是如此？比如那些游泳的人们在尽情欢乐，虽是热烈，却也很盲目，大家不过是机械地受生命的动物的要求在鼓动驱遣，太阳下去了，各自回家，沙滩又恢复它的本来的清寂，有如歌残筵散。当时我感觉空虚寂寞者在此。

但是像那一大群人一样，我也欣喜赶了一场热闹，那一天算是没有虚度，于今回想，仍觉那回事很有趣。生命像在那沙滩所表现的，有图画家所谓阴阳向背，你跳进去扮演一个角色也好，站在旁边闲望也好，应该都可以叫你兴高采烈。在那一顷刻，生命在那些人们中动荡，他们领受了生命而心满意足了，谁有权去鄙视他们，甚至于怜悯他们？厌世疾俗者一半都是妄自尊大，我惭愧我有时未能免俗。

孔子看流水，发过一个最深永的感叹，他说："逝者如斯夫，不舍昼夜！"生命本来就是流动，单就"逝"的一方面来看，不免令人想到毁灭与空虚；但是这并不是有去无来，而是去的若不去，来的就不能来；生生不息，才能念念常新。莎士比亚说生命"像一个白痴说的故事，满是声响和愤激，毫无意义"，虽是慨乎言之，却不是一句见道之语。生命是一个说故事的人，虽老是抱着那么陈腐的"母题"转,而每一顷刻中的故事却是新鲜的,自有意义的。这一顷刻中有了新鲜有意义的故事,这一顷刻中我们心满意足了,这一顷刻的生命便不能算是空虚。生命原是一顷刻接着一顷刻地实现,好在它"不舍昼夜"。算起总账来,层层实数相加,决不会等于零。人们不抓住每一顷刻在实现中的人生,而去追究过去的原因与未来的究竟,那就犹如在相加各项数目的总和之外求这笔加法的得数。追究最初因与最后果,都要走到"无穷追溯"(reductio ad infintum)。这道理哲学家们本应知道,而爱追究最初因与最后果的偏偏是些哲学家们。这不只是不谦虚,而且是不通达。一件事物实现了,它的形相在那里,它的原因和目的也就在那里。种中有果,果中也有种,离开一棵植物无所谓种与果,离开种与果也无所谓一棵植物(像我的朋友废名先生在他的《阿赖耶识论》里所说明的)。比如说一幅画,有什么原因和目的!它现出一个新鲜完美的形相,这岂不就是它的生命,它的原因,它的目的?

且再拿这幅画来比譬生命。我们过去生活正如画一幅画,当前我们所要经心的不是这幅画画成之后会有怎样一个命运,归于永恒或是归于毁灭,而是如何把它画成一幅画,有画所应有的形相与生命。不求诸抓得住的现在而求诸渺茫不可知的未来,这正如佛经所说的身怀珠玉而向他人行乞。但是事实上许多人都在未来的永恒或毁灭上打计算。波斯大帝带着百万大军西征希腊,过海勒斯朋海峡时,他站在将台看他的大军由船桥上源源不绝地度过海峡,他忽然流涕向他的叔父说:"我想到人生的短促,看这样多的大军,百年之后,没有一个人还能活着,心里突然起了阵哀悯。"他的叔父回答说:"但是人生中还有更可哀的事咧,我们在世的时间虽短促,世间没有一个人,无论在这大军之内或在这大军之外,能够那样幸运,在一生中不有好几次不愿生而宁愿死。"这两人的话都各有至理,至少是能反映大多数人对于生命的观感。嫌人生短促,于是设种种方法求永恒。秦皇汉武信方士,求神仙,以及后世道家炼丹养气,都是妄想所谓"长生"。"服食求神仙,多为药所误,不如饮美酒,被服纨与素",这本是诗人愤疾之言,但是反话大可作正话看;也许作正话看,还有更深的意蕴。说来也奇怪,许多英雄豪杰在生命的流连上都未能免俗,我因此想到曹孟德的遗嘱:

> 吾死之后,葬于邺之西冈上,妾与妓人皆着铜雀台,台上施六尺床,下穗帐。朝哺上酒脯粃糒之属,每月朔十五,辄向帐前作伎,汝等时登台望吾西陵墓田。

他计算得真周到,可怜虫!谢朓说得好:

> 穗帷飘井干,樽酒若平生。
> 郁郁西陵树,讵闻歌吹声!

孔子毕竟是达人,他听说桓司马自为石郭,三年而不成,便说"死不如速朽之为愈也"。谈到朽与不朽问题,这话也很难说。我们固无庸计较朽与不朽,朽之中却有不朽者在。曹孟德朽了,铜雀台妓也朽了,但是他的那篇遗嘱,何逊谢朓李贺诸人的铜雀台诗,甚至于铜雀台一片瓦,于今还叫讽咏摩挲的人们欣喜赞叹。"前水复后水,古今相续流",历史原是纳过去于现在,过去的并不完全过去。其实若就种中有果来说,未来的也并不完全未来。这现在一顷刻实在伟大到不可思议,刹那中自有终古,微尘中自有大千,而汝心中亦自有天国。这是不朽的第一义谛。

相反两极端常相交相合。人渴望长生不朽,也渴望无生速朽。我们回到波斯大帝的叔父的话:"世间没有一个人在一生中不有好几次不愿生宁愿死。"痛苦到极点想死,一切自杀者可以为证;快乐到极点也还是想死,我自己就有一两次这样经验,一次是在二十余年前一个中秋前后,我乘船到上海,夜里经过焦山,那时候大月亮正照着山上的庙和树,江里的细浪像金线在轻轻地翻滚,我一个人在甲板上走,船上原是载满了人,我不觉得有一个人,我心里那时候也有那万里无云,水月澄莹的景象,于是非常喜悦,于是突然起了脱离这个世界的愿望。另外一次也是在秋天,时间是傍晚,我在北海里的白塔顶上望北平城里底楼台烟树,望到西郊的远山,望到将要下去的红烈烈的太阳,想起李白的"西风残照,汉家陵阙"那两个名句,觉得目前的境界真是苍凉而雄伟,当时我也感觉到我不应该再留在这个世界里。我自信我的精神正常,但是这两次想死的意念真来得突兀。诗人济慈在《夜莺歌》里于欣赏一个极幽美的夜景之后,也表示过同样的愿望,他说:

Now more than ever seems it rich to die.
现在死像比任何时都较丰富。

他要趁生命最丰富的时候死,过了那良辰美景,死在一个平凡枯燥的场合里,那就死得不值得。甚至于死本身,像鸟歌和花香一样,也可成为生命中一种奢侈的享受。我两次想念到死,下意识中是否也有这种奢侈欲,我不敢断定。但是如今冷静地分析想死的心理,我敢说它和想长生的道理还是一样,都是对于生命的执著。想长生是爱着生命不肯放手,想死是怕放手轻易地让生命溜走,要死得痛快才算活得痛快,死还是为着活,为着活的时候心里一点快慰。好比贪吃的人想趁吃大鱼大肉的时候死,怕的是将来吃不到那样好的,根本还是由于他贪吃,否则将来吃不到那样好的,对于他毫不感威胁。

　　生命的执著属于佛家所谓"我执",人生一切灾祸罪孽都由此起。佛家针对着人类的这个普遍的病根,倡无生,破我执,可算对症下药。但是佛家也并不曾主张灭生灭我,不曾叫人类作集体的自杀,而只叫人明白一般人所希求的和所知见的都是空幻。还不仅此,佛家在积极方面还要慈悲救世,对于生命是取护持的态度。舍身饲虎的故事显示我们为着救济他生命,须不惜牺牲己生命。我心里对此尝存一个疑惑:既证明生命空幻而还要这样护持生命是为什么呢?目前我对于佛家的了解还不够使我找出一个圆满的解答。不过我对于这生命问题倒有一个看法,这看法大体源于庄子(我不敢说它是否合于佛家的意思)。庄子尝提到生死问题,在《大宗师》篇说得尤其透辟。在这篇里他着重一个"化"字,我觉得这"化"字非常之妙。中国人称造物为"造化",万物为"万化"。生命原就是化,就是流动与交易。整个宇宙在化,物在化,我也在化。只是化,并非毁灭。草木虫鱼在化,它们并不因此而有所忧喜,而全体宇宙也不因此而有所损益。何以我独于我的化看成世间一件大了不起的事呢?我特别看待我的化,这便是"我执"。庄子对此有一段妙喻:

　　　　今大冶铸金,金踊跃曰,"我且必为莫邪",大冶必以为不祥之金。今一犯人之形,而曰,"人耳,人耳",夫造化者必以为不祥之人。今以天地为大炉，以造化为大冶，恶乎往而不可哉？成然寐，蘧然觉。

在这个比喻里，庄子破了"我执"，也解决了生死问题。人在造化手里，听他铸，听他"化"而已，强立物我分别，是为不祥。庄子所谓寐觉，是比喻生死。睡一觉醒过来，本不算一回事，生死何尝不如此？寐与觉为化，生与死也还是化。庄周梦为蝴蝶，则"栩栩然蝴蝶也"；"俄然觉，则蘧蘧然周也"；生而为人，死而化为鼠肝虫臂，都只有听之而已。在生时这个我在大化流行中有他的妙用，死后我的化形也还是如此，庄子说：

浸假而化予之左臂以为鸡，予因之以求时夜；浸假而化予之右臂以为弹，予因之以求鸮炙……

物质毕竟是不灭的，漫说精神。试想宇宙中有几许因素来化成我，我死后在宇宙中又化成几许事物，经过几许变化，发生几许影响，这是何等伟大而悠久，丰富而曲折的一个游历，一个冒险？这真是所谓"逍遥游"！

这种人生态度就是儒家所谓"赞天地之化育"，郭象所谓"随变任化"（见《大宗师》篇"相忘以生"句注），翻成近代语就是"顺从自然"。我不愿辩护这种态度是否为颓废的或消极的，懂得的人自会懂得，无庸以口舌争。近代人说要"征服自然"，道理也很正大。但是怎样征服？还不是要顺从自然的本性？严格地说，世间没有一件不自然的事，也没一件事能不自然。因为这个道理，全体宇宙才是一个整一融贯的有机体，大化运行才是一部和谐的交响曲，而 cosmos 不是 chaos。人的最聪明的办法是与自然合拍，如草木在和风丽日中开着花叶，在严霜中枯谢，如流水行云自在运行无碍，如"鱼相与忘于江湖"。人的厄运在当着自然的大交响曲"唱翻腔"，来破坏它的和谐。执我执法，贪生想死，都是"唱翻腔"。

孔子说过："朝闻道，夕死可矣。"人难能的是这"闻道"。我们谁不自信聪明，自以为比旁人高一着？但是谁的眼睛能跳开他那"小我"的圈子而四方八面地看一看？谁的脑筋不堆着习俗所扔下来的一些垃圾？每个人都有一个密不通风的"障"包围着他。我们的"根本惑"像佛家所说的，是"无明"。我们在这世界里大半是"盲人骑瞎马"，横冲直撞，怎能不闯祸事！所以说来说去，人生最要紧的事是"明"，是"觉"，是佛家所说的"大圆镜智"。法国人说："了解一切，就是宽恕一切"；我们可以补上一句："了解一切，就是解决一切。"生命对于我们还有问题，就因为我们对它还没有了解。既没有了解生命，我们凭什么对付生命呢？于是我想到这世间纷纷扰攘的人们。

（原载 1947 年 8 月《文学杂志》第 2 卷第 3 期）

漫谈说理文

《人民文学》一向侧重文艺创作，很少登载说理文；我一向不会文艺创作，只写些说理文，以为《人民文学》不要说理文，所以对它一直无所贡献。近来《人民文学》却邀我写一点散文，并且鼓励我说："形式内容均不拘，你可以选你所熟悉而又感兴趣的题材写。"照这样看，《人民文学》不用说理文的想法是我的一种误解。这种误解或许不只我一个人有，因为确实很有一部分人是把实用文（包括说理文）和艺术文（包括诗歌、小说、剧本、描写性和抒情性的散文之类公认的文学类型）看作对立的。这是一种比较窄狭的看法。文学的媒介是语言，而语言是社会交际的工具。要达到社会交际的目的，运用语言的人第一要有话说（内容），其次要把话说得好，叫人不但听得懂，而且听得顺耳（形式），这两点是实用文和艺术文都要达到的。如果要在一般语言的运用和文艺创作之间划出一条绝对互不相犯的界限，那是很难的。如果以为只有在文学创作里运用语言才要求艺术性，那就只会鼓励人对一般语言的运用不要求艺术性，结果就会既不利于语言的发展，也不利于文学的发展。实用性与艺术性不是互相排斥而是相辅相成的。实用性的文章也要求能产生美感，正如一座房子不但要能住人而且要样式美观一样。有些人把文学局限在诗歌、小说、剧本之类公认类型的框子里，那未免把文学看得过于窄狭了。打开《昭明文选》、《古文辞类纂》、《经史百家杂钞》之类文学选本一看，就可以看出很大一部分归在文学之列的文章都是些写得好的实用性的文章；在西方，柏拉图的对话集，德摩斯梯尼的演说，普鲁塔克的英雄传，蒙田和培根的论文集以及许多其它类似的作品都经常列在文学文库里，较著名的文学史也都讨论到历史、传记、书信、报告、批评、政论以至于哲学科学论文之类论著。从此可见，悠久而广泛的传统是不把文学局限在几种类型的框子里的。我认为这个传统是值得继承的，因为它可以使文学更深入现实生活和人民大众，更快地推动语言和一般文化的发展。

现在单谈说理文。"摆事实，讲道理"已成为我们日常生活中愈来愈广泛、愈重要的社会活动。开会讨论要说理，做报告要说理，写社论要说理，写教科书要说理，发动群众要说理，对敌斗争要说理……总之，凡是需要开动脑筋的地方，凡是要辩护自己，说服旁人的地方，没有不需要说理的。近几年来我们对于诗歌、小说、剧本的写作提出了很多问题，进行过热烈的讨论，至于说理文怎样写，就很少有人过问，尽管这个问题曾经由毛主席在《改造我们的学习》、《反对党八股》等一系列的论著里三番五次地郑重地提出，并且作出一些原则性的指示。文学界对这问题谈的少，是否说明说理文容易写，有理自然说得出，根本没有什么问题呢？就我个人的经验来说，我写过四十多年的说理文，也费过一些摸索，尝过一些甘苦，至今还不能写出一篇称心如意的文字，所以我可以说，写说理文对于我并不是一件易事。

写说理文究竟难在哪里？在推理还是在行文？问题的这种提法本身就有问题。它假定了理在文先，第一道手续是把理想清楚，第二道手续才用语言把理表达出来。这种相当流行的看法是对的，但也不完全对。说它对，因为语言总是跟着思想走，思想明确，语言也就会明确，思想混乱，语言也就会混乱。如果不先把意思想好而就下笔写，那就准写不好。所以学写说理文，首先就要学会思考，而这要深入生活，掌握事实，再加上对分析和综合的思想方法的长期辛苦训练。谈到究竟，难还是难在这方面。

为什么说两道手续的看法又不完全对呢？因为语言和思想毕竟是不能割裂开来的，在运用思想时就要运用语言，在运用语言时也就要运用思想。语言和思想都不是静止的，而是不断在生发的，在生发时语言和思想在密切联系中互相推动着。据我个人的经验，把全篇文章先打好腹稿而后把它原封不动地誊写出来，那是极稀有的事。在多数场合，我并不打什么腹稿，只要对要说的道理先有些零星片断的想法，也许经过了一番组织，有一个大致不差的粗轮廓，一切都有待进一步的发展。这里有一个很重要的关键，就是对所要说的道理总要有一些情感，如是对它毫无情感，勉强敷衍公事地把它写下去，结果就只会是一篇干巴巴的应酬文字，索然无味。如果对它有深厚的情感，就会兴会淋漓，全神贯注，思致风发，新的意思就会源源不断地涌现出来。这是写作的一种乐境，往往也是写作的一个难关。意思既然来得多了，问题也就复杂化了。新的意思和原来的意思不免发生矛盾，这个意思和那个意思也许接不上头，原来自以为明确的东西也许毕竟还是紊乱的模糊的乃至于错误的。有许多话要说，究竟从何说起？哪个应先说，哪个应后说？哪个应割爱，哪个应作为重点？主从的关系如何安排？这时候面前就象出现一团乱丝，"剪不断，理还乱"，思路好象走入一条死胡同，陡然遭到堵塞，左也不是，右也不是，不免心烦意乱。这就是难产的痛苦，也是一个考验的时刻。有两种情况要避免。一种是松懈下去，蒙混过关，结果就只会是失败，理不通文也就不通。另一种是趁着心烦意乱的时候勉强继续绞脑汁，往往是越绞越乱，越想越烦。这时候最好是暂时把它放下,让头脑冷静下去,得了足够的休息,等精力再旺时再把它提起来,进行一番冷静的分析,做到"表里精粗无不到",自然就会"一旦豁然贯通",令人感到"山穷水尽疑无路,柳暗花明又一村"的乐趣。在这种情况写出的文章总会是意到笔随,文从字顺,内容与形式都是一气呵成的。

所以在说理文的写作中,思想和语言总是要维持辩证的关系:不想就不能写,不写也就很难想得明确周全。多年来我养成一种习惯,读一部理论性的书,要等到用自己的语言把书中要义复述一遍之后,才能对这部书有较好的掌握;想一个问题,也要等到用文字把所想的东西凝定下来之后,才能对这个问题想得比较透。我发现不但思想训练是写说理文的必有的准备,而写说理文也是整理思想和训练思想的一个很好的途径。因此,我认为理先于文或意在笔先的提法还是片面的。

说理要透,透在于话说得中肯,轻重层次摆得妥当,并不在话说得多。有时我把一万字的原稿压缩到五六千字,发现文字虽然压缩了,意思反而较醒豁。从此我看出简洁是文章的一个极可珍视的优点。简洁不仅表现于遣词造句,更重要的是表现于命意,一个意思已经包含在另一个意思了,或是主要的意思已经说出了,被包含的或次要的意思就不必说。文章要有剪裁,剪裁就要割爱,而割爱对一般写作者来说仿佛是一件痛苦的事,所以任何人作报告都非一气讲上三五个钟头不可,写一篇要在报纸上发表的陈述意见的文章也动辄要写上一两万字。这种文风造成了难以估计的物质的精力的和时间的浪费,是必须改革的。我也认识到这点,但是自己提笔写文时总不免仍然呶呶不休,一写就是一两万字。就我来说,原因在于思想上的懒惰,往往是接受到一个写文章的任务,稍加思考,就奋笔直书，把所想到的都倾泻出去，倾泻完了，就算完事大吉，不肯(有时也是没有足够的时间)去进行一番重新整理、剪裁和压缩的工夫。而这种工夫对于写好文章却是绝对必要的。

我很少从事文艺创作，但是也很爱读文艺作品。就我从阅读中所体会到的来说，说理文的写作和文艺创作在道理上也有很多相通之处，有时我甚至想到理论文也还是可以提高到文艺创作的地位。我知道反对者会抬出情与理的分别以及形象思维和抽象思维的分别来。这些分别都是存在的，但也都不是绝对的。我不相信文艺创作丝毫不须讲理，不用抽象思维；我很相信说理文如果要写好，也还是要动一点情感，要用一点形象思维。如对准确、鲜明和生动的要求也适用于说理文。修词学家们说，在各种文章风格之中，有所谓"零度风格"(zero style)，就是纯然客观，不动情感，不动声色，不表现说话人，仿佛也不理睬听众的那么一种风格。据说这种风格宜于用在说理文里。我认为这种论调对于说理文不但是一种歪曲，而且简直是一种侮辱。说理文的目的在于说服，如果能做到感动，那就会更有效地达到说服的效果。作者自己如果没有感动，就绝对不能使读者感动。

文章如说话，说话须在说的人和听的人之间建立一种社会关系。话必须是由具有一定身份的人说的，说给具有一定身份的人听的。话的内容和形式都要适合这两种人的身份，而且要针对着说服的目的。这个事实就说明说话或作文都免不掉两种情感上的联系，首先是说话人对所说的话不能毫无情感，其次是说话人对听众不能没有某种情感上的联系，爱或是恨。这些情感色彩都必然要在声调口吻上流露出。这样的话才有意义，才能产生它所期待的效果。如果坚持所谓"零度风格"，说话人装着对自己所说的话毫无情感，把自己隐藏在幕后,也不理睬听众是谁,不偏不倚,不疼不痒地背诵一些冷冰冰的条条儿,玩弄一些抽象概念,或是罗列一些干巴巴的事实;没有一<u>丝丝</u>人情味,这只能是掠过空中的一种不明来历去向的声响,所谓"耳边风",怎能叫人发生兴趣,感动人,说服人呢?

最近我到广州、湛江、海南岛、桂林等地参观了一个月,沿途听到很多的大大小小的报告,其中也偶有用"零度风格"的,事实虽然摆得很多,印象却不深刻。但是多数是做得很亲切很生动的,其中最突出的是海口市萧书记所做的一篇。当天我们坐了一天的汽车和飞机,到夜都已经有些疲倦,萧书记从七点钟一直向我们谈到十一点过后,却没有一个人觉得困或是嫌他话长。他说话的时候眉飞色舞,用的语言是家常亲切的,把海南岛的远景描写得很形象化,叫我们都不由自主地精神振奋起来。他真正做到了"引人入胜"。他的秘诀在和听众建立了亲密的情感上的联系,对所谈的事也真正有体会,有情感。

从此我看出说理文的两条道路,一条是所谓"零度风格"的路,例子容易找,用不着我来举;另一条是有立场有对象有情感有形象,既准确而又鲜明生动的路,这是马克思在《神圣家族》、恩格斯在《反杜林论》、列宁在《唯物主义与经验批判主义》以及我们比较熟悉的《评白皮书》和《尼赫鲁的哲学》这一系列说理文范例所走的路。

(原载 1962 年 3 月《人民文学》第三期)

谈 人

朋友们：

　　谈美，我得从人谈起，因为美是一种价值，而价值属于经济范畴，无论是使用还是交换，总离不开人这个主体。何况文艺活动，无论是创造还是欣赏、批评，同样也离不开人。

　　你我都是人，还不知道人是怎么回事吗？世间事物最复杂因而最难懂的莫过人，懂得人就会懂得你自己。希腊人把"懂得你自己"看作人的最高智慧。可不是吗？人不象木石只有物质，而且还有意识，有情感，有意志，总而言之，有心灵。西方还有一句古谚："人有一半是魔鬼，一半是仙子。"魔鬼固诡诈多端，仙子也渺茫难测。

　　作为一种动物，人是人类学的研究对象，他经过无数亿万年才由单细胞生物发展到猿，又经过无数亿万年才由类人猿发展到人。正如人的面貌还有类人猿的遗迹，人的习性中也还保留一些兽性，即心理学家所说的"本能"。

　　我们这些文明人是由原始人或野蛮人演变来的，除兽性之外，也还保留着原始人的一些习性。要了解现代社会人，还须了解我们的原始祖先。所以马克思特别重视摩根的《古代社会》，把它细读过而且加过评注。恩格斯也根据古代社会的资料，写出《家庭、私有制和国家的起源》。在《自然辩证法》一书中，恩格斯还详细论述了劳动在从猿到人转变过程中的作用，谈到了人手的演变，这对研究美学是特别重要的。古代社会不仅是家庭、私有制和国家政权的摇篮,而且也是宗教、神话和艺术的发祥地。数典不能忘祖,这笔账不能不算。

从人类学和古代社会的研究来看,艺术和美是怎样起源的呢?并不是起于抽象概念,而是起于吃饭穿衣、男婚女嫁、猎获野兽、打群仗来劫掠食物和女俘,以及劳动生产之类日常生活实践中极平凡卑微的事物。中国的儒家有一句老话:"食、色,性也。""食"就是保持个体生命的经济基础,"色"就是绵延种族生命的男女配合。艺术美和美也最先起于食色。汉文"美"字就起于羊羹的味道,中外文都把"趣味"来指"审美力"。原始民族很早就很讲究美,从事艺术活动。他们用发亮耀眼的颜料把身体涂得漆黑或绯红,唱歌作乐和跳舞来吸引情侣,或庆祝狩猎、战争的胜利。关于这些,谷鲁斯(K. Groos)在《艺术起源》里讲得很详细,较易得到的普列汉诺夫的《没有地址的信》也可以参看。

在近代,人是心理学的主要研究对象。一个活人时时刻刻要和外界事物(自然和社会)打交道,这就是生活。生活是人从实践到认识,又从认识到实践的不断反复流转的发展过程。为着生活的需要,人在不断地改造自然和社会,同时也在不断地改造自己。心理学把这种复杂过程简化为刺激到反应往而复返的循环弧。外界事物刺激人的各种感觉神经,把映象传到脑神经中枢,在脑里引起对对象的初步感性认识,激发了伏根很深的本能和情感(如快感和痛感以及较复杂的情绪和情操),发动了采取行动来应付当前局面的思考和意志,于是脑中枢把感觉神经拨转到运动神经,把这意志转达到相应的运动器官,如手足肩背之类,使它实现为行动。哲学和心理学一向把这整个运动分为知(认识)情(情感)和意(意志)这三种活动，大体上是正确的。

心理学在近代已成为一种自然科学，在过去是附属于哲学的。过去哲学家主要是意识形态制造者，他们大半只看重认识而轻视实践，偏重感觉神经到脑中枢那一环而忽视脑中枢到运动神经那一环，也就是忽视情感、思考和意志到行动那一环。他们大半止于认识，不能把认识转化为行动。不过这种认识也可以起指导旁人行动的作用。马克思《关于费尔巴哈的提纲》第十一条说："哲学家们只是用不同的方式解释世界，而问题在于改变世界"，就是针对这些人说的。

就连在认识方面，较早的哲学家们也大半过分重视"理性"认识而忽视感性认识，而他们所理解的"理性"是先验的甚至是超验的，并没有感性认识的基础。这种局面到十七八世纪启蒙运动中英国的培根和霍布士等经验派哲学家才把它转变过来，把理性认识移置到感性认识的基础上，把理性认识看作是感性认识的进一步发展。英国经验主义在欧洲大陆上发生了深远影响，它是机械唯物主义的先驱，费尔巴哈就是一个著例。他"不满意抽象的思维而诉诸感性的直观；但是他把感性不是看作实践的、人类感性的活动"，对现实事物"只是从客体的或者直观的形式去理解，而不是把它们当作人的感性活动，当作实践去理解"，结果是人作为主体的感性活动、实践活动、能动的方面，却让唯心主义抽象地发展了。而且"他没有把人的活动本身理解为客体的活动"。这份《提纲》是马克思主义哲学的核心，但在用词和行文方面有些艰晦，初学者不免茫然，把它的极端重要性忽视过去。这里所要解释的主要是认识和实践的关系，也就是主体（人）和客体（对象）的关系。费尔巴哈由于片面地强调感性的直观（对客体所观照到的形状），忽视了这感性活动来自人的能动活动方面(即实践)。毛病出在他不了解人(主体)和他的认识和实践的对象(客体)既是相对立而又相依为命的,客观世界(客体)靠人来改造和认识,而人在改造客观世界中既体现了自己,也改造了自己。因此物(客体)之中有人(主体),人之中也有物。马克思批评费尔巴哈"没有把人的活动本身理解为客体的活动"。参加过五十年代国内美学讨论的人们都会记得多数人坚持"美是客观的",我自己是从"美是主观的"转变到"主客观统一"的。当时我是从对客观事实的粗浅理解达到这种转变的,还没有懂得马克思在《提纲》中关于主体与客体统一的充满唯物辩证法的阐述的深刻意义。这场争论到现在似还没有彻底解决,来访或来信的朋友们还经常问到这一点,所以不嫌词费,趁此作一番说明,同时也想证明哲学(特别是马克思主义哲学)和心理学的知识对于研究美学的极端重要性。

谈到观点的转变,我还应谈一谈近代美学的真正开山祖康德这位主观唯心论者对我的影响,并且进行一点力所能及的批判。大家都知道,我过去是意大利美学家克罗齐的忠实信徒,可能还不知道对康德的信仰坚定了我对克罗齐的信仰。康德自己承认英国经验派怀疑论者休谟把他从哲学酣梦中震醒过来,但他始终没有摆脱他的"超验"理性或"纯理性"。在《判断力的批判》上部,康德对美进行了他的有名的分析。我在《西方美学史》第十二章里对他的分析结果作了如下的概括叙述:

> 审美判断不涉及欲念和利害计较,所以有别于一般快感以及功利和道德的活动,即不是一种实践活动;审美判断不涉及概念,所以有别于逻辑判断,即不是一种概念性认识活动;它

不涉及明确的目的,所以与审目的判断有别,美并不等于(目的论中的)完善。

审美判断是对象的形式所引起的快感。这种形式之所以能引起快感,是因为它适应人的认识功能(即想象力和知解力),使这些功能可以自由活动并且和谐地合作。这种心理状态虽不是可以明确地认识到的,却是可以从情感的效果上感觉到的。审美的快感就是对于这种心理状态的肯定,它可以说是对于对象形式(客体)与主体的认识功能的内外契合……所感到的快慰。这是审美判断中的基本内容。

康德的这种美的分析有一个明显的致命伤。他把审美活动和整个人的其它许多功能都割裂开来,思考力、情感和追求目的的意志在审美活动中都从人这个整体中阉割掉了,留下来的只是想象力和知解力这两种认识功能的自由运用与和谐合作所产生的那一点快感。这两种认识功能如何自由运用与和谐合作,也还是一个不可知的秘密,因为他明确地说过"审美趣味方面没有客观规则",艺术是"由自然通过天才来规定法则的"。他把美分为"纯粹的"和"依存的"两种,"美的分析"只针对"纯粹美",到讨论"依存美"时,康德又把他原先所否定的因素偷梁换柱式地偷运回来,前后矛盾百出。就对象(客体)方面来看也是如此,他先肯定审美活动只涉及对象的形式,也就是说,与对象的内容无关;可是后来讨论"理想美"时却又说"理想是把个别事物作为适合于表现某一观念的形象显现",这种"观念"就是"一种不确定的理性概念","它只能在人的形体上见出,在人的形体上,理想是道德精神的表现"。

指出如此等类的矛盾,并不是要把康德一棍子打死。康德对美学问题是经过深思熟虑的,发现其中有不少难解决的矛盾。他自己虽没有解决这些矛盾,却没有掩盖它们,而是认为可以激发后人的思考,推动美学的进一步发展。不幸的是后来他的门徒大半只发展了他的美只涉及对象的形式和主体的不带功利性的快感,即只涉及"美的分析"那一方面,而忽视了他对于"美的理想"、"依存美"和对"崇高"的分析那另一方面。因此就产生了"为艺术而艺术","形式主义",克罗齐的"艺术即直觉","美学只管美感经验",美感经验是"孤立绝缘的"(闵斯特堡),和实际事物保持"距离"的(缪勒·弗兰因斐尔斯),以及"超现实主义",象征派的"纯诗"运动,帕尔纳斯派的"不动情感"、"取消人格"之类五花八门的流派和学说,其中有大量的歪风邪气,康德在这些方面都是始作俑者。

近一百年中对康德持异议的也大有人在。例如康德把情感和意志排斥到美的领域之外,继起的叔本华就片面强调意志,尼采就宣扬狂歌狂舞、动荡不停的"酒神精神"和"超人",都替后来德国法西斯暴行建立了理论基础。这种事例反映了帝国主义垂危时期的社会动荡和个人自我扩张欲念的猖獗。这个时期变态心理学开始盛行,主要的代表也各有一套美学或文艺理论,都明显地受到尼采和叔本华的影响。首屈一指的是弗洛伊德。他认为原始人类婴儿对自己父母的性爱和妒忌所形成的"情意综"(男孩对母亲的性爱和对父亲的妒忌叫做"俄狄浦斯情意综",女孩对父亲的性爱和对母亲的妒忌叫做"厄勒克特拉情意综")到了现在还暗中作祟,采取化妆,企图在文艺中得到发泄。于是文艺就成了"原始性欲本能的升华"。弗洛伊德的门徒之一阿德勒却以个人的自我扩张欲(叫做"自我本能")代替了性欲。自我本能表现于"在人上的意志",特别是生理方面有缺陷的人受这种潜力驱遣,努力向上,来弥补这种缺陷。例如贝多芬、莫扎特和舒曼都有耳病,却都成了音乐大师。

象上面所举的这类学说现在在西方美学界还很流行,其通病和康德一样,都在把人这个整体宰割开来成为若干片段,单挑其中一块来,就说人原来如此,或是说,这一点就是打开人这个秘密的锁钥,也是打开美学秘密的锁钥。这就如同传说中盲人摸象,这个说象是这样,那个说象是那样,实际上都不知道真象究竟是个啥样。

谈到这里,不妨趁便提一下,十九世纪以来西方美学界在研究方法上有机械观与有机观的分野。机械观来源于牛顿的物理学。物理学的对象本来是可以拆散开来分零件研究,把零件合拢起来又可以还原的。有机观来源于生物学和有机化学。有机体除单纯的物质之外还有生命,这就必须从整体来看,分割开来,生命就消灭了。解剖死尸,就无法把活人还原出来。机械观是一种形而上学,有机观就接近于唯物辩证法。上文所举的康德以来的一些美学家主要是持机械观的。当时美学界有没有持有机观的呢?为数不多,德国大诗人歌德便是一个著例,他在《搜藏家和他的伙伴们》的第五封信中有一段话是我经常爱引的:

> 人是一个整体,一个多方面的内在联系着的各种能力的统一体。艺术作品必须向人这个整体说话,必须适应人这种丰富的统一体,这种单一的杂多。

1937年抗战爆发前，于北平故宫

1938年8月在四川大学任教期间

这就是有机观。这是伟大诗人从长期文艺创作和文艺欣赏中所得到的经验教训,不是从抽象概念中出来的。着重人的整体这种有机观,后来在马克思的《经济学—哲学手稿》里得到进一步发展,为辩证唯物主义和历史唯物主义奠定了基础。关于这一点,我们在以后的信里还要详谈。

(选自《谈美书简》,上海文艺出版社 1980 年 8 月版)

自叙 讲演

我与文学

我生平有一种坏脾气,每到市场去闲逛,见一样就想买一样。无论是怎样无用的破铜破铁,只要我一时高兴它,就保留不住腰包里最后的一文钱。我做学问也是如此。今天丢开雪莱,去看守薰烟鼓测量反应动作,明天又丢开柏拉图,去在古罗马地道阴森曲折的坟窟中溯"哥特式"大教寺的起源。我已经整整地做过三十年的学生,这三十年的光阴都是这样东打一拳西踢一脚地过去了。

在现代社会制度和学问状况之下,百科全书式的学者已经没有存在的可能,一个人总得在许多同样有趣的路径之中选择一条出来走。这已经成为学术界中不成文的宪法,所以读书人初见面,都有一番寒暄套语,"您学哪一科?""文科。""哪一门?""文学。"假如发问者也是学文学的,于是"哪一国文学?哪一方面?哪一时代?哪一个作者?"等问题就接着逼来了。我也屡次被人这样一层紧逼一层地盘问过,虽然也照例回答,心中总不免有几分羞意,我何尝专门研究文学?何况是哪一方面和哪一时代的文学呢?

在许多歧途中,我也碰上文学这条路,说来也颇堪一笑。我立志研究文学,完全由于字义的误解。我在幼时所接触的小知识阶级中,"研究文学"四个字只有两种流行的涵义:做过几首诗,发表几篇文章,甚至翻译过几篇伊索寓言或是安徒生童话,就算"研究文学"。其次随便哼哼诗念念文章,或是看看小说,也是"研究文学"。我幼时也欢喜哼哼诗,念念文章,自以为比做诗发表文章者固不敢望尘,若云哼诗念文即研究文学,则我亦何敢多让?这是我走上文学路的一个大原因。

谁知道区区字义的误解就误了我半世的光阴！到欧洲后见到西方"研究文学"者所做的工作以及他们所有的准备，才懂庄子海若望洋而叹的比喻，才知道"研究文学"这个玩艺儿并不象我原来所想象的那样简单，尤其不象我原来所想象的那样有趣。文学并不是一条直路通天边，由你埋头一直向前走，就可以走到极境的。"研究文学"也要绕许多弯路，也要做许多干燥辛苦的工作。学了英文还要学法文，学了法文还要学德文、希腊文、意大利文、印度文等等；时代的背景常把你拉到历史哲学和宗教的范围里去；文艺原理又逼你去问津图画、音乐、美学、心理学等等学问。这一场官司简直没有方法打得清！学科学的朋友们往往羡慕学文学者天天可以消闲自在地哼诗看小说是幸福，不象他们自己天天要埋头记干燥的公式，搜罗干燥的事实。其实我心里有苦说不出，早知道"研究文学"原来要这样东奔西窜，悔不如学得一件手艺，备将来自食其力。我现在还时时存着学做小儿玩具或编藤器的念头。学会做小儿玩具或编藤器，我还是可以照旧哼诗念文章，但是遇到一般人对于"研究文学"者"专门哪一方面？"式的问题就可以名正言顺地置之不理了。那是多么痛快的一大解脱！

我这番话并不是要唐突许多在外国大学中预备博士论文者，只是向国内一般青年自道甘苦。青年们免不掉象我一样有一个嗜好文艺的时期，在现代中国学风之中，也恐怕免不掉象我一样以哼诗念文章为"研究文学"。倘若他们再象我一样因误解字义而走上错路，自然也难免有一日要懊悔。文艺象历史、哲学两种学问一样，有如金字塔，要铺下一个很宽广笨重的基础，才可以逐渐砌成一个尖顶出来。如果入手就想造成一个尖顶，结果只有倒塌。中国学者对于西方文艺思想和政教已有半世纪的接触了，而仍然是隔膜，不能不归咎于只想望尖顶而不肯顾到基础。在文艺、哲学、历史三种学问中，"专门"和"研究工作"种种好听的名词，在今日中国实在都还谈不到。

这番话只是一个已经失败者对于将来想成功者的警告。如果不死心塌地做基础工作，哼哼诗念念文章可以，随便做做诗发表几篇文章也可以，只是不要去"研究文学"。象我费过二三十年工夫的人还要走回头来学编藤器做小儿玩具，你说冤枉不冤枉！

(选自《孟实文钞》，良友图书公司1936年4月版)

在四川大学总理纪念周上的讲演

今天本大学本年度举行第一次总理纪念周,个人得与诸位见面,觉得非常高兴,不过刚才张校长介绍的时候所说的那些话,使我又很觉得有点惭愧。在现在因为时间的限制,只得把这次途中的经过和感想向诸位简单地说说。

张校长这次邀我来到四川大学任文学院长,初先我本不敢承认,因为自觉能力有限,并且不熟悉四川各方面的情形。其次北京大学也已经对我下聘了,所以初先本已决定不能来到这里。兼之,我还对上海商务印书馆负有《文学杂志》编辑的责任。

后来,因北平已被日本占领,北京大学不能开学及其他种种关系,又才决意来川。但是也只打算在这里外国文学系任几点钟的功课,并没有意思任川大文学院长。来了以后,张校长一定要我担任这个职务,我也不便过于推辞,只好暂时代理着,以后请校长另觅贤才来接替。因为我个人不但没有这样才能,这样经验,而且我很爱清静,对于行政事务没有浓厚的兴趣,所以我在北京大学的时候,当局屡次要我任西洋文学系主任,我都没有答应。本来在我们现在这样环境底下,应当牺牲个人兴趣来干公家的事的。我这次冒然答应担任文学院的事,也是因为这点责任心。

这次我来到四川,虽然还没有很久,但是我对于四川大学非常乐观。本校经任校长和张校长同各位教职员的努力以后,已有了很好的基础,应兴应革的事,也已经办到了许多。文学院的各位同事,许多都是旧日的同学或同事,即或也有初次见面的,但是也都早在著作方面或朋友关系中间接地知道了。至于诸位同学与我虽是初次见面，但是见面之先，也许在精神上早已有了默契，因过去我曾作过一些关于青年修养的短文章，听说在四川看的人也还不少。

至于说到关于川大文学院的大政方针，简直说不上我有什么意见，现在可以告诉诸位的，我只是脚踏实地地努力做去。现在我姑且把我由北平到四川的经过及感想先向诸位谈谈。

我是8月13号就离开北平的，那时天津已失守。平时由北平到天津只须两小时，这次因军事倥偬便已花了十六小时。火车上以平时能够容下八个人的地方，这次便挤了二三十人。到天津时，因为租界里戒严，深夜不能进去，便和几百位同行人在法租界外面万国桥街上露宿一夜。后来等了几天才上了船，到了烟台。船上拥挤困顿的情形更甚于火车。到了烟台以后，又转车到济南，再由济南乘津浦车到南京。这次所有离平的人们，都得经过这般周折。

我到南京后，总共住了四天。每天都有飞机来攻，弄到寝不安席。我所眼见的地方除了四川以外，所有教职员学生及一般人等，均在流离失所中。这次最大的损失，我认为是在文化方面。素负最大文化使命的北京大学，清华大学，师范大学，南开大学，中央大学，武汉大学，浙江大学等，或者已遭重大的损失，或者因已经酿成恐怖情势，也没有学生到校了。现在只有四川成都，俨然世外桃源。一般人虽然在报纸上见到前方战士的痛苦和敌人的残酷，究竟还没有亲自尝到战争的痛苦。他处的同学，不独无书可读，甚至无家可归，尤其是平津的同学，还正在被敌人残杀之中。那末，我们这个机会，实在很不容易得到。我们的机会愈难得，所负的责任也就愈重大。文化教育是国家的命脉。从前维持这一线命脉的有许多大学及其他文化机关，现在就单靠几个还能勉强开学的大学了。

校长刚才已经说过，我们当前的责任有两项，一是临时的，一是永久的；他所说的修养精神，提高人格，尤其是要紧莫过的事。

有的人以为这次便是最后的战争了，实则并不是这样。我们还是要作长久的计划，极力培养中国文化之生命与元气，只要文明生命尚在，我们中国还不会遽然灭亡的。所以我们现在极当注意的，第一是物质方面，我们的体格；第二是精神方面，我们的人格。就是以这次平津失守来说，也并非兵不能打，也不仅是武器不能用，实在是因为汉奸太多。平津一带的汉奸，在过去一年就很活动，暗中与日本通消息，济南、徐州、首都等处，也都曾有泄露消息事件发生。这次中央专任秘书黄濬父子也都当汉奸，泄露重要消息，甚至晚上日本飞机来轰炸的时候，汉奸用手电指示轰炸的地点，所以结果竟使首都这次受了偌大的损失。据说当汉奸的人们，受过大学、中学、小学的教育的都有。这当然算是我们中国的教育，至少有一部分遭失败。由此可知救国之道，不只是在注意物质方面，就可以了事的，还要特别注意精神方面的修养。在战争中交战两国所互相抗衡的不仅是枪炮，尤其是民族文化与民族精神。

诸位肄业四川大学，当着这样国家危急的时候，还能安然上课，是非常难得的事，应当各尽自己的责任，方才不负国家培养人才的宗旨。

（薛星奎记录，原载1937年9月《国立四川大学周刊》第6卷第2期）

国难期中我们应有的自信与自省[1]

从芦沟桥战事发生以来,我们的敌人倾国大举,用重兵利器来侵略我们,到现在为时不过四个月,我们的领土几乎被他们占领五分之一了。这五分之一的领土,都是我们国防的重镇。河北、察哈尔、绥远、山西是我们的西北两方的腹背,是我们和俄国交通的大道。天津、上海是我们北部和中部的重要海口,是我们与欧美交通的要道。我们的长江咽喉,是紧固的江阴炮台,也只守了四天就陷落敌人的手里了。现在敌人还要从捷道包抄我们的首都南京。他们的用意是破坏我们的长江封锁线,一方面侵占南京,控制津浦路线,一方面用重兵直扑汉口,控制我们的平汉路线与粤汉路线。如果他们的计划成功,我们恐怕就要临到生死关头了。

我对于这些军事上的失利,倒不十分忧虑,因为胜败是军家的常事。从历史看,拿破仑和威廉第二都曾经打过好多的胜仗,有在几小时之内就有征服全欧的可能,到后来终于是一败涂地。可见天下事也在人为。我个人所担忧的倒不是这种战场上一时的得失,而在我们的抗战的精神,是在能百折不挠,坚持到底。我近来观察群众心理,觉得我们大部分人,在这个生死存亡的关头,还没有真正觉悟。我们有两个可以致死的病根还没有除尽,一是缺乏真正的自信,一是缺乏彻底的自省。换句话说,还不能真正感觉到礼义廉耻的耻。

---

[1] 本文是作者1937年在四川大学一次讲演的记录稿。——编者注

先说自信。现在有许多人一听到某某地方失守，某某地方我们打败仗，便不免垂头丧气，仿佛自己没有把握的样子。太原失了，自己就仿佛没有把握能守住潼关；江阴失了，自己就仿佛没有把握能守住南京、汉口。这就是没有自信。打败仗不能亡中国，失土地也不能亡中国，如果中国会亡，一定要亡在这种没有自信的心理。因为没有自信心，就没有抵抗到底的勇气，没有抵抗到底的勇气，就失去了抵抗力，就不免束手无策，坐以待毙。

除了失败便垂头丧气以外，还有一种现象，也是没有自信心的表示，我们每遇困难当头，就希望旁的国家来替我们解围。在一个月以前，我们希望九国公约会议的结果能够使各国来压制日本侵略我们，后来九国公约会议，无结果而散，我们感觉到失望；现在我们又指望俄国出兵，英国出兵，美国出兵。以为他们一出兵，我们就可以抬头了。这种观望心理，很像坐船遇了大风浪，自己的水手不努力救自己的命，而指望岸上的人来救一样。我们近二三十年的国策，就误在这种不相信自己而相信旁人的心理。袁世凯时代，日本突然向我们提出二十一条件，我们希望欧洲各国出来说话，结果他们没有说话，而日本人所要求的都如愿以偿。这个教训对于我们没有一点影响，到"九一八"事变时，我们还是希望国际联盟出来把东四省捧还我们，结果他们除了做些官样文章以外，一点动作也没有，日本人惬惬意意地把东四省吞下去了。不但如此，当时列席国际联盟调查团的意大利，现在已公然承认"满洲国"了。这个教训还不够使我们觉悟，到现在我们还张着呆眼睛望英国，望美国，望俄国，这种倚赖心理真是可怜亦复可耻。老实说，这个世界，是利害的世界，并非公理人道的世界。旁的国家如果没有真正切身的利害，决不起来帮我们打日本的。到了他们真正感到切肤之痛时，要起来收服日本，那也是为他们自身的利益，而不是为什么人道正谊来救我们，他们现在已经很坦白地说，他们不高兴日本，因为要"保护他们在华的利益"。他们如果真正向日本宣战，也许可以把日本压下去，但是我们是否就因此能抬头，或者说，他们肯不肯就让我们抬头，也还是问题。自然，我们为外交策略起见，不能不联合一些朋友，来打倒我们的敌人，我们应该用尽方法，运动英国出兵，运动俄国出兵，但是任何其他一国家，决不能帮助我们生存，我们要生存，还要自己努力去在死里求生。自己不能生存，自己不相信自己能生存，纵然外国人有好意要帮助我们，也决无济于事。历史上从来就没有一个先例，说是一个自己不能生存的国家，像寄生物似的，仰仗邻邦的庇荫而生存的。我们如果要生存，一定要自己努力；自己努力，一定要先自信自己的努力，能够得到最后的胜利。

不过我所谓"自信"，与"自夸"不同。现在有一句最流行的口号说"最后的胜利必定是我们的"。这句话可以看作好，也可以看作坏。看作好，我们可以说，这是有"自信心"的表示。看坏一点，我们可以说，这是打官话。或者更坏一点，这是心虚口夸。我们凭什么能说"最后的胜利必定是我们的"呢？你说这句话时，是出于"自信"，还是出于"自夸"，就全看你心中对于这个问题有没有正确的答案。如果你说"最后的胜利必定是我们的"，因为英国、俄国会帮助我们，或者说中国近来命运好，遇事都逢凶化吉，这次也许不致一霎就亡了；那末，你这句话并非真有"自信"而是依赖外人，依赖命运，与自信恰恰相反。然则真正的自信，要有什么做根据呢？真正的自信，换句话说，就是彻底的自知与自知后所下的决心，认清了达到尽这种责任的方法，然后下决心去脚踏实地，百折不挠地做下去，一直到最后的成功才甘休。这才是我所谓自信。就目前的困难说，我们有什么凭据能说"最后的胜利必定是我们的"呢？我们认清了敌人是要吞并我们，逼我们做奴隶的；我们认清了外国人是不可靠的，认清了这浩大河山，这光荣的历史，由我们的祖宗辛辛苦苦地维持起来传给我们，现在如果在我们手里丧失了，使我们子子孙孙永远受人以奴隶待遇，不但是对不起祖宗，也对不起未来的子孙；同时，我们也认清了我们的人口，我们的疆域，我们的富源就超过我们的敌人不知道若干倍，我们只要真能抗战到底，敌人是支持不住的。敌人现在比我们稍强的不过是新式军械，但是他们的军械也不是天赐的，也还是制造的，买来的；他们能制造，我们就不能制造，他们能买，我们就不能买吗？在这种认识之下，我们四万万的国民，每个人都抱定打到底只剩最后的一个人，都不肯甘休的决心，有了这种认识和决心，我们才配说"最后的胜利必定是我们的"。

真正的自信必定根据真正的自知。自夸式的自信不难，真正的自知却不容易。希腊人以为人生最高的智慧是"知道你自己"。严格地说，世间事物许多都容易知道，只有自己最难得知道。自己难知道，因为每个人的见解，都囿于自己的智力与经验，每个人都有抬高自己的虚荣心，而虚荣心是最易产生幻觉，蒙蔽真知的。要能自知，先要下自省的功夫。所谓自省，就是自己观察自己，自己省问自己。在这困难当头，危急存亡的时候，我以为我们第一件要务便是自省。在这个时候，每个人都要问自己，是否在尽他的抗敌救国的责任，或是在准备尽他的抗敌救国的责任。我们慢些责备旁人是汉奸，是误国者，且先问自己的行动，在实际上是否还是像汉奸，还是误国；慢些骂旁人不抗敌救国，或是向旁人宣传要抗敌救国，且先问自己是否真在抗敌救国。

姑且举一两个眼前的实例来说。我近来听到许多非难文化界与学生界的话。有人说，现在一般青年们口口声声劝旁人毁家纾难，而他们自己却穿得很漂亮，用得很阔绰，过的生活并不像国难时期所应过的卧薪尝胆的生活，他们并不像想到前方将士在这冰天雪地的地方，还有多少人连棉衣都没有穿，日夜苦战，往往饿两三天还吃不得一餐饱饭。有人说，现在教育界人所办的救亡会抗敌会等等，真正的用意并不在救亡抗敌，而在趁国难中混乱的局面，来培植自己的党羽，扩充自己的势力，预备将来谋自己的利益。在这个危急存亡的时期，你们还有心肝在闹党派，争纵领袖之欲。又有人说，现在一般青年天天在喊口号贴标语，其实都是打官话出锋头，他们自己并不能照他们所喊的去做，比如说，他们口口声声要求实施国难教育，现在学校要他们在寒假中受军官教育，预备给他们一些实际战争的技能，让他们在必要时可以上前线去冲锋杀敌，他们临时一定会借故脱逃的。没有给他们国难教育时，他们喊着要，到真正给他们国难教育时，他们会喊着不要，像这种情形怎么配说抗敌救亡呢？此外社会一般人士，责备我们教育界的话还很多，诸位一定也略有所闻。我不敢说拿这些话来责备我们的人个个都是对的，他们的态度有时甚至于很恶劣，动机有时甚至于不纯正。但是处在我们的地位，我们且不必和他们争论，我们应该认定这是我们严厉自省的机会。我们应该自问，我们的言行何以引起外人的责备？他们所责备我们的话是否完全没有根由？我们是否可以问心无愧？假如他们责备我们的话不尽无因，我们就应该感觉到这是我们的羞耻。

我现在把话总束起来，我们如果要抗战到底，一定要有真正的自信，真正的自信要根据彻底的自知。要自知必须能自省。能自省才能知耻。所谓知耻，就是西文所谓 sense of honour，从前人说"知耻近乎勇"，又说"明耻教战"。不知耻的人不会有勇气，不"明耻"也决不能教战。我们现在要确实感觉到日本人对于我们烧杀淫掳，是我们的极大的耻辱，在这种耻辱之下，我们如果不能真正的觉悟，下极大的决心，去脚踏实地同心协力地去洗清我们的国耻，这是我们的更大的耻辱。

（原载1937年12月《国立四川大学周刊》第6卷第12期）

五四运动的意义和影响

1914年第一次欧战刚刚开始,日本乘德国无暇东顾,派兵强占我们租借与德国的青岛和胶济路;1915年5月6日日本向我国致哀的美教书,强迫袁世凯所领导的政府签订二十一条款,其中包含承认日本继承德国在山东的利益;欧战结局后,1919年各国在巴黎开和会,日本以拒签和约威胁和会,要索和约明文规定日本继承德国在山东的利益。我国出席和会代表电北京政府请示,当时北京政府满布着日本的爪牙,颇倾向忍辱签巴黎和约。如果我们签约,就是向全世界公开地承认二十一条,断送华北大部分,让日本操纵政治经济以至于军事外交。为避免这种惨祸,当时北京各大学学生群起反对,派代表向政府请愿,列队游行宣传,并且轰进了汉奸巢窟赵家楼,将亲日分子陆宗舆加以痛打。那时候政府执迷不悟,想用暴力来弹压,请愿的被拘囚,游行的被枪击,因此激动国民的公愤,全国学生都起来响应,工商界也起来响应,上海还罢了几天市。政府慑于群情,于是训令和会代表拒绝签约,同时罢免亲日分子曹汝霖,陆宗舆和章宗祥。这部悲壮剧的顶点,轰打赵家楼一幕,发生在民国八年5月4日,所以世称为"五四运动"。

五四运动到现在已经二十三年了,许多人已经把它当作一件历史事实记着,它可以说是过去了。但是就影响言,它还不能说是过去了,目前文化界的动态多少是由它种因,这次的抗战也与它有密切关系。它是中国近代史上最重要的一段,我们不仅应纪念它,尤应对它有明瞭的认识。

五四运动的意义是非常重大的。它不仅是中华民国成立以来，简直是中国有史以来，唯一弥漫全国的民众运动。读书人集体作政治运动，在中国本有先例，东汉太学生的伏阙上书，明末东林复社的维持清议，戊戌政变前的公车上书，都是以书生干预朝政。不过那些运动规模很小，没有波及到全民众。五四运动开始是学生运动，而后来则演变成民众运动。全国学生总会成立之后，工界和商界的总会相继起，大家都同心协力地向着为政府作外交后盾一个目标走，最后居然达到拒签和约的目的。我们可以说，五四运动是中国民众第一次集体地觉悟到自己的责任，第一次表现公同意志于公同行动，第一次显出民众的伟大力量。

五四运动不仅是一种政治运动，尤其重要的，是一种文化运动。辛亥革命虽然建立了民国，却没有完全打破封建社会的势力，更没有铲除封建社会的积弊。政治还是落在一班军阀政客的手里，政体虽为民主而"民"就没有作过"主"。内政外交处处表现贪污和衰弱。五四运动才唤醒民众，使他们觉悟到封建社会的毒，觉悟到挽救危亡，必须民众自己努力更生，而努力更生必从思想教育做起。辛亥革命只是政治的革命，五四运动才是思想革命的先声。

这种思想革命在各方面可以看出。第一是出版界。五四以前鼓吹思想革命和文学革命的刊物不过《新青年》，《新潮》，《每周评论》数种。五四运动后一年之中，新出版的刊物突然增加到四百余种之多。这在任何文明国家里可以算是一个奇迹。第二是白话文。五四以前只有北京大学办《新青年》和《新潮》的几位教授和学生们写白话文，五四以后，白话文渐为各大报纸所采用。全国教育会在山西开会，通过小学课本一律用国语，后来这议决案又由教育部用明令公布，写白话文的人渐多，我们才逐渐有白话文学作品。白话文运动是中国文化史中一个最重要的事件，它虽不起于五四运动，可是如没有五四运动，它就决不会推行得那么快，那么广。第三是学生风气。五四以前，学生只知读讲义，应付考试，混文凭，结纳官僚政客，作进身之阶，五四以后，大家都逐渐在课堂讲义以外求学问。那时杜威罗素相继来中国讲学，到处都有杜威学说研究会罗素学说研究会的组织。大家才逐渐感觉到我们要建设文化，非多多吸收西方思想不可。与此相关的是翻译，五四以前的翻译多受林琴南严又陵的影响，用深奥古文译些第二三流作品，五四以后翻译的数量突然增加数十倍，质的方面也比从前有进步。总之五四以后思想界一般动态都远比从前活跃，五四运动促成精神的解放，可以说是一种具体而微的文艺复兴。

五四运动的影响虽然很广大，但是它不能算有绝对的成功。第一，参与运动者热诚有余而沉着不足，在引起轰动一时的骚动以后，他们没有就文化教育政治社会组织各方面设计一种深谋远虑的方案，趁着那一股勇气，按部就班地向前推进，在狂热之中他们过于乐观，没有料到旧封建势力之积重难返，没有拿出一种更大的力量把它们加以彻底澄清。结果他们好像在一池死水中投下一块大石，惹起满池浪纹以后，不久浪纹渐消，水又回复到静止状态。他们想以民意监督政府，而没有能建设一个健全的民意机关；他们想从文化思想与教育建设改造的基础，而没有能酝酿一个健全的中心思想，没有能培养一种有朝气而纯正的学风。五四运动颇类似德国的"狂飙突进"，但是没有一个歌德和席勒的时代接着来，也没有一个像德国唯心派那样雄厚的哲学潮流去灌输生气。它的来势很凶猛，但是"飙风不终日，骤雨不终朝"，它多少是一种流产。

其次，民众是一种有力的武器，但是不宜轻于使用，轻于使用，有自伤的危险。五四运动的动机纯正，大家都得承认，但是民国九年那一年学生为着直接交涉的问题，常以罢课为手段，一年之中宝贵的光阴大半被牺牲，团体组织不能算是健全，不良分子利用人或受人利用的事不能说没有。结果社会对于学生团体不免有指摘的话，助长反动者的势力，全国学生总会不久也就解散，而五四运动领袖后来也四分五裂。五四运动的倡导者之中不能说没有人才，但是煽动者多于组织者，他们没有明了一个大规模的运动成功，消极的抵抗不如积极的组织和建设，自己的力量雄厚，被反对的力量自易推翻。要使一个运动真正成为民众的运动，民众必须教育，必须训练，必须组织。否则揭竿一呼，应者虽四起，而稍遇阻力或稍历时间，即如鸟兽散，那是不能有所成就的。五四时代罢课游行的作风后来成为学生运动的范本，有人讥为浮嚣，也未见得是完全出于偏见。

　　这一切也不能完全归咎于五四运动的倡导者，一种运动在它的幼稚期都难免有若干幼稚性，社会环境的困难也不能一笔抹煞。五四运动的那种热诚是可令人起敬的，有那样的开始，如果有再接再厉的赓续，它的成功必更可观，有些失败的责任不在倡导者而在继承者。我常私下拿现在的青年和五四时代的青年比较，发生种种疑问；现在的青年是否还有五四时代青年的那种精神呢？他们对于学术政治教育等等是否有那样浓厚的兴味呢？五四时代青年处于领导社会的地位，现在的青年是否还维持住这个地位呢？现在我们国家所处的境地比五四时代危难到万倍，现在青年们是否比五四时代努力到万倍呢？我对于这些问题不敢作武断的答复，留待每一个自爱的青年加以虚心反省。

(原载1942年2月《中国青年》第6卷第5期)

从我怎样学国文说起

我学国文，走过许多迂回的路，受过极旧的和极新的影响。如果用自然科学家解剖形态和穷究发展的方法将这过程作一番检讨，倒是一件很有趣的事情。

我在十五岁左右才进小学，以前所受的都是私塾教育。从六岁起读书，一直到进小学，我没有从过师，我的惟一的老师就是我的父亲。我的祖父做得很好的八股文，父亲处在八股文和经义策论交替的时代。他们读什么书，也就希望我读什么书。应付科举的一套家当委实可怜，四书、五经、纲鉴、唐宋八大家文选、古唐诗选之外就几乎全是闱墨制义。五经之中，我幼时全读的是《书经》、《左传》。《诗经》我没有正式地读，家塾里有人常在读，我听了多遍，就能成诵大半。于今我记得最熟的经书，除《论语》外，就是听会的一套《诗经》。我因此想到韵文入人之深，同时，读书用目有时不如用耳。私塾的读书程序是先背诵后讲解。在"开讲"时，我能了解的很少，可是熟读成诵，一句一句地在舌头上滚将下去，还拉一点腔调，在儿童时却是一件乐事。这早年读经的教育我也曾跟着旁人咒骂过，平心而论，其中也不完全无道理。我现在所记得的书大半还是儿时背诵过的，当时虽不甚了了，现在回忆起来，不断地有新领悟，其中意味确是深长。

父亲有些受过学校教育的朋友，教我的方法多少受了新潮流的影响。我"动笔"时，他没有教我做破题起讲，只教我做日记。他先告诉我日间某事可记，并且指出怎样记法，记好了，他随看随改，随时讲给我听。有一次我还记得很清楚，宅旁发见一个古墓，掘出两个瓦瓶，父亲和伯父断定它们是汉朝的古物（他们的考古知识我无从保证），把它们洗干净，供在香炉前的条几上，两人磋商了一整天，做了一篇"古文"的记，用红纸楷书恭写，贴在瓶子上面。伯父提议让我也写一篇，父亲说："他！还早呢。"言下大有鄙夷之意。我当时对于文字起了一种神秘意识，仿佛此事非同小可，同时也渴望有一天能够得上记古瓶。

　　日记能记到一两百字时，父亲就开始教我做策论经义。当时科举已废除，他还传给我这一套应付科举的把戏，无非是"率由旧章"，以为读书人原就应该弄这一套。现在的读者恐怕对这些名目已很茫然，似有略加解释的必要。所谓"经义"是在经书中挑一两句做题目，就抱着那题目发挥成一篇文章，例如题目是"知耻近乎勇"，你就说明知耻何以近乎勇，"耻"和"勇"须得一番解释，"近乎"两个字更大有文章可做。所谓"策"是在时事中挑一个问题，让你出一个主意，例如题目是"肃清匪患"，你就条陈几个办法，并且详述利弊，显出你有经邦济世的本领。所谓"论"就是议论是非长短，或是评衡人物，刘邦和项羽究竟哪一个高明，或是判断史事，孙权究竟该不该笼络曹操。做这几类文章，你都要说理，所说的尽管是歪理，只要能自圆其说，歪也无妨。翻案文章往往见得独出心裁。这类文章有它们的传统作法。开头要一个帽子，从广泛的大道理说起，逐渐引到本题，发挥一段意思，于是转到一个"或者曰"式的相反的议论，把它驳倒，然后作一个结束。这就是所谓"起承转合"。这类文章没有什么文学价值，人人都知道。但是当作一种写作训练看，它也不是完全无用。在它的窄狭范围内，如果路走得不错，它可以启发思想，它的形式尽管是呆板，它究竟有一个形式。我从十岁左右起到二十岁左右止，前后至少有十年的光阴都费在这种议论文上面。这训练造成我的思想的定型，注定我的写作的命运。我写说理文很容易，有理我都可以说得出，很难说的理我能用很浅的话说出来。这不能不归功于幼年的训练。但是就全盘计算，我自知得不偿失。在应该发展想象的年龄，我的空洞的脑袋被歪曲到抽象的思想工作方面去，结果我的想象力变成极平凡，我把握不住一个有血有肉有光有热的世界，在旁人脑里成为活跃的戏景画境的，在我脑里都化为干枯冷酷的理。我写不出一篇过得去的描写文，就吃亏在这一点。

我自幼就很喜欢读书。家中可读的书很少，而且父亲向来不准我乱翻他的书籍。每逢他不在家，我就偷尝他的禁果。我翻出储同人评选的《史记》、《战国策》、《国语》、西汉文之类，随便看了几篇，就觉得其中趣味无穷。本来我在读《左传》，可是当作正经功课读的《左传》文章虽好，却远不如自己偷着看的《史记》、《战国策》那么引人入胜。像《项羽本纪》那种长文章，我很早就熟读成诵。王应麟的《困学纪闻》也有些地方使我很高兴。父亲没有教我读八股文，可是家里的书大半是八股文，单是祖父手抄的就有好几箱，到无书可读时，连这角落里我也钻了进去。坦白地说，我颇觉得八股文也有它的趣味。它的布置很匀称完整，首尾条理线索很分明，在窄狭范围与固定形式之中，翻来覆去，往往见出作者的匠心。我于今还记得一篇《止子路宿》，写得真惟妙惟肖，入情入理。八股文之外，我还看了一些七杂八拉的东西，试帖诗、《楹联丛话》、《广治平略》、《事类统论》、《历代名臣言行录》、《粤匪纪略》，以至于《验方新编》、《麻衣相法》、《太上感应篇》和牙牌起数用的词。家住在穷乡僻壤，买书甚难。距家二三十里地有一个牛王集，每年清明前后附近几县农人都到此买卖牛马。各种商人都来兜生意，省城书贾也来卖书籍文具。我有一个族兄每年都要到牛王集买一批书回来，他的回来对于我是一个盛典。我羡慕他有去牛王集的自由，尤其是有买书的自由。书买回来了，他很慷慨地借给我看。由于他的慷慨，我读到《饮冰室文集》。这部书对于我启示一个新天地，我开始向往"新学"，我开始为《意大利三杰传》的情绪所感动。作者那一种酣畅淋漓的文章对于那时的青年人真有极大的魔力，此后有好多年我是梁任公先生的热烈的崇拜者。有一次报纸误传他在上海被难，我这个素昧平生的小子在一个偏僻的乡村里为他伤心痛哭了一场。也就从饮冰室的启示，我开始对于小说戏剧发生兴趣。父亲向来不准我看小说，家里除一套《三国演义》以外，也别无所有，但是《水浒传》、《红楼梦》、《琵琶记》、《西厢记》几种我终于在族兄处借来偷看过。因为读这些书，我开始注意金圣叹，"才子"、"情种"之类观念开始在我脑里盘旋。总之，我幼时头脑所装下的书好比一个灰封尘积的荒货摊，大部分是废铜烂铁，中间也夹杂有几件较名贵的古董。由于这早年的习惯，我至今读书不能专心守一个范围，总爱东奔西窜，许多不同的东西令我同样感觉兴趣。

我在小学里只住了一学期就跳进中学。中学教育对于我较深的影响是"古文"训练。说来也很奇怪，我是桐城人，祖父和古文家吴挚甫先生有交谊，他所廪保的学生陈剑潭先生做古文也曾享一时盛名，可是我家里从没有染着一丝毫的古文派风气。科举囿人，于此可见一斑。进了中学，我才知道有桐城派古文这么一回事。那时候我的文字已粗清通，年纪在同班中算是很小，特别受国文教员们赏识。学校里做文章的风气确是很盛，考历史、地理可以做文章，考物理、化学也还可以做文章，所以我到处占便宜。教员们希望这小子可以接古文一线之传，鼓励我做，我越做也就越起劲。读品大半选自《古文辞类纂》和《经史百家杂钞》。各种体裁我大半都试作过。那时候我的摹仿性很强，学欧阳修、归有光有时居然学得很像。学古文别无奥诀，只要熟读范作多篇，头脑里甚至筋肉里都浸润下那一套架子，那一套腔调，和那一套用字造句的姿态，等你下笔一摇，那些"骨力"、"神韵"就自然而然地来了，你就变成一个扶乩手，不由自主地动作起来。桐城派古文曾博得"谬种"的称呼。依我所知，这派文章大道理固然没有，大毛病也不见得很多。它的要求是谨严典雅，它忌讳浮词堆砌，它讲究声音节奏，它着重立言得体。古今中外的上品文章似乎都离不掉这几个条件。它的惟一毛病就是文言文，内容有时不免空洞，以至谨严到干枯，典雅到俗滥。这些都是流弊，作始者并不主张如此。

兴趣既偏向国文，在中学毕业后我就决定升大学入国文系。我很想进北京大学，因为路程远，花费多，家贫无力供给，只好就近进了武昌高等师范学校。在武昌待了一年光景，使我至今还留恋的只有洪山的红菜薹，蛇山的梅花和江边几条大街上的旧书肆。至于学校却使我大失所望，里面国文教员还远不如在中学教我的那些老师。那位以地理名家的系主任以冬烘学究而兼有海派学者的习气，走的全是左道旁门，一面在灵学会里扶乩请仙，一面在讲台上提倡孔教，讲书一味穿凿附会，黑水变成黑海，流沙便是非洲沙漠。另外有一位教员讲《孟子》，在每章中都发见一个文章义法，章章不同，这章是"开门见山"，那章是"一针见血"，另一章又是"拔茧抽丝"。一团乌烟瘴气，弄得人啼笑皆非。我从此觉得一个人嫌恶文学上的低级趣味可以比嫌恶仇敌还更深入骨髓。我在武昌却并非毫无所得，我开始发见世间有那么多的书。其次，学校里有文字学一门功课，我规规矩矩地把段玉裁的《许氏说文解字注》从头看到尾，约略窥见清朝小学家们治学的方法。

塞翁失马，因祸可以得福。我到武昌是失着，但是我因此得到被遣送到香港大学的机会。这是我生平一个大转机。假若没有得到那个机会，说不定我现在还是冬烘学究。从那时到现在，二十余年之中，我虽没有完全丢开线装书，大部分工夫却花来学外国文，读外国书。这对于我学中国文，读中国书的影响很大，待下文再说，现在先说一个同样重要的事件，那就是"新文化运动"。大家都知道，这运动是对于传统的文化、伦理、政治、文学各方面的全面攻击。它的鼎盛期正当我在香港读书的年代。那时我是处在怎样一个局面呢？我是旧式教育培养起来的，脑里被旧式教育所灌输的那些固定观念全是新文化运动的攻击目标。好比一个商人，库里藏着多年辛苦积蓄起来的一大堆钞票，方自以为富足，一夜睡过来，满市人都喧传那些钞票全不能兑现，一文不值。你想我心服不心服？尤其是文言文要改成白话文一点于我更有切肤之痛。当时许多遗老遗少都和我处在同样的境遇。他们咒骂过，我也跟着咒骂过。《新青年》发表的吴敬斋[①]的那封信虽不是我写的（天知道那是谁写的，我祝福他的在天之灵！），却大致能表现当时我的感想和情绪。但是我那时正开始研究西方学问。一点浅薄的科学训练使我看出新文化运动是必需的，经过一番剧烈的内心冲突，我终于受了它的洗礼。我放弃了古文，开始做白话文，最初好比放小脚，裹布虽扯开，走

---

① 查《新青年》未有署名"吴敬斋"的文章，当为"王敬轩"的误记。《新青年》初倡白话文运动时，并无广泛反响。钱玄同遂化名"王敬轩"，为长文攻击白话文，由刘半农逐条批驳，以激起广泛讨论。虽义归大雅，终有伤诚实，非不得已不宜为。——编者注

起路来终有些不自在;后来小脚逐渐变成天足,用小脚曾走过路,改用天足特别显得轻快,发见从前小脚走路的训练工夫,也并不算完全白费。

　　文言白话之争到于今似乎还没有终结,我做过十五年左右的文言文,二十年左右的白话文,就个人经验来说,究竟哪一种比较好呢?把成见撇开,我可以说,文言和白话的分别并不如一般人所想象的那样大。第一就写作的难易说,文章要做得好都很难,白话也并不比文言容易。第二,就流弊说,文言固然可以空洞俗滥板滞,白话也并非天生地可以免除这些毛病。第三,就表现力说,白话与文言各有所长,如果要写得简炼,有含蓄,富于伸缩性,宜于用文言,如果要写得生动,直率,切合于现实生活,宜于用白话。这只是大体说,重要的关键在作者的技巧,两种不同的工具在有能力的作者的手里都可运用自如。我并没有发见某种思想和感情只有文言可表现,或者只有白话可表现。第四,就写作技巧说,好文章的条件都是一样,第一是要有话说,第二要把话说得好。思想条理必须清楚,情致必须真切,境界必须新鲜,文字必须表现得恰到好处,谨严而生动,简朴不至枯涩,高华不至浮杂。文言文要好须如此,白话文要好也还须如此。话虽如此说,我大体上比较爱写白话。原因很简单,语文的重要功用是传达,传达是作者与读者中间的交际,必须作者说得痛快,读者听得痛快,传达才能收到最大的效果。为作者着想,文言和白话的分别固不大;为读者着想,白话确远比文言方便。不过这里我要补充一句:白话的定义很难下,如果它指大多数人日常所用的语言,它的字和词都太贫乏,决不够用。较好的白话文都不免要在文言里面借字借词,与日常流行的话语究竟有别。这就是说,白话没有和文言严密分家的可能。本来语文都有历史的赓续性，字与词有部分的新陈代谢，决无全部的死亡。提倡白话文的人们欢喜说文言是死的，白话是活的。我以为这话语病很大，它使一般青年读者们误信只要会说话就会做文章，对于文字可以不研究，对于旧书可以一概不读，这是为白话文作茧自缚。白话文必须继承文言的遗产，才可以丰富，才可以着土生根。

因为有这个信念，我写白话文，不忌讳在文言中借字借词。我觉得文言文的训练对于写白话文还大有帮助。但是我极力避免用文言文的造句法，和文言文所习用的虚字如"之乎者也"之类。因为文言文有文言文的空气，白话文有白话文的空气，除借字借词之外，文白杂糅很难得谐和。俞平伯诸人的玩艺只可聊备一格，不可以为训。

我对于白话文，除着接收文言文的遗产一个信念以外，还另有一个信念，就是它需要适宜程度的欧化。我从略通外国文学，就时时考虑怎样采取外国文学风格和文字组织的优点，来替中国文创造一种新风格和新组织。我写白话文，除得力于文言文的底子以外，从外国文字训练中也得了很不少的教训。头一点我要求合逻辑。一番话在未说以前，我必须把思想先弄清楚，自己先明白，才能让读者明白，糊里糊涂地混过去，表面堂皇铿锵，骨子里不知所云或是暗藏矛盾，这个毛病极易犯，我总是小心提防着它。我不敢说中国文天生有这毛病，不过许多中国文人常犯这毛病却是事实。我知道提防它，是得力于外国文字的训练。我爱好法国人所推崇的明晰。第二点我要求合文法。文法本由习惯造成，各国语文都有它的习惯，就有它的文法。不过我们中国人对于文法向来不大研究，行文还求文从字顺，说话就不免随便。中国文法组织有两个显著的缺点。第一是缺乏逻辑性，一句话可以无主词，"虽然""但是"可以连着用。其次缺乏弹性,单句易写,混合句与复合句不易写,西文中含有"关系代名词"的长句无法译成中文,可以为证。我写白话文,常尽量采用西文的文法和语句组织,虽然同时我也顾到中国文字的特性,不要文章露出生吞活剥的痕迹。第二点在造句布局上我很注意声音节奏。我要文字响亮而顺口,流畅而不单调。古文本来就很讲究这一点,不过古文的腔调必须哼才能见出,白话文的腔调哼不出来,必须念出来,所以古文的声音节奏很难应用在白话文里。近代西方文章大半是用白话,所以它的声音节奏的技巧和道理很可以为我们借鉴。这中间奥妙甚多,粗略地说,字的平仄单复,句的长短骈散,以及它们的错综配合都须得推敲。这事很难,成就距理想总是很远。

我主张中文要有"适宜程度的"欧化,这就是说,欧化须有它的限度,它不应和本国的文字的特性相差太远。有两种过度的欧化我颇不赞成。第一种是生吞活剥地模仿西文语言组织。这风气倡自鲁迅先生的直译主义。"我遇见他在街上走"变成"我遇见他走在街上","园里有一棵树"变成"那里有一棵树在园里",如此等类的歪曲我以为不必要。第二种是堆砌形容词和形容句,把一句话拖得冗长臃肿。这在西文里本不是优点,许多作者偏想在这上面卖弄风姿,要显出华丽丰富,他们不知道中文句字负不起那样重载。为了这个问题,我和一位朋友吵过几回嘴。我不反对文字的华丽,但是我不欢喜村妇施朱敷粉,以多为贵。

这牵涉到风格问题,"风格就是人格"。每个作者有他的特性,就有他的特殊风格。所以严格地说,风格不是可模仿的或普遍化的,每个作者如果在文学上能有特殊的成就,他必须成就一种他所独有的风格。但是话虽如此说,他在成就独有的风格的过程中,不能不受外来的影响。他所用的语言是大家所公用的,他所承受的精神遗产来源很久远,他与他的环境的接触影响到他的生活,就能影响到他的文章。他的风格的形成有他的特异点,也有他与许多人的共同点。如果把这共同点叫做类型,我们可以说,一时代的文学有它的类型的风格,一民族的文学也有它的类型的风格。这类型的风格对于个别作家的风格是一个基础。文学需要"学",原因就在此。像其它人类活动一样,文艺离不开模仿,不模仿而能创造,那是无中生有,不可想象。许多作家的厄运在不学而求创造,也有许多作家的厄运在安心模仿而不求创造。安于模仿,类型的风格于是成为呆板形式,而模仿者只是拿这呆板形式来装腔作势,装腔作势与真正文艺毫无缘分。从历史看,一个类型的风格到了相当时期以后,常易变成呆板形式供人装腔作势,要想它重新具有生命,必须有很大的新的力量来震撼它,滋润它。这新的力量可以从过去另一时代来,如唐朝作家撇开六朝回到两汉,十九世纪欧洲浪漫派撇开假古典时代回到中世纪;也可从另一民族来,如六朝时代接受佛典,英国莎士比亚时代接受意大利的文艺复兴。从整个的中国文学史看,中国文学的类型的风格到了唐宋以后不断地在走下坡路,我们早已到了"文敝"的阶段,个别作家如果株守故辙,虽有大力也无能为力。西方文化的东流,是中国文学复苏的一个好机会。我们这一个时代的人所负的责任真重大,我们不应该错过这机会。我以为中国文的欧化将来必须逐渐扩大,由语句组织扩大到风格。这事很不容易,有文学天才的人不一定有时间与精力研究西方文学,有时间精力研究西方文学的人也不一定有文学天才。假如我有许多年轻作家的资禀,再加上丰富的生活经验,也许多少可以实现我的愿望。无如天注定了我资禀平凡,注定了我早年受做时文的教育,又注定了我奔波劳碌，不得一刻闲，一切愿望于是成为苦恼。

文学是人格的流露。一个文人先须是一个人，须有学问和经验所逐渐铸就的丰富的精神生活。有了这个基础，他让所见所闻所感所触及文字很本色地流露出来，不装腔，不作势，水到渠成，他就成就了他的独到的风格，世间也只有这种文字才算是上品文字。除着这个基点以外，如果还另有什么资禀使文人成为文人的话，依我想，那就只有两种敏感。一种是对于人生世相的敏感。事事物物的哀乐可以变成自己的哀乐，事事物物的奥妙可以变成自己的奥妙。"一花一世界，一草一精神。"有了这种境界，自然也就有同情，就有想象，就有彻悟。其次是对于语言文字的敏感。语言文字是流通到光滑污滥的货币，可是每个字在每一个地位有它的特殊价值，丝毫增损不得，丝毫搬动不得。许多人在这上面苟且敷衍，得过且过；对于语言文字有敏感的人便觉得这是一种罪过，发生嫌憎。只有这种人才能有所谓"艺术上的良心"，也只有这种人才能真正创造文学，欣赏文学。诗人济慈说："看一个好句如一个爱人。"在恋爱中除着恋爱以外，一切都无足轻重；在文艺活动中，除着字句的恰当选择与安排以外，也一切都无足轻重。在那一刻中（无论是恋爱或是创作文艺），全世界就只有我所经心的那一点真实，其余都是虚幻。在这两种敏感之中，对于文人，最重要的是第二种。古今有许多哲人和神秘主义的宗教家不愿用文字泄露他们的敏感，像柏拉图所说的，他们宁愿在诗里过生活，不愿意写诗。世间也有许多匹夫匹妇在幸运的时会中偶然发见生死是一件沉痛的事，或是墙角一片阴影是一幅美妙的景象，可是他们无法用语言文字把心中的感触说出来，或是说得不是那么一回事。文人的本领不只在见得到，尤其在说得出。说得出，必须说得"恰到好处"，这需要对于语言文字的敏感。有这敏感，他才能找到恰好的字，给它一个恰好的安排。

人生世相的敏感和语言文字的敏感都大半是天生的，人力也可培养成几分。我在这两方面得之于天的异常稀薄，然而我对于人生世相有相当的了悟，运用语言文字也有相当的把握。虽然是自己达不到的境界，我有时也能欣赏，这大半是辛苦训练的结果。我从许多哲人和诗人方面借得一副眼睛看世界，有时能学屈原、杜甫的执著，有时能学庄周、列御寇的徜徉凌虚，莎士比亚教会我在悲痛中见出庄严，莫里哀教会我在乖讹丑陋中见出隽妙，陶潜和华兹华斯引我到自然的胜境，近代小说家引我到人心的曲径幽室。我能感伤也能冷静，能认真也能超脱。能应俗随时，也能潜藏非尘世的丘壑。文艺的珍贵的雨露浸润到我的灵魂至深处，我是一个再造过的人，创造主就是我自己。但是，天！我能再造自己，我不能把接收过来的世界再造成一世界。奥菲丽雅问哈姆雷特读什么，他回答说："字，字，字！"我一生都在"字"上做功夫，到现在还只能用"字"来做这世界里面的日常交易，再造另一世界所需要的"字"常是没到手就滑了去。圣约翰说："太初有字，字和上帝在一起，字就是上帝。"我能了解字的威权，可是我常慑服在它的威权之下。原来它是和上帝在一起的。

（选自《我与文学及其他》，开明书店1943年版）

自我检讨

中国人民革命这个大运动转变了整个世界，也转变了我个人。我个人的转变不过是大海波浪中的一点小浪纹，渺小到值不得注意，可是它也是受大潮流的推动，并非出于偶然。

我的父祖都是清寒的教书人。我从小所受的就是半封建式的教育，形成了一些陈腐的思想，也养成了一种温和而拘谨的心理习惯。由于机缘的凑合，我在几个英法大学里做了十余年的学生，在资本主义形态的文学、历史和哲学里兜了一些圈子。就在这个时期的开始，中国文化思想上发生了一个空前的变动——五四运动。这样大的一次变动掠我而过，而我却茫然若无其事。这是我生平的大不幸，历史向前走了一长段路，而我还停滞在变动的出发点。我脱离了中国现实时代。

在学生时代，我受了欧洲经院的"为学问而学问"那个老观念的传染，整天抱着书本子过活，对于大世界中种种现实问题失去了接触，也就失去了兴趣。实际政治尤其使我望而生畏，仿佛它是一种污糟的东西。二十二年回国，我就在北大外文系任教。当时我的简单的志愿是谨守岗位，把书教好一点，再多读一些书，多写一些书。假如说我有些微政治意识的话，那只是一种模糊的欧美式的民主自由主义。二十六年抗日战事起，我转到四川大学。校长是一位北大哲学系的旧同事，倒是规规矩矩地办学，可是因为不会逢迎教育部长陈立夫，过了一年就被撤了职，换了他的党羽程天放。当时我以一个自由思想者的立场，掀起风潮去反对。反对不成，我就辞了职离开四川大学。这是我生平第一次感到反动政府的压迫而起反抗。这消息传出去了，一位在延安做文化工作的先生曾经写信邀我去延安，我很想趁这个机会去看看我能否参加比较积极的工作。由于认识的不够和意志的薄弱，我终于辜负了这位先生的好意，转到武汉大学去继续教书。

在武大待了三四年，学校内部发生人事冲突，教务长没有人干，学校硬要拉我去干。干了不过一年，反动政治的压迫又来了！陈立夫责备王星拱校长，说我反对程天放，思想不稳，学校不应该让我担任要职。王校长想息事宁人，苦劝我加入国民党，说这只是一个名义，一个幌子，为着学校的安全，为着我和他私人的友谊，我都得帮他这一个忙。当时我也并非留恋这个教务长，可是假如我丢了不干，学校确实难免动摇。因此，我隐忍妥协，加入了国民党。我向王校长的声明是只居名义，不参加任何活动。这是我始终引为内疚的一件事。参加一个政党本身并不是一件坏事，我所感到惭愧的是我以一个主张思想自由者，为了一时的方便，取这种敷衍的态度，参加了我不愿意参加的一个政党。

抗战胜利后我回到北大，就怀了一个戒心，想不要再转入党的漩涡，想再抱定十余年前初到北大时那个简单的志愿，谨守岗位，把书教好一点，再多读一些书，多写一些书。可是事与愿违，一则国民党政府越弄越糟，逼得像我这样无心于政治的人也不得不焦虑忧惧；二则我向来胡乱写些文章，报章杂志的朋友们常来拉稿，逼得我写了一些于今看来是见解错误的文章，甚至签名附和旁人写的反动的文章。在这里我可以约略说一说过去几年中我的政治态度。像每个望中国好的国民一样，我对于国民党政府是极端不满意的；不过它是一个我所接触到的政府，我幻想要中国好，必须要这个政府好；它不好，我们总还要希望它好。我所发表的言论大半是采取这个态度，就当时的毛病加以指责。由于过去的教育，我是一个温和的改良主义者，当然没有革命的意识。我的错误已经由事实充分证明，这里也无须详说。

在解放以前，我对于共产党的主张和作风的认识极端模糊隐约，所看到的只是国民党官方的杂志报纸，所接触到的只是和我年龄见解差不多的人物，一向处在恶意宣传的蒙蔽里。自从北京解放以后，我才开始了解共产党。首先使我感动的是共产党干部的刻苦耐劳，认真做事的作风，谦虚谨慎的态度，真正要为人民服务的热忱，以及迎头克服困难那种大无畏的精神。我才恍然大悟从前所听到的共产党满不是那么一回事。从国民党的作风到共产党的作风简直是由黑暗到光明，真正是换了一个世界。这里不再有因循敷衍，贪污腐败，骄奢淫逸，以及种种假公济私卖国便己的罪行。任何人都会感觉到这是一种新兴的气象。从辛亥革命以来，我们绕了许多弯子，总是希望之后继以失望，现在我们才算走上大路，得到生机。这是我最感觉兴奋的景象。

其次，我跟着同事同学们学习，开始读到一些共产党的书籍，像《共产党宣言》、《联共党史》、《毛泽东选集》以及关于唯物论辩证法的著作之类。在这方面我还是一个初级小学生，不敢说有完全正确的了解，但在大纲要旨上我已经抓住了共产主义所根据的哲学，苏联革命奋斗的经过，以及毛主席的新民主主义的理论和政策。我认为共产党所走的是世界在理论上所应走而在事实上所必走的一条大路。

从对于共产党的新了解来检讨我自己，我的基本的毛病倒不在我过去是一个国民党员，而在我的过去教育把我养成一个个人自由主义者，一个脱离现实的见解褊狭而意志不坚定的知识分子。我愿意继续努力学习，努力纠正我的毛病，努力赶上时代与群众，使我在新社会中不至成为一个完全无用的人。我的性格中也有一些优点，勤奋，虚心，遇事不悲观，这些优点也许可以做我的新生的萌芽。

（原载 1949 年 11 月 27 日《人民日报》）

作者自传

我笔名孟实,一八九七年九月十九日出生于安徽桐城乡下一个破落的地主家庭。父亲是个乡村私塾教师。我从六岁到十四岁,在父亲鞭挞之下受了封建私塾教育,读过而且大半背诵过四书五经、《古文观止》和《唐诗三百首》,看过《史记》和《通鉴辑览》,偷看过《西厢记》和《水浒》之类旧小说,学过写科举时代的策论时文。到十五岁才入"洋学堂"(高小),当时已能写出大致通顺的文章。在小学只待半年,就升入桐城中学。这是桐城派古文家吴汝纶创办的,所以特重桐城派古文,主要课本是姚惜抱的《古文辞类纂》,按教师的传授,读时一定要朗诵和背诵,据说这样才能抓住文章的气势和神韵,便于自己学习作文。我从此就放弃时文,转而摸索古文。我得益最多的国文教师是潘季野,他是一个宋诗派的诗人,在他的熏陶之下,我对中国旧诗养成了浓厚的兴趣。一九一六年中学毕业,在家乡当了半年小学教员。本想考北京大学,慕的是它的"国故",但家贫拿不起路费和学费,只好就近考进了不收费的武昌高等师范学校中文系。我很失望,教师还不如桐城中学的。除了圈点一部段玉裁的《说文解字注》,略窥中国文字学门径之外,一无所获。读了一年之后,就碰上北洋军阀的教育部从全国几所高等师范学校里考选一批学生到香港大学去学教育。我考取了。从一九一八年到一九二二年,我就在这所英国人办的大学里学了一点教育学,但主要地还是学了英国语言和文学,以及生物学和心理学这两门自然科学的一点常识。这就奠定了我这一生教育活动和学术活动的方向。

我到香港大学后不久，就发生了五四运动，洋学堂和五四运动当然漠不相干。不过我在私塾里就酷爱梁启超的《饮冰室文集》，颇有认识新鲜事物的热望。在香港还接触到《新青年》。我看到胡适提倡白话文的文章，心里发生过很大的动荡。我始而反对，因为自己也在"桐城谬种"之列，可是不久也就转过弯来了，毅然决然地放弃了古文和文言，自己也学着写起白话来了。我在美学方面的第一篇处女作《无言之美》就是用白话文写的。写白话文时，我发现文言的修养也还有些用处，就连桐城派古文所要求的纯正简洁也还未可厚非。

香港毕业后，通过同班友好高觉敷的介绍，我结识了吴淞中国公学校长张东荪。应他的邀约，我于一九二二年夏，到吴淞中国公学中学部教英文，兼校刊《旬刊》的主编。当我的编辑助手的学生是当时还以进步面貌出现的姚梦生，即后来的姚蓬子。在吴淞时代我开始尝到复杂的阶级斗争的滋味。我听过李大钊和恽代英两先烈的讲话。由于我受到长期的封建教育和英帝国主义教育，同左派郑振铎和杨贤江，以及右派中国青年党陈启天、李璜等人都有些往来，我虽是心向进步青年却不热心于党派斗争，以为不问政治，就高人一等。江浙战争中吴淞中国公学被打垮了，我就由上海文艺界朋友夏丏尊介绍，到浙江上虞白马湖春晖中学教英文，在短短的几个月之中我结识了后来对我影响颇深的匡互生、朱自清和丰子恺几位好友。匡互生当时和无政府主义者有些往来，还和毛泽东同志同过学，因不满意春晖中学校长的专制作风，建议改革而没有被采纳，就愤而辞去教务主任职，掀起一场风潮。我同情他，跟他一起采取断然态度，离开春晖中学跑到上海去另谋生路。我和他到了上海之后，夏丏尊、章锡琛、丰子恺、周为群等，也陆续离开春晖中学赶到上海。上海方面又陆续加上叶圣陶、胡愈之、周予同、陈之佛、刘大白、夏衍几位朋友。我们成立了一个立达学会，在江湾筹办了一所立达学园。开办的宗旨是在匡互生的授意之下由我草拟后正式公布的。这个宣言提出了教育独立自由的口号，矛头直接针对着北洋军阀的专制教育。与立达学园紧密联系在一起的还有由我们筹办的开明书店和一种刊物（先叫《一般》，后改名《中学生》）。"开明"是"启蒙"的意思，争取的对象是以中学生为主的青年一代。这家书店就是解放后由叶圣陶在北京主持的青年书店，即中国青年出版社的前身。我把上海的这段经历说详细一点，因为这是我一生的一个主要转折点和后来一些活动的起点。我的大部分著述都是为青年写的，而且是由开明书店出版的。

立达学园办起来之后，我就考取安徽官费留英。一九二五年夏，我取道苏联赴英，正值苏联执行新经济政策时代，在火车上和苏联人攀谈过，在莫斯科住过豪华的欧罗巴饭店，也在烟雾弥漫、肮脏嘈杂的小酒店里喝过伏特加，啃过黑面包，留下了一些既兴奋而又不很愉快的印象。到了英国，我就进了由香港大学的苏格兰教师沈顺教授所介绍的爱丁堡大学。我选修的课程有英国文学、哲学、心理学、欧洲古代史和艺术史。令我至今怀念的导师有英国文学方面的谷里尔生教授，他是荡恩派"哲理诗"的宣扬者，对英国艾略特"近代诗派"和对理查兹派文学批评都起过显著的影响。哲学导师是侃普·斯密斯教授，研究康德哲学的权威，而教给我的却是怀疑派休谟的《自然宗教的对话》。列宁在《唯物主义和经验批判主义》里还赞许过他。美术史导师布朗老教授用幻灯来就具体艺术杰作说明艺术发展史，课程结束那一天早晨照例请全班学生们吃一餐早点。一九二九年在爱丁堡毕业后,我就转入伦敦大学的大学学院,听浅保斯教授讲莎士比亚,对他的繁琐考证和所谓"版本批评"我感到厌烦,于是把大部分功夫花在大英博物馆的阅览室里。伦敦和巴黎只隔一个海峡,所以我同时在巴黎大学注册,偶尔过海去听课,听到该校文学院长德拉库瓦教授讲《艺术心理学》,甚感兴趣,他的启发使我起念写《文艺心理学》。前此在爱丁堡大学时我在心理学研究班里宣读过一篇《悲剧的喜感》论文,颇受心理学导师竺来佛博士的嘉许,劝我以此为基础去进行较深入的研究,于是我起念要写一部《悲剧心理学》,作为博士论文。后来就离开了英国,转到莱茵河畔斯特拉斯堡大学。一则因为那是德国大诗人歌德的母校,地方比较僻静,生活较便宜;二则那地方法语和德语通用,可趁机学习对我的专科极为重要的德语。我的论文《悲剧心理学》是在该校心理学教授夏尔·布朗达尔指导之下写成和通过的。

在英法留学八年之中,听课、预备考试只是我的一小部分的工作,大部分的时间都花在大英博物馆和学校的图书馆里,一边阅读,一边写作。原因是我一直在闹穷,官费经常不发,不得不靠写作来挣稿费吃饭。同时,我也发现边阅读、边写作是一个很好的学习方法。这样学习比较容易消化,容易深入些。我的大部分解放前的主要著作都是在学生时代写出的。一到英国,我就替开明书店的刊物《一般》和后来的《中学生》写稿,曾搜辑成《给青年的十二封信》出版。这部处女作现在看来不免有些幼稚可笑,但当时却成了一种最畅销的书,原因在我反映了当时一般青年小知识分子的心理状况。我和广大青年建立了友好关系,就从这本小册子开始。此后我写出文章不愁找不到出版处。接着我就写出了《文艺心理学》和它的缩写本《谈美》；一直是我心中主题的《诗论》，也写出初稿；并译出了我的美学思想的最初来源——克罗齐的《美学原理》。此外，我还写了一部《变态心理学派别》（开明书店）和一部《变态心理学》（商务印书馆），总结了我对变态心理学的认识。在罗素的影响之下，我还写过一部叙述符号逻辑派别的书（稿交商务印书馆，抗日战争中遭火焚掉）。这些科目在现代美学中都还在产生影响。

回国前，由旧中央研究院历史所我的一位高师同班友好徐中舒把我介绍给北京大学文学院长胡适，并且把我的《诗论》初稿交给胡适作为资历的证件。于是胡适就聘我任北大西语系教授。我除在北大西语系讲授西方名著选读和文学批评史之外，还拿《文艺心理学》和《诗论》在北大中文系和由朱自清任主任的清华大学中文系研究班开过课。后来我的留法老友徐悲鸿又约我到中央艺术学院讲了一年《文艺心理学》。

当时正逢"京派"和"海派"对垒。京派大半是文艺界旧知识分子，海派主要指左联。我由胡适约到北大，自然就成了京派人物，京派在"新月"时期最盛，自从诗人徐志摩死于飞机失事之后，就日渐衰落。胡适和杨振声等人想使京派再振作一下，就组织一个八人编委会，筹办一种《文学杂志》。编委会之中有杨振声、沈从文、周作人、俞平伯、朱自清、林徽因等人和我。他们看到我初出茅庐，不大为人所注目或容易成为靶子，就推我当主编。由胡适和王云五接洽，把新诞生的《文学杂志》交商务印书馆出版。在第一期我写了一篇发刊词，大意说在诞生中的中国新文化要走的路宜于广阔些，丰富多彩些，不宜过早地窄狭化到只准走一条路。这是我的文艺独立自由的老调。《文学杂志》尽管是京派刊物，发表的稿件并不限于京派，有不同程度左派色彩的作家们如朱自清、闻一多、冯至、李广田、何其芳、卞之琳等人，也经常出现在《文学杂志》上。杂志一出世，就成为最畅销的一种文艺刊物。尽管它只出了两期就因抗日战争爆发而停刊，至今文艺界还有不少的人记得它（不过抗战胜利后复刊，出了几期就日渐衰落了）。

抗日战争爆发后，我就应新任代理四川大学校长的张颐之约，到川大去当文学院长。刚满一年，国民党二陈派就要撤换张颐而任用他们自己的"四大金刚"之一程天放。我立即挥动"教育自由"的旗帜，掀起轰动一时的"易长风潮"。在这场斗争中我得到了中国共产党的支持，沙汀和周文对我很关心，把消息传到延安，周扬立即通过他们两人交给我一封信，约我去延安参观，我也立即回信给周扬同志说我要去。但是当时我根本没有革命的意志，国民党通过我的一些留欧好友力加劝阻，又通过现代评论派王星拱和陈西滢几位旧友把我拉到武汉大学外文系去任教授。这对我是一次惨痛的教训。意志不坚定，不但谈不上革命，就连争学术自由或文艺自由，也还是空话。到了一九四二年，由于校内有湘皖两派之争，我是皖人而和湘派较友好，王星拱就拉我当教务长来调和内讧。国民党有个老规矩，学校"长字号"人物都必须参加国民党，因此我就由反对国民党转而靠拢了国民党，成了蒋介石的"御用文人"，曾为国民党的《中央周刊》写了两年稿子，后来集成两本册子，一是《谈文学》，一是《谈修养》。

一九四九年冬，我拒绝乘蒋介石派到北京的飞机去台湾，仍留在北大。在建国初思想改造阶段，我是重点对象。我受到很多教育，特别是在参加了文联和全国政协之后，经常得到机会到全国各地参观访问，拿新中国和旧中国对比，我心悦诚服地认识到社会主义是中国所能走的唯一道路。这就决定了我对一九五七年到一九六

抗战后在北大执教

八十大寿时与夫人奚今吾合影

二年的全国性的美学问题讨论的态度。

我在四川时期,以重庆为抗战中基地的全国文联曾选举我为理事。解放后不久我在北京恢复了文联理事的身份。在美学讨论开始前,胡乔木、邓拓、周扬和邵荃麟等同志就已分别向我打过招呼,说这次美学讨论是为澄清思想,不是要整人。我积极地投入了这场论争,不隐瞒或回避我过去的美学观点,也不轻易地接纳我认为并不正确的批判。这次美学大辩论是新中国文艺界的一件大事,就全国来说,它大大提高了文艺工作者和一般青年研究美学的兴趣和热情;就我个人来说,它帮助我认识自己过去宣扬的美学观点大半是片面唯心的。从此我开始认真钻研辩证唯物主义和历史唯物主义。为此,我在年近六十时,还抽暇把俄文学到能勉强阅读和翻译的程度。我曾精选几本马克思主义经典著作来摸索,译文看不懂的就对照四种文字的版本去琢磨原文的准确含义,对中译文的错误或欠妥处作了笔记。同时我也逐渐看到美学在我国的落后状况,参加美学论争的人往往并没有弄通马克思主义,至于资料的贫乏,对哲学史、心理学、人类学和社会学之类与美学密切相关的科学,有时甚至缺乏常识,尤其令人惊讶。因此我立志要多做一些翻译重要资料的工作。原已译过克罗齐的《美学原理》,解放后又陆续译出柏拉图的《文艺对话集》、莱辛的《拉奥孔》,爱克曼辑的《歌德谈话录》以及黑格尔的《美学》三卷。此外还有些译稿或在《文艺理论译丛》中发表过,或已在"四人帮"时代丧失了。

美学讨论从一九五七年进行到一九六二年,全部发表过的文章搜集成六册《美学问题讨论集》;我自己发表的文章还另搜集成一个选本,都由作家出版社出版。大约在一九六二年夏天,党中央一些领导同志在高级党校召集过一次会议，胡乔木同志就这次美学讨论作了总结性的发言，肯定了成绩，也指出了今后努力方向。会议还决定派我在高级党校讲了三个月的美学史。前此北大哲学系已成立了美学组，把我从西语系调到哲学系，替美学组训练一批美学教师，我讲的也是西方美学史。一九六二年召开的文科教材会议，决定大专院校文科逐步开设美学课，并指定我编一部《西方美学史》。于是我就在前此讲过的粗略讲义和资料译稿的基础上编出两卷《西方美学史》，一九六三年由人民文学出版社印行。"四人帮"把这部美学史打入冷宫十余年，直到一九七九年再版。在再版时，我曾把序论和结论部分作了一些修改。这就是解放后我在美学方面的主要著作，缺点仍甚多，特别是我当时思想还未解放，不敢评介我过去颇下过一些功夫的尼采和叔本华以及弗洛伊德派变态心理学，因为这几位在近代发生巨大影响的思想家在我国都戴过"反动"的帽子。"前修未密，后起转精"，这些遗漏只有待后起者来填补了。

最近几年我参加了关于形象思维的辩论，还应上海文艺出版社之约，写了一本《谈美书简》通俗小册子。不过我的中心工作还是对马克思主义经典著作的摸索。我重新试译了《费尔巴哈论纲》和《经济学—哲学手稿》中一些关键性的章节，并作了注释和评介，想借此澄清一下"异化"、实践观点、人性论和人道主义、美和美感、唯心与唯物的分别和关系等这些全世界学术界都在关心和热烈争论的问题。这些八十岁以后的译文、札记和论文都搜集在百花文艺出版社出版的《美学拾穗集》里。

今年我已开始抽暇试译维柯的《新科学》。这部著作讨论的是人类怎样从野蛮动物逐渐演变成为文明社会的人，涉及神话和宗教、家族和社会、阶级斗争观点、历史发展观点、美学与语言学的一致性，以及形象思维先于抽象思维之类重要问题。全书约四十万字，希望明年内可以译完。再下一步就走着看了。需要做的工作总是做不完的。

1980 年 9 月

（选自《朱光潜全集》第 1 卷，安徽教育出版社 1987 年版）

我学美学的一点经验教训

和青壮年朋友见面谈心时,他们常问我,活到八十多岁了,一生都在学习和研究,有什么值得一谈的经验教训?

我首先谈到的,总是劝他们要坚持锻炼身体。从幼年起,我就虚弱多病,大半生都在和肠胃病、内痔、关节炎以及并发的失眠症作斗争。勉强读书学习,效率总是很低的,不过早晨总比午后好,睡眠和休息后总比疲劳困倦时好。从此我体会到英国人说的"健康的精神寄托于健康的身体"那句至理名言,懂得劳逸结合的重要。所以我养成了不工作就出外散步的习惯。在"文革"中我被"四人帮"关进牛棚,受尽精神上和肉体上的折磨,于是宿病齐发,又加上腰肌劳损,往往一站起来就不由自主地跌倒,一场大病几乎送了命。我对国家和个人的前途是乐观的,于是,下定决心坚持慢跑,打简易太极拳和做气功之类简单的锻炼,风雪寒暑无阻。这样,身体就逐渐恢复过来了。就现在说,我的健康情况比自己在青壮年时期较好,也比一般同年辈的同事们较好,因此精神也日渐振作起来了,工作量总是超过国家所规定的,例如去年除参加许多会议和指导两个研究生之外,还新写过一部八万字的《谈美书简》,校了近百万字的书稿清样,还写了五六万字的美学论文和翻译论文。关在牛棚里时,我天天疲于扫厕所,听训,受批斗,写检讨和外访资料,弄得脑筋麻木到白痴状态。等到一九七〇年"第二次解放"后,医好了病,我又重理旧业,我发现脑筋也和身体一样,愈锻炼也就效率愈高,关在牛棚时那种麻木白痴状态已根本消失了。这一点切身经验，一方面使我羡慕青壮年朋友们比我幸福，还有一大段光阴可以利用；另一方面也深感到劳逸结合的原则在各级学校，特别在小学里，没有受到足够的重视，课程排得满满的，家庭作业也太繁太重，认为这不是培养人才而是摧残人才。

从锻炼成健康的身体中来锻炼出健康的精神，这是做一切工作所必遵循的一条辩证唯物主义的准则。不过我是毕生从事美学理论工作的，青壮年朋友们希望从我吸取经验教训的当然不仅在这条一般的原则，而主要还是在美学研究方面。在这方面我是走过崎岖曲折道路的，大半生都沉埋在我国封建时代的经典和西方唯心主义的美学和文学的论著里。到解放后，经过五十年代国内的美学批判讨论的刺激和鼓舞，我才逐渐接触到社会主义的新生事物和马列主义毛泽东思想。先是逐渐认识到自己过去美学思想的唯心主义的基本错误，后是马克思主义的历史辩证发展观点也使我逐渐认识到过去西方唯心主义美学传统毕竟不是无中生有，其中有些论点还可以一分为二，去伪存真，足资借鉴。我写《西方美学史》以及我译黑格尔的《美学》、莱辛的《拉奥孔》和《歌德谈话录》之类美学经典著作都是从这个观点出发的。成就和理想还有很大的距离。古话说得好："前修未密，后起转精"，"补苴罅漏，张皇幽眇"，只有待诸后起者了。

从我自己走过的曲折的道路和观察到的我国美学界现实情况看，应该谈的主要有两点：一是"博学而守约"，二是解放思想，坚持科学的谨严态度。

所谓"博学"，就是把根基打广些；所谓"守约"，就是"集中力量打歼灭战"。先说博学，作为一个近代理论工作者，起码要有一般的近代常识，不但要有社会科学常识，也要有自然科学常识。在自然科学方面，美学必须有心理学的基础。多年来我们高等院校里根本没有开设心理学的学科；"文革"后虽是开设了，能教的人为数寥寥，愿学的人也不很多，而且教材和阅读资料都极端贫乏。学美学的人就没有几个懂得心理学的。要不然，在"反形象思维论"的论战中就不会闹那么多的缺乏心理学常识的笑话了。

在社会科学方面，美学不但对文艺的创作和理论两方面都要有历史发展的认识，而且还要密切结合当前社会生活和文艺动态，最重要的当然还是马克思主义经典著作。"指导我们思想的理论基础是马克思列宁主义"这个伟大号召挂在每个人的口头上，可是把它放在心坎上坚决要理解它和运用它的人还不能说很多。美学家之中还有人发表评论马克思的《1844年经济学—哲学手稿》的文章，宣扬这部书对美学的用场寥寥可数，而且公开咒骂马克思主义的实践观点，仿佛马克思在这部经典著作里并没有明确地提出实践观点。所谓实践观点不过是苏联几个修正主义美学家捏造出来，借以偷运唯心主义的骗人伎俩，而我国某个美学教授主张实践观点也不过是他们的应声虫。也就是在这篇评论里，我们的美学家还再三提到马克思在《政治经济学批判》第二章分析货币时谈到的金银的"审美属性"，认为马克思也和他本人一样，肯定了"美单纯是客观事物的一种属性"那种观点。"审美属性"在原文是 ästhetischen Eigenschaften，头一个词有人译为"美学"，把审美活动看成美学，当然不妥，而这位作者把"审美"和"美"等同起来，认为审美属性就是美这一客观属性。实际上"审美"作为一个范畴，既可以指美，也可以指丑；既可以指雄伟美，也可以指秀媚美；既可以指悲剧性的，也可以指喜剧性的。说金银有审美属性，不过是说金银可以起审美的作用或引起美感，并不是说金银本身就必然是美

的。马克思在有关的一段里说的是:

> 金银的审美属性使它们成为满足奢侈,装饰,富丽排场,炫耀之类需要的天然材料。

能说马克思肯定了这些事物就是客观的美吗?马克思接着就说出金银具有审美属性的理由:

> 金银可以说表现出从地下发掘出时的本有光彩,银反射出一切光线的自然混合,金则反射出红这种最强的色彩,而色彩的感觉是一般美感中最通俗的一种。(引文较原文略有修改——引者)

说"审美"和"美感"就必然要有起美感和审美活动的主体(人)。能说马克思在这段话里肯定了美单纯是客观事物的一种属性吗?"不以人的意识为转移"吗?我们的美学家最爱引用这句话,丝毫不想一想:美感作为一种意识形态活动,说美感不以人的意志(或意识)为转移,符合马克思主义的辩证唯物史观的基本原则吗?用这种"一刀切"的办法不就势必否定阶级观点和历史发展观点吗?

"审美范畴"这场纠纷所涉及的基本知识也包括对外文的知识。上例就说明了不懂德文 ästhetischen 这个词的意义,就导致把它误认为和 schön(美)同义,从而认为具有"审美属性"的东西就具有"美"的客观属性。从此可见,不懂德文,就很难准确地理解马克思的经典著作,而不准确地理解和翻译就会歪曲原义,以讹传讹，害人不浅。生在现代，学任何科学都不能闭关自守，坐井观天，必须透过外文去掌握现代世界的最新的乃至最重大的资料。

学外文也并不是很难的事。再谈一点亲身经验，趁便也说明上文所提到的"守约"的道理。我在解放后快进六十岁了，才自学俄文，一面听广播，一面抓住《联共党史》、契诃夫的《樱桃园》和《三姊妹》、屠格涅夫的《父与子》和高尔基的《母亲》这几本书硬啃。每本书都读上三四遍：第一遍只求粗通大义；第二遍就要求透懂，抱着字典，一字一句都不肯放过，词义和语法都要弄通，这一遍费力最多，收效也较大；第三遍通读就侧重全书的布局和首尾呼应的脉络以及叙事状物的一些巧妙手法，多少从文学角度去看它。较爱好的《母亲》还读过四遍。无论是哪本书，我有时还选出几段来反复朗诵，到能背诵的程度。这些工作都是在课余抓时间做的，做了两年之后，我也可以捧着一部字典去翻译俄文书了。可惜"文革"中耽搁了十多年，学到手的已大半忘掉了。

上文还提到"解放思想，坚持科学的谨严态度"。这首先是"做老实人，说老实话，办老实事"的人生态度问题。大家已谈得很多。我要谈的是一个人何以要不"做老实人，说老实话，办老实事"的道理。你也可以说这是由于思想不解放，不过思想何以不解放？怎样才能解放呢？据我这样老弱昏聩的人来看，外因或外面的压力固然也起作用，但是起决定作用的还是内因。内因主要是人自己的惰性和顽固性。其实这是两个同义词，都是精神服从物质，走抵抗力最低的路。这是一条物理学规律。怎样才能不走抵抗力最低的路呢？那就要靠同时有较强的力量来牵制或抵挡最低的抵抗力，逼它让路。我回顾五十年代参加美学批判讨论中的一些朋友们，觉得有些人思想在发展，也有些人思想还处在僵化状态。我说他们思想僵化，并不是恶意攻击，而是一个逼他们脱离僵化的当头棒。

　　老化和僵化都是生机贫弱化的表现。要恢复生机，就要身体上和精神上都保持健康状态。要增强生机，就要医治生机贫弱化的病根，而这个病根正是"坐井观天"，"画地为牢"，"固步自封"。因此，我在做人和做学问方面都经常把姓朱的一位老祖宗朱熹的话悬为座右铭："半亩方塘一鉴开，天光云影共徘徊，问渠那得清如许，为有源头活水来。"关键在这"源头活水"，它就是生机的源泉，有了它就可以防环境污染，使头脑常醒和不断地更新，一句话，要"放眼世界"，不断地吸收精神营养！

（原载1981年6月25日《浙江日报》）

我的答谢词

尊敬的港督兼校监尤德爵士先生阁下：
尊敬的黄丽松校长先生阁下：
朋友们、女士们、先生们：

此时此刻，我不知道用什么样的言词才能表达我对母校——香港大学的感激之情。我于1897年9月出生在安徽桐城乡下一个破落的地主家庭。父亲是个乡村私塾教师，我从六岁到十四岁，在父亲鞭挞之下背诵四书五经。以后进了所谓"洋学堂"的高小，1917年考入武昌高等师范学校中文系。除了阅点一部段玉裁的《说文解字注解》，略窥中国文学门径之外，一无所获。到了1918年，北洋军阀的教育部决定从全国四所高等师范考进二十名学生送到香港大学学教育，我报名应试，竟侥幸录取。

从1918年到1922年，我在香港大学就读。半个多世纪过去了，而当年在港大的学习生活至今犹念念不忘。我永远不会忘记讲授英国文学的沈顺教授，以及讲授英语语音学的雷德教授，是他们给了我知识和智慧。尤其不能忘却的是，我们这批官费生，由北京政府发给生活费和书籍费，但那时的北洋政府，全为军阀所把持，祸乱频仍，国家经费拮据。我们的官费为数本来就不多，后来竟然无以为继，全靠港大垫发。母校的厚爱，老师们的谆谆教诲，促使我勤奋读书。在港大四年，我花气力学了英国语言和文学，还学了教育学、生物学和心理学。这就奠定了我这一生教育活动和学术活动的方向。

半个世纪来，每当我在学业上取得成绩的时候，我总要想起母校对我的培育。母校也没有忘记我这位学生。1983年3月，我应邀回母校访问，旧地重游，与相隔多年的老朋友重聚一堂，更有无限的感慨。

今天，母校授予我荣誉文学博士学位，我深感荣幸。这不仅是我个人的荣誉，也将促进北京大学和香港大学的文化交流与友好合作。我因健康关系，不能亲临母校感谢各位师长和朋友。但各位师长和朋友给予我的关怀、爱护和鼓励，我将铭刻于心。我愿将有限的残年余力再做点滴成绩，报答母校的恩情，奉献给人类的文化和教育事业。

谢谢大家。

（原载1985年3月27日香港《大公报》）

散文 漫谈

慈慧殿三号

——北平杂写之一

慈慧殿并没有殿，它只是后门里一个小胡同，因西口一座小庙得名。庙中供的是什么菩萨，我在此住了三年，始终没有去探头一看，虽然路过庙门时，心里总是要费一番揣测。慈慧殿三号和这座小庙隔着三四家居户，初次来访的朋友们都疑心它是庙，至少，它给他们的是一座古庙的印象，尤其是在树没有叶的时候；在北平，只有夏天才真是春天，所以慈慧殿三号像古庙的时候是很长的。它像庙，一则是因为它荒凉，二则是因为它冷清，但是最大的类似点恐怕在它的建筑，它孤零零地兀立在破墙荒园之中，显然与一般民房不同。这三年来，我做了它的临时"住持"，到现在仍没有请书家题一个某某斋或某某馆之类的扁额来点缀，始终很固执地叫它"慈慧殿三号"，这正如有庙无佛，多一事不如省一事。

慈慧殿三号的左右邻家都有崭新的朱漆大门，它的破烂污秽的门楼居在中间，越发显得它是一个破落户的样子。一进门，右手是一个煤栈，是今年新搬来的，天晴时天井里右方隙地总是晒着煤球，有时门口停着运煤的大车以及它所应有的附属品，——黑麻布袋，黑牲口，满面涂着黑煤灰的车夫。在北方居过的人会立刻联想到一种类型的龌龊场所。一粘上煤没有不黑不脏的，你想想德胜门外，门头沟车站或是旧工厂的锅炉房，你对于慈慧殿三号的门面就可以想象得一个大概。

和煤栈对面的——仍然在慈慧殿三号疆域以内——是一个车房，所谓"车房"就是停人力车和人力车夫居住的地方。无论是停车的或是住车夫的房子照例是只有三面墙，一面露天。房子对于他们的用处只是遮风雨；至于防贼，掩盖秘密，都全是另一个阶级的需要。慈慧殿三号的门楼左手只有两间这样三面墙的房子，五六个车子占了一间；在其余的一间里，车夫，车夫的妻子和猫狗进行他们的一切活动：做饭，吃饭，睡觉，养儿子，会客谈天等等。晚上回来，你总可以看见车夫和他的大肚子的妻子"举案齐眉"式的蹲在地上用晚饭，房东的看门的老太婆捧着长烟杆，闭着眼睛，坐在旁边吸旱烟。有时他们围着那位精明强干的车夫听他演说时事或故事。虽无瓜架豆棚，却是乡村式的太平岁月。

这些都在二道门以外。进二道门一直望进去是一座高大而空阔的四合房子。里面整年地鸦雀无声，原因是唯一的男主人天天是夜出早归，白天里是他的高卧时间；其余尽是妇道之家，都挤在最后一进房子，让前面的房子空着。房子里面从"御赐"的屏风到四足不全的椅凳都已逐渐典卖干净，连这座空房子也已经抵押了超过卖价的债项。这里面七八口之家怎样撑持他们的槁木死灰的生命是谁也猜不出来的疑案。在三十年以前他们是声威煊赫的"皇代子"，杀人不用偿命的。我和他们整年无交涉，除非是他们的"大爷"偶尔拿一部宋拓圣教序或是一块端砚来向我换一点烟资，他们的小姐们每年照例到我的园子里来两次，春天来摘一次丁香花，秋天来打一次枣子。

煤栈，车房，破落户的旗人，北平的本地风光算是应有尽有了。我所住持的"庙"原来和这几家共一个大门出入，和它们公用"慈慧殿三号"的门牌，不过在事实上是和他们隔开来的。进二道门之后向右转，当头就是一道隔墙。进这隔墙的门才是我所特指的"慈慧殿三号"。本来这园子的几十丈左右长的围墙随处可以打一个孔，开一个独立的门户。有些朋友们嫌大门口太不像样子，常劝我这样办，但是我始终没有听从，因为我舍不得煤栈车房所给我的那一点劳动生活的景象，舍不得进门时那一点曲折和跨进园子时那一点突然惊讶。如果自营一个独立门户，这几个美点就全毁了。

从煤栈车房转弯走进隔墙的门，你不能不感到一种突然惊讶。如果是早晨的话，你会立刻想到"清晨入古寺，初日照高林，曲径通幽处，禅房花木深"几句诗恰好配用在这里的。百年以上的老树到处都可爱，尤其是在城市里成林；什么种类都可爱，尤其是松柏和楸。这里没有一棵松树，我有时不免埋怨百年以前经营这个园子的主人太疏忽。柏树也只有一棵大的，但是它确实是大，而且一走进隔墙门就是它，它的浓阴布满了一个小院子，还分润到三间厢房。柏树以外，最多的是枣树，最稀奇的是楸树。北平城里人家有三棵两棵楸树的便视为珍宝。这里的楸树一数就可以数上十来棵，沿后院东墙脚的一排七棵俨然形成一段天然的墙。我到北平以后才见识楸树，一见就欢喜它。它在树木中间是神仙中间的铁拐李，《庄子》所说的："大本臃肿而不中绳墨，小枝卷曲而不中规矩"，拿来形容楸似乎比形容樗更恰当。最奇怪的是这臃肿卷曲的老树到春天来会开类似牵牛的白花，到夏天来会放类似桑榆的碧绿的嫩叶。这园子里树木本来很杂乱，大的小的，高的低的，不伦不类地混在一起；但是这十来棵楸树在杂乱中辟出一个头绪来，替园子注定一个很明显的个性。

我不是能雇用园丁的阶级中人，要说自己动手拿锄头喷壶吧，一时兴到，容或暂以此为消遣，但是"一日曝之，十日寒之"，究竟无济于事，所以园子终年是荒着的。一到夏天来，狗尾草，蒿子，前几年枣核落下地所长生的小树，以及许多只有植物学家才能辨别的草都长得有腰深。偶尔栽几棵丝瓜，玉蜀黍，以及西红柿之类的蔬菜，到后来都没在草里看不见。我自己特别挖过一片地，种了几棵芍药，两年没有开过一朵花。所以园子里所有的草木花都是自生自长用不着人经营的。秋天栽菊花比较成功，因为那时节没有多少乱草和它作剧烈的"生存竞争"。这一年以来，厨子稍分余暇来做"开荒"的工作，但是乱草总是比他勤快，随拔随长，日夜不息。如果任我自己的脾胃，我觉得对于园子还是取绝对的放任主义较好。我的理由并不像浪漫时代诗人们所怀想的，并不是要找一个荒凉凄惨的境界来配合一种可笑的伤感。我欢喜一切生物和无生物尽量地维持它们的本来面目，我欢喜自然的粗率和芜乱，所以我始终不能真正地欣赏一个很整齐有序，路像棋盘，长青树剪成几何形体的园子，这正如我不喜欢赵子昂的字，仇英的画，或是一个中年妇女的油头粉面。我不要求房东把后院三间有顶无墙的破屋拆去或修理好，也是因为这个缘故。它要倒塌，就随它自己倒塌去；它一日不倒塌，我一日尊重它的生存权。

园子里没有什么家畜动物。三年前宗岱和我合住的时节，他在北海里捉得一只刺猬回来放在园子里养着。后来它在夜里常作怪声气，惹得老妈见神见鬼。近来它穿墙迁到邻家去了，朋友送了一只小猫来，算是补了它的缺。鸟雀儿北方本来就不多，但是因为几十棵老树的招邀，北方所有的鸟雀儿这里也算应有尽有。长年的顾客要算老鸹。它大概是乌鸦的别名，不过我没有下过考证。在南方它是不祥之鸟，在北方听说它有什么神话传说保护它，所以它虽然那样地"语言无味，面目可憎"，却没有人肯剿灭它。它在鸟类中大概是最爱叫苦爱吵嘴的。你整年都听它在叫，但是永远听不出一点叫声是表现它对于生命的欣悦。在天要亮未亮的时候，它叫得特别起劲，它仿佛拼命地不让你享受香甜的晨睡，你不醒，它也引你做惊惧梦。我初来时曾买了弓弹去射它，后来弓坏了，弹完了，也就只得向它投降。反正披衣冒冷风起来驱逐它，你也还是不能睡早觉。老鸹之外，麻雀甚多，无可记载。秋冬之季常有一种颜色极漂亮的鸟雀成群飞来，形状很类似画眉，不过不会歌唱。宗岱在此时硬说它来有喜兆，相信它和他请铁板神算家所批的八字都预兆他的婚姻恋爱的成功，但是他的讼事终于是败诉，他所追求的人终于是高飞远扬。他搬走以后，这奇怪的鸟雀到了节令仍旧成群飞来。鉴于往事，我也就不肯多存奢望了。

有一位朋友的太太说慈慧殿三号颇类似《聊斋志异》中所常见的故家第宅，"旷废无居人，久之蓬蒿渐满，双扉常闭，白昼亦无敢入者……"但是如果有一位好奇的书生在月夜里探头进去一看，会瞟见一位散花天女，嫣然微笑，叫他"不觉神摇意夺"，如此等情……。我本凡胎，无此缘分，但是有一件"异"事也颇堪一"志"。有一天晚上，我躺在沙发上看书，凌坐在对面的沙发上共着一盏灯做针线，一切都沉在寂静里，猛然间听见一位穿革履的女人滴滴搭搭地从外面走廊的砖地上一步一步地走进来。我听见了，她也听见了，都猜着这是沉樱来了，——她有时踏这种步声走进来。我走到门前掀帘子去迎她，声音却没有了，什么也没有看见。后来再四推测所得的解释是街上行人的步声，因为夜静，虽然是很远，听起来就好像近在咫尺。这究竟很奇怪，因为我们坐的地方是在一个很空旷的园子里，离街很远，平时在房子里绝对听不见街上行人的步声，而且那次听见步声分明是在走廊的砖地上。这件事常存在我的心里，我仿佛得到一种启示，觉得我在这城市中所听到的一切声音都像那一夜所听到的步声，听起来那么近，而实在却又那么远。

(原载1936年8月《论语》第94期)

后门大街

——北平杂写之二

人生第一乐趣是朋友的契合。假如你有一个情趣相投的朋友居在邻近，风晨雨夕，彼此用不着走许多路就可以见面，一见面就可以毫无拘束地闲谈，而且一谈就可以谈出心事来，你不嫌他有一点怪脾气，他也不嫌你迟钝迂腐，像约翰逊和鲍斯韦尔在一块儿似的，那你就没有理由埋怨你的星宿。这种幸福永远使我可望而不可攀。第一，我生性不会谈话，和一个朋友在一块儿坐不到半点钟，就有些心虚胆怯，刻刻意识到我的呆板干枯叫对方感到乏味。谁高兴向一个只会说"是的"，"那也未见得"之类无谓语的人溜嗓子呢？其次，真正亲切的朋友都要结在幼年，人过三十，都不免不由自主地染上一些世故气，很难结交真正情趣相投的朋友。"相识满天下，知心能几人？"虽是两句平凡语，却是慨乎言之。因此，我唯一的解闷的方法就只有逛后门大街。

居过北平的人都知道北平的街道像棋盘线似的依照对称原则排列。有东四牌楼就有西四牌楼，有天安门大街就有地安门大街。北平的精华可以说全在天安门大街。它的宽大，整洁，辉煌，立刻就会使你觉到它象征一个古国古城的伟大雍容的气象。地安门（后门）大街恰好给它做一个强烈的反称。它偏僻，阴暗，湫隘，局促，没有一点可以叫一个初来的游人留恋。我住在地安门里的慈慧殿，要出去闲逛，就只有这条街最就便。我无论是阴晴冷热，无日不出门闲逛，一出门就很机械地走到后门大街。它对于我好比一个朋友，虽是平凡无奇，因为天天见面，很熟习，也就变成很亲切了。

从慈慧殿到北海后门比到后门大街也只远几百步路。出后门，一直向北走就是后门大街，向西转稍走几百步路就是北海。后门大街我无日不走，北海则从老友徐中舒随中央研究院南迁以后（他原先住在北海），我每周至多只去一次。这并非北海对于我没有意味，我相信北海比我所见过的一切园子都好，但是北海对于我终于是一种奢侈，好比乡下姑娘的唯一的一件漂亮衣，不轻易从箱底翻出来穿一穿的。有时我本预备去北海，但是一走到后门，就变了心眼，一直朝北去走大街，不向西转那一个弯。到北海要买门票，花二十枚铜子是小事，免不着那一层手续，究竟是一种麻烦；走后门大街可以长驱直入，没有站岗的向你伸手索票，打断你的幻想。这是第一个分别。在北海逛的是时髦人物，个个是衣裳楚楚，油头滑面的。你头发没有梳，胡子没有光，鞋子也没有换一双干净的，"囚首垢面而谈诗书"，已经是大不韪，何况逛公园？后门大街上走的尽是贩夫走卒，没有人嫌你怪相，你可以彻底地"随便"。这是第二个分别。逛北海，走到"仿膳"或是"漪澜堂"的门前，你不免想抬头看看那些喝茶的中间有你的熟人没有，但是你又怕打招呼，怕那里有你的熟人，故意地低着头匆匆地走过去，像做了什么坏事似的。在后门大街上你准碰不见一个熟人，虽然常见到彼此未通过姓名的熟面孔，也各行其便，用不着打无味的招呼。你可以尽量地饱尝着"匿名者"（inkognito）的心中一点自由而诡秘的意味。这是第三个分别。因为这些缘故，我老是牺牲北海的朱梁画栋和香荷绿柳而独行踽踽于后门大街。

到后门大街我很少空手回来。它虽然是破烂，虽然没有半里路长,却有十几家古玩铺,一家旧书店。这一点点缀可以见出后门大街也曾经过一个繁华时代,阅历过一些沧桑岁月,后门旧为旗人区域,旗人破落了,后门也就随之破落。但是那些破落户的破铜破铁还不断地送到后门的古玩铺和荒货摊。这些东西本来没有多少值得收藏的,但是偶尔遇到一两件,实在比隆福寺和厂甸的便宜。我花过四块钱买了一部明初拓本《史晨碑》,六块钱买了二十几锭乾隆御墨,两块钱买了两把七星双刀,有时候花几毛钱买一个磁瓶,一张旧纸,或是一个香炉。这些小东西本无足贵,但是到手时那一阵高兴实在是很值得追求,我从前在乡下时学过钓鱼,常蹲半天看不见浮标幌影子,偶然钓起来一个寸长的小鱼,虽明知其不满一咽,心里却非常愉快,我究竟是钓得了,没有落空。我在后门大街逛古董铺和荒货摊,心情正如钓鱼。鱼是小事,钓着和期待着有趣,钓得到什么,自然更是有趣。许多古玩铺和旧书店的老板都和我由熟识而成好朋友。过他们的门前,我的脚不由自主地踏进去。进去了,看了半天,件件东西都还是昨天所见过的。我自己觉得翻了半天还是空手走,有些对不起主人;主人也觉得没有什么新东西可以卖给我,心里有些歉然。但是这一点不尴尬,并不能妨碍我和主人的好感,到明天,我的脚还是照旧地不由自主地踏进他的门,他也依旧打起那副笑面孔接待我。

　　后门大街龌龊,是毋庸讳言的。就目前说,它虽不是贫民窟,一切却是十足的平民化。平民的最基本的需要是吃,后门大街上许多活动都是根据这个基本需要而在那里川流不息地进行。假如你是一个外来人在后门大街走过一趟之后,坐下来搜求你的心影,除着破铜破铁破衣破鞋之外,就只有青葱大蒜,油条烧饼,和卤肉肥肠,一些油腻腻灰灰土土的七三八四和苍蝇骆驼混在一堆在你的昏眩的眼帘前幌影子。如果你回想你所见到的行人,他不是站在锅炉旁嚼烧饼的洋车夫,就是坐在扁担上看守大蒜咸鱼的小贩。那里所有的颜色和气味都是很强烈的。这些混乱而又秽浊的景象有如陈年牛酪和臭豆腐乳,在初次接触时自然不免惹起你的嫌恶;但是如果你尝惯了它的滋味,它对于你却有一种不可抵御的引诱。

别说后门大街平凡,它有的是生命和变化!只要你有好奇心,肯乱窜,在这不满半里路长的街上和附近,你准可以不断地发现新世界。我逛过一年以上,才发见路西一个夹道里有一家茶馆。花三大枚的水钱,你可以在那儿坐一晚,听一部《济公传》或是《长坂坡》。至于火神庙里那位老拳师变成我的师傅,还是最近的事。你如果有幽默的癖性,你随时可以在那里寻到有趣的消遣。有一天晚上我坐在一家旧书铺里,从外面进来一个跛子,向店主人说了关于他的生平一篇可怜的故事,讨了一个铜子出去,我觉得这人奇怪,就起来跟在他后面走,看他跛进了十几家店铺之后,腿子猛然直起来,踏着很平稳安闲的大步,唱"我好比南来雁",沉没到一个阴暗的夹道里去了。在这个世界里的人们,无论他们的生活是复杂或简单,关于谁你能够说,"我真正明白他的底细"呢?

一到了上灯时候,尤其在夏天,后门大街就在它的古老躯干之上尽量地炫耀近代文明。理发馆和航空奖券经理所的门前悬着一排又一排的百支烛光的电灯,照像馆的玻璃窗里所陈设的时装少女和京戏名角的照片也越发显得光彩夺目。家家洋货铺门上都张着无线电的大口喇叭,放送京戏鼓书相声和说不尽的许多其它热闹玩艺。这时候后门大街就变成人山人海,左也是人,右也是人,各种各样的人。少奶奶牵着她的花簇簇的小儿女,羊肉店的老板扑着他的巴蕉叶,白衫黑裙和翻领卷袖的学生们抱着膀子或是靠着电线杆,泥瓦匠坐在阶石上敲去旱烟筒里的灰,大家都一齐心领神会似的在听,在看,在发呆。在这种时会,后门大街上准有我;在这种时会,我丢开几十年教育和几千年文化在我身上所加的重压,自自在在地沉没在贤愚一体,皂白不分的人群中,尽量地满足牛要跟牛在一块,蚂蚁要跟蚂蚁在一块那一种原始的要求。我觉得自己是这一大群人中的一个人,我在我自己的心腔血管中感觉到这一大群人的脉搏的跳动。

后门大街。对于一个怕周旋而又不甘寂寞的人,你是多么亲切的一个朋友!

此文曾登过《武汉日报·现代文艺》,因该报阅者限于一个区域,原文刊的错字又太多,所以拿它来替《论语》填空白。

作者记

(原载 1936 年 12 月《论语》第 101 期)

悼夏孟刚

> 此稿曾载立达学园校刊，因为可以代表我对于自杀的意见，所以特载于此。

今晨接得慕陶和澄弟的信，但道夏孟刚已于四月十二日服氰化钾自杀了。近来常有人世凄凉之感，听了孟刚的噩耗，烦忧隐恸，益觉不能自禁。

我在吴淞中国公学时，孟刚在我所教的学生中品学最好，而我属望于他也最殷，他平时沉静寡言语，但偶有议论，语语都来自衷曲，而见解也非一般青年所能及。那时他很喜欢读托尔斯泰，他的思想，带有很深的托氏人生观的印痕。我有一个时期，也受过托尔斯泰的熏沐。我自惭根性浅薄，有些地方不能如孟刚之彻底深入；可是我们的心灵究竟有许多类似，所以一接触后，能交感共鸣。

中国公学阻于兵争以后，孟刚入浦东中学，我转徙苏浙，彼此还数相见。在这个时候，他介绍我认识了他的哥哥。他的父亲曾经在我的母校桐城中学当过教师。因此我们情感上更加一层温慰。江湾立达学园成立后，孟刚遂舍浦东来学江湾。我因亟于去国，正想寻机会同他作一次深谈，他突然间得了父病的消息，就匆匆别我返松江叶榭去了。

今年一月中，他来一封信，里面有这一段话：

> 您启程赴英的时候，我在家中不能听到"我去了"三字，

至以为憾。我近来觉人生太无意味；我觉得世界上很少真正的同情者，——除去母性的外，也许绝无，——我觉得我是不可再活在世上和人类接触了；而尤其使我悲伤的就是我本来可以向他发发牢骚的哥哥已于暑假中死于北京，继而我的父亲也病没了。也许我过去的生活太偏于情感，——或太偏于理智。或者我的天性如此。我知道我请您教我，是无效果的，但是我又觉着不可不领领您的教。

我读过这封信为之悒然许久。我很疑虑我所属望最殷的孟刚或者于悲悃父兄之丧外，又不幸别触尘网。青年人大半都免不掉烦闷时期。但是我相信孟刚终当自能解脱。寄了一部歌德的《麦斯特游学记》给他读，希望他在这本书中能发见他所未曾见到的人生又一面。孟刚具有很强烈的感受伟大心灵之暗示的能力，我很希望他能私淑歌德抛开轻生的念头，替人类多造些光；那里知道孟刚在写信给我的时候，就有自杀的决心，而那封信竟成绝笔！

孟刚自杀的近因，我不甚明了。但是就他的性格和遭际说，这次举动也不难解释。他不属于任何宗教，而宗教的情感则甚强烈。他对于世人的罪恶，感觉过于锐敏。托尔斯泰的影响本应该可以使他明了赦宥的美；可是他的性情耿介孤洁，不屑与世浮沉，只能得托氏之深的方面，未能得托氏之广的方面，其结果乃走于极端而生反动。孟刚固深于情者，慈爱的父兄既先后弃世，而友朋中能了解他心的深处者又甚寥寥。于此寥阔冷清的世界中，孟刚乃不幸又受命运之神最后的揶揄，而绝望于理想的爱。这些情境相凑合，孟刚遂恝然抛开垂暮的慈母而自杀了。

我不愿象柏拉图、叔本华一般人以伦理眼光抨击自杀。生的自由倘若受环境剥夺了，死的自由谁也不能否认的。人们在罪恶苦痛里过活，有许多只是苟且偷生，腼然不知耻。自杀是伟大意志之消极的表现。假如世界没有中国的屈原、希腊的塞诺（Zeno）、罗马的塞内加（Seneca）一类人的精神，其卑污顽劣，恐更不堪言状了。

人生是最繁复而诡秘的，悲字乐字都不足以概其全。愚者拙者混混沌沌地过去，反倒觉庸庸多厚福。具有湛思慧解的人总不免苦多乐少。悲观之极，总不出乎绝世绝我两路。自杀是绝世而兼绝我。但是自杀以外，绝非别无他路可走，最普通的是绝世而不绝我，这条路有两分支。一种人明知人世悲患多端而生命终归于尽，乃力图生前欢乐，以诙谐的眼光看游戏似的世事，这是以玩世为绝世的。此外也有些人既失望于人世欢乐之无常，而生老病死，头头是苦，于是遁入空门，为未来修行，这是以逃世为绝世的。苏曼殊的行迹大半还在一般人的记忆中。他是想逃世而终于止做到玩世的。玩世者与逃世者都只能绝世而不能绝我。不能绝世，便不能无赖于人。牵绊既未断尽，而人世忧患乃有时终不能不随之俱来。所以玩世与逃世，就人说，为不道德；就己说，为不彻底。衡量起来，还是自杀为直截了当。

自杀比较绝世而不绝我，固为彻底，然而较之绝我而不绝世，则又微有欠缺。什么叫做"绝我而不绝世"？就是流行语中所谓"舍己为群"，不过这四字用滥了，因而埋没了真义。所谓"绝我"，其精神类自杀，把涉及我的一切忧苦欢乐的观念一刀斩断。所谓"不绝世"，其目的在改造，在革命，在把现在的世界换过面孔，使罪恶苦痛，无自而生。这世界是污浊极了，苦痛我也够受了。我自己姑且不算吧，但是我自己堕入苦海了。我决不忍眼睁睁地看别人也跟我下水。我决计要努力把这个环境弄得完美些，使后我而来的人们免得再尝受我现在所尝受的苦痛,我自己不幸而为奴隶,我所以不惜粉身碎骨,努力打破这个奴隶制度,为他人争自由,这就是绝我而不绝世的态度。持这个态度最显明的要算释迦牟尼,他一身都是"以出世的精神,做入世的事业"。佛教到了末流,只能绝世而不能绝我,与释迦所走的路恰相背驰,这是释迦始料不及的。古今许多哲人,宗教家,革命家,如墨子,如耶稣,如甘地,都是从绝我出发到淑世的路上的。

假如孟刚也努力"以出世的精神,做入世的事业",他应该能打破几重使他苦痛而将来又要使他人苦痛的孽障。

但是,孟刚死了,幽明永隔,这番话又向谁告诉呢!

1926 年 5 月 18 日夜半于爱丁堡
(选自《给青年的十二封信》,开明书店 1929 年 3 月版)

露　宿

　　由平到津的车本来只要走两三点钟就可达到，我们那天——8月12日，距北平失陷半月——整整地走了十八个钟头。晨8时起程，抵天津老站已是夜半。原先我们听人说，坐上外国饭店的车就可以闯进租界，可是那一天几家外国饭店的汽车绝对不肯通融，私车人力车乃至于搬夫是一概没有。车站距法租界还有一里路左右，这条路在夜间无人辨出。我们因为找车耽搁了时间，已赶不上跟大队人马走。走出了车站就算逃出了恐怖窟，所以大家走得快，车上那样多的人，一霎儿都散开不见了。我们路不熟，遥遥望着前面几个人影子走，马路两旁站着预备冲锋似的日本兵，刺刀枪平举在手里，大有一触即发之势。我们的命就悬在他们的枪口刀锋之上，稍不凑巧，拨剌一声，便完事大吉。没有走上几步路，就有五六个日本兵拦路吼的一声，叫我们站住。我们一行四人，我以外有杨希声上官碧和黄子默，都说不上强壮，手里都提着一个很沉重的行李箱走得喘不过气来。听到日本兵一吼，落得放下箱子喘一口气。上官碧是当过兵，走过江湖的，箱子一放下，就把两手平举起来，他知道对付拦路打劫的强盗例应如此。在这样姿势中他让日本兵遍身捏了一捏，自动地把袋里一个小皮包送过去，用他本有的温和的笑声说："我们没有带什么，你看。"包里所藏的原来是他预备下以后漂泊用的旅费和食粮，其它自然没有什么可搜。书！知识分子的标记——自然不便带，连名片也难免惹祸事，几个通信地址是写在草纸上藏在衣角里的。

通过了这一关,我们走到万国桥。中国界与法租界相隔一条河,万国桥就跨在这条河上。桥这边是阴森恐怖,桥那边便是辉煌安逸。冲进租界么?没有通行证,回到车站么?那森严的禁卫着实是面目狰狞,既出了虎口自然犯不着再入虎口。到被占领的地带歇店么?被敌兵拷问是没有人替你叫冤的。于是我们五六百同难者,除了少数由亲友带通行证接进租界去者以外,就只有在万国桥头的长堤上和人行道上露宿。这到底还是比较安全的地方,桥头站着几个法国巡捕。在他们的目光照顾之下,我们似乎得到一种保障。

时间是夜半过了。天上薄云流布,看不见星月。河里平时应该有货船和鱼船,这时节都逃难去了,只留着一河死水,对岸几只电灯的倒影,到了下半夜也显得无神采了。白天里在车上闷热了一天,难得这露天里一股清凉气。但是北方的早秋之夜就寒得彻骨,我们还是穿着白天里所穿的夏衣。起初下车出站时照例有喧哗嘈杂,各人心里都有几分兴奋。后来有亲友来接的进租界去了,不能进租界的也只好铺下毯子或大衣在人行道上躺起了,寒夜的感觉,别离的感觉和流亡的感觉就都来临了。

夜,沉闷,却并不寂静,隐隐约约的炮声常从南面传来,在数十里路之外,我们的兵还在反攻,谣传一两天之内就有抢夺天津车站的企图。这几天敌军的调动异常忙碌,他们出营回营都必须经过万国桥。我们躺在堤上和人行道上,中间的马路是专为他们走的,有时堤上和人行道上的"难民"互通消息,须得穿过这马路。敌兵快要来了,中国警察——那时警察还是中国人——就执着鞭子——他们没有枪——咆哮着驱逐过路的人,像赶牛赶猪似的。兵经过之前,"难民"中若是有一个人伸一伸腰干,甚至于抬一抬儿头,警察便用鞭子指着他责骂一阵。从前皇帝出巡时,沿途警辟,声势想系如此。敌军过去了,警察们用半似解释半似恫吓的口吻向我们说:"都是中国人,哪有不相卫护,诸位不知道,他们不是好惹的,若是抓了去,说不定就要送性命。"这一夜中一直到天明我们离开万国桥时为止,敌军来来往往,川流不息。有从前方开回来的伤兵。他们坐的大半是大兵车,上面蒙着油布,下面说不定还有尸体,露头面到油布外面来看的大半是用白布捆着头或手臂的。开赴前方的队伍很整秩,但是异常匆忙。步兵跟着马兵一齐跑,辎兵有许多用双手把子弹箱擎在肩上跟着步兵一齐跑。他们不出声息,面部也丝毫没有表情,像一大群机器人,挺着脖子向前闯。

到了两三点钟的时候,警察告诉我们,日本兵要来盘问一阵,叫我们千万别说自己是教员学生,最好说做生意,这一来我们须得乔装,在众目昭彰之下,乔装是不可能的。我们四人之中杨希声最易惹注意,他是山东大汉,又穿着一身颇讲究的西装。我呢,穿着我常穿的一件灰布大褂,上官碧也只穿一件古铜色的旧绸袍,到必要时摘下眼镜,都可以冒充一个商店伙计,我们打算好的,招认我们是徽州笔墨商。黄子默本是银行经理,没有问题。只杨希声的那套西装太尴尬,我们都很埋怨他。办法终于是有的,就说他是黄经理的帮办吧。这只还是一场虚惊。敌军随便挑问几个人,也带了几个人去。我们幸而没有被光顾。

我们头一夜就没有睡觉,在闷,热,臭的车中枯坐了十八个钟头,饭没有吃,水没有喝。露宿时本打算胡乱地睡一觉,可是并没有瞌睡,大家只是不断地抽烟,烟越抽,口里越渴燥。上官碧带了两个橙子,四个人分吃,不济事。巡警打了几桶冷水来,人多,一轰而尽。渴还是小事,天老是不亮,亮后又怎样办呢? 黄经理自以为有把握，只等天亮打电话叫租界里朋友来接就行了。许多同难者都说租界里只在夜间戒严，天亮时他们自然会让我们进去。上官碧本来事事乐观，杨希声更是好整以暇的绅士，都以为天一亮就有办法。天果然亮了，问电话，华界与租界的电线已断。眼看同难者一批一批地被亲友接进租界去，我们向法国巡警交涉，没有通行证就不能通行，话说得非常干脆。这时候黄经理也没有把握了，上官碧也不乐观了，杨希声的绅士风度也完全消失了，我呢，老是听天由命。大家面面相觑，着急，打没有主意的主意，懊悔不该离北平。天不绝无路之人，有一个同行者替我们带了口信给住在六国饭店的钱端公。若不是钱端公拿通行证来接，说不定第二夜我们还是在万国桥头作难民，或是抓到日本宪兵司令部里去。第二夜下泼瓢大雨，北平来的学生被抓去的有几十人之多。

（原载 1938 年 4 月《工作》第 2 期）

花　会

> 紫陌红尘拂面来，无人不道看花回。
>
> ——刘禹锡

　　成都整年难得见太阳，全城的人天天都埋在阴霾里，像古井阑的苔藓，他们浑身染着地方色彩，浸润阴幽，沉寂，永远在薄雾浓云里度过他们的悠悠岁月。他们好闲，却并不甘寂寞，吃饭，喝茶，逛街，看戏，都向人多的处所挤。挤来挤去，左右不过是那几个地方。早上坐少城公园的茶馆，晚上逛春熙路，西东大街以及满街挂着牛肉的皇城坝，你会想到成都人没有在家里坐着的习惯，有闲空总得出门，有热闹总得挨凑进去。成都人的生活可以说是"户外的"，但是同时也是"城里的"。翻来覆去，总跳不出这个城圈子。五十万的人口，几十方里的面积，形成一种大规模的蜂巢蚁穴。所以表面看来，车如流水马如龙，无处不是骚动，而实际上这种骚动只是蛰伏式的蠕动，像成都一位老作家所说的"死水微澜"。

　　花会时节是成都人的惊蛰期。举行花会的地方是西门外的青羊宫。这座大道观据说是从唐朝遗留下来的。花会起于何朝何代，尚待考据家去推断，大概来源也很早。成都的天气是著名的阴沉，但在阳春三月，风光却特别明媚。春来得迟，一来了，气候就猛然由温暖而热燥，所以在其它地带分季开放的花卉在成都却连班出现。梅花茶花没有谢，接着就是桃杏，桃杏没有谢，接着就是木槿建兰芍药。在三月里你可以同时见到冬春夏三季的花。自然，最普遍的花要算菜花。成都大平原纵横有五六百里路之广。三月间登高一望，视线所能达到的地方尽是菜花麦苗，金黄一片，杂以油绿，委实是一种大观。在太阳之下，花光草色如怒火放焰，闪闪浮动，固然显出山河浩荡生气蓬勃的景象，有时春阴四布，小风薄云，苗青鹊静，亦别有一番清幽情致。这时候成都人，无论是男女老少，便成群结队地出城游春了。

游春自然是赶花会。花会之名并不副实。陈列各种时花的地方是庙东南一个偏僻的角落。所陈列的不过是一些普通花卉，并无名品，据说今年花会未经政府提倡，没有往年的热闹，外县以及本城的名园都没有把他们的珍品送来。无论如何，到花会来的人重要目的并不在看花而在凑热闹看人。成都人究竟是成都人，丢不开那古老城市的风俗习惯。花会场所还是成都城市的具体而微。古董摊和书画摊是成都搬来的会府和西玉龙街，铜铁摊是成都搬来的东御街，著名的吴抄手在此有临时分店，临时茶馆菜馆面馆更简直都还是成都城里的那种气派。每个菜馆后面差不多都有个篾篷，一个大篾箱似的东西只留着一个方孔做门，门上挂着大红布帘。里面锣鼓喧阗，川戏，相声，洋琴，大鼓，杂耍，应有尽有。纵横不过一里的地方，除着成都城里所有的形形色色之外，还有乡下人摆的竹器木器花根谷种以至于锄头菜刀水桶烟杆之类。地方小，花样多，所以挤，所以热闹。大家来此，吃，喝，买，卖，"耍"，看，城里人来看乡下人，乡下人来看城里人，男的来看女的，女的来看男的。好一幅仇十洲的《清明上河图》，虽然它所表现的不尽是太平盛世的攘往熙来的盛况。

除掉几条繁盛街道之外，成都在大体上还保存着古代城市的原始风味。舶来品尽管在电光闪烁之下惊心夺目,在幽暗僻静的街道里,铜铁匠还是用钉锤锻生铜制锅制水烟袋,织工们还是在竹框撑紧的蜀锦上一针一线地绣花绣鸟。所有的道地的工商业都还是手工品的工商业。他们的制法和用法都有很长久的传统做基础。要是为实用的,它们必定是坚实耐久;要是为玩耍的,它们必定是精细雅致。一个水桶的提手横木可以粗得像屋梁,一茎狗尾草叶可以编成口眼脚翅全具的蚱蜢或蜻蜓。只要你还保存有几分稚气,花会中所陈列的这些大大小小的物品件件都很可以使你流连。假如你像我的话,有一个好玩的小孩子,你可注意的东西就更多,风车,泥人,木马,小花篮,以及许多形形色色的小玩具都可以使你自慰不虚此行。此外,成都人古董书画之癖在花会里也可以略窥一二。老君堂的里外前后的墙壁都挂满着字画,台阶上都摆满着碑帖。自然,像一般的中国人,成都人也很会制造假古董,也很喜欢买假古董。花会之盛,这也是一个原因。

　　花会之盛还另有一个原因,就是在一般人心理中,青羊宫里所供奉的那位李老君是神通广大的道教祖。青羊者据说是李老君西升后到成都显圣所骑的牲畜。后人记念这个圣迹,立祠奉祀。于今青羊宫正殿里还有两头青铜铸成的羊子,一牝一牡,牝左牡右。单讲这两匹羊的形样,委实是值得称赞的艺术品。到花会的人少不得都要摸一摸这两匹羊。据说有病的人摸它们一摸,病就会自然痊愈。摸的地方也有讲究,头病摸头脚病摸脚,错乱不得。古往今来病头病脚以及病非头非脚的地方者大概不少,所以于今这两匹羊周身被摸得精光。羊尚如此,老君本人可知,于是老君堂上满挂着前朝巡抚提督现代省长督军亲书或请人代书的匾额。金光四耀,煞是妙相庄严,到此不由人不肃然起敬,何况青羊宫门坎之高打破任何记录！祈财，祈子，祈福，祈寿，祈官，都得爬过这高门坎向老君进香。爬这高门坎的身手不同，奇态便不免百出。七八十岁的老太太须得放下拐杖，用双手伏在门坎上，然后徐徐把双脚迈过去。至于摩登小姐也有提起旗袍叉口，一大步就迈过去的。大殿上很整秩地摆着一列又一列的棕制蒲团。跪在蒲团上捧香默祷的有乡下老，有达官富商，也有脚踏高跟皮鞋襟口挂着自来水笔的摩登小姐，如上文所云一大步就迈近门户坎的。在这里新旧两代携手言欢，各表心愿。香炉之旁，例有钱桶。花会时钱桶易满。站在香炉旁烧香的道士此时特别显得油光滑面，喜笑颜开。"临邛道士鸿都客，能以精诚致魂魄"，此风至今未泯也。

　　成都素有小北平之称。熟习北平的人看到花会自然联想到厂甸的庙会，它们都是交易，宗教，游玩打成一片的。单就陈列品说，厂甸较为丰富精美，但是就天时与地利说，成都花会赶春天在乡村举行，实在占不少的便宜。逛花会不尽是可以凑热闹，买玩艺儿，祈财求子，还可以趁风和日暖的时候吐一吐城市的秽浊空气，有如古人的修禊，青羊宫本身固然也不很清洁，那里人山人海中的空气也不见得清新。可是花会逛过了，沿着城西郊马路回城，或是刚出城时沿着城西郊赴花会，平畴在望，清风徐来，路右边一阵又一阵的男男女女带着希望去，左边一阵又一阵的男男女女提着风车或是竹篮回来，真所谓"无边光景一时新"，你纵是老年人，也会觉得年轻十岁了。人过中年，难得常有这样少年的兴致。让我赞美这成都花会啊！

（原载1938年5月《工作》第4期）

爱丁堡大学中国学生生活概况

中国留英学生，以数目论，伦敦最多，其次就要推爱丁堡。目前爱丁堡各科中国学生共有四十余人之多，此四十余人中华侨学生占三分之二，真从中国本部来者仅十余人，华侨学生大半学医科，本部学生大半学文科。

就团体生活说，爱丁堡中国学生所感触最大的困难——也许是全英中国学生所感触最大的困难——就是中国内部学生和华侨学生似乎在无形中分成两个团体。比方中国学生会是任何中国学生都可以进去而且都应该进去的，可是在实际上中国本部学生加入的人为数甚属寥寥。此中原因并非由于双方有何误解或恶意。私人方面本部学生和华侨学生也有彼此感情甚融洽的。只是就全体论，这两部学生未免太少接触，而所以太少接触的原因实在语言，华侨学生大半不能通中国话，而内部学生大半不能说流利的英语。因此，凡是新生初来爱丁堡时，来自侨属者多依附华侨老学生，来自本部者多依附本部老学生。从此本部老学生和华侨老学生成了磁石的正负两极，各吸收各的同气了。两方面都感觉到这种隔阂应该打破，而所以终于不能打破者，两方面都各有不是之处。华侨方面人数最多，关于团体事件，偶不免忽略本部少数学生意见，这是难免的，而自本部学生观之，则未免近于专擅。本部学生对于侨属同胞理应极力结纳，而实际上因言语习惯关系，或不免偶存歧视，这也是难免的，而自华侨学生观之，则觉本部学生似乎把自己看成外人了。通盘计算，记者颇以为本部学生负责较大。华侨学生生于外国，长于外国，多数都还能关心祖国休戚，总算难能可贵，内部学生应该极力不使他们觉得被同胞歧视才好。

爱丁堡旧为苏格兰首都，现在只是一个教育中心，没有黑气冲天的烟囱，也没有琳琅夺目的珠宝店。虽说是一个城市，热闹还不如南京，居城而有乡村风味，则和南京很类似。天气好的时候，你如果想到乡下或海边走一遭，费半点钟也就到了。大学没有男生寄宿舍。大家都自觅居寓。生活程度和伦敦大相仿佛，大约每礼拜膳宿费约需两镑至三镑之谱。女生另有寄宿舍。现在中国女生只有吉林韩女士一人。听说女生寄宿舍的生活也很舒适。学校功课很忙，考试也很严，大家大部分的精力都费在听讲读书方面。学校中团体生活的机会甚多，而能不能利用这些机会则因人而异。团体组织，关于学术的有各种学会和辩论会，关于社交的有学生会及其附属的种种团体，关于运动的有各种球队及运动队。凡是正式学生大概都可以加入。本来英国大学教育把公共生活比做学问看得还重要。爱丁堡像一般不住宿的英国大学，对于公共生活一层视牛津、剑桥微有缺憾，然而公共生活的机会总算很多。中国学生来此者往往因过重读书而忽略公同生活，这也是一大缺点。我说过重读书，是指大多数而论，自然也有人不上课而天天去光顾咖啡馆影剧园和 Palais de Danse 的。

在爱丁堡的中国学生和当地人民感情还算融洽，由中国传教或通商转来的人对于中国学生尤其殷勤。春秋佳日，他们尝裁柬相邀，虽然供奉的只是一杯例茶，而客中有此点缀，正可大破岑寂。爱丁堡又有一国际俱乐部，其中会员有三百余人，代表三十几个国家，中国学生参加的也颇不少。这个俱乐部的用意是给外国人和本地人以联络感情的机会。每月举行二三次茶话会或音乐会。

就目前说，爱丁堡的中国学生对于学校生活，大致都还满意。同时，他们也自觉有下列两种缺点。

（一）大多数人偏重读书，不能尽量利用可享的机会去受英国大学所最重视的公同生活之利益。这个缺点的原因在语言的欠缺，而结果则为大家所公认的留英学生的沉闷。

（二）中国本部学生与华侨学生接洽过少，以致无形中分成两个团体。这是理不应然的。现在他们也很想自己极力纠正这两个缺点，而且很自信这两个缺点都是有纠正之可能性的。

最后，他们向将来而未来的同学表示极诚挚的欢迎；他们更希望传话于毕业归国的旧同学，雅特王座的山光和波特白罗的海水，比以前越发清丽明媚！

（原载 1927 年 10 月《留英学报》第 1 期）

1983年3月，在香港中文大学参加第五届"钱宾四先生学术文化讲座"活动时，与钱穆先生等合影

八十年代初期

回忆二十五年前的香港大学

看过《伊利亚随笔集》的人看到这个题目，请不要联想到兰姆的《三十五年前的基督慈幼学校》那篇文章[1]。我没有野心要模拟那种不可模拟的隽永风格。同学们要出一个刊物，专为同学们自己看，把对于母校的留恋和同学间的友谊在心里重温一遍，这也是一种乐趣。我的意思也不过趁便闲谈旧事，聊应通信，和许多分散在天涯海角的朋友们至少可以在心灵上多一次会晤。写得好坏，那是无关重要的。

第一次欧战刚刚完结，教育部在几个高等师范学校里选送了二十名学生到香港大学去学教育，我是其中之一。当时政府在北京，我们二十人虽有许多不同的省籍，在学校里却通被称为"北京学生"。"北京学生"在学校里要算一景。在洋气十足的环境中，我们带来了十足的师范生的寒酸气。人们看到我们有些异样，我们看人们也有些异样。但是大的摩擦却没有。学会容忍"异样"的人就受了一种教育，不能容忍"异样"的人见了"异样"增加了自尊感，不能受"异样"同化的人见了"异样"，也增加了对于人世的新奇感。所以港大同学虽有四百余人，因为各种人都有，色调很不单纯，生活相当有趣。

我很懊悔，这有趣的生活我当时未能尽量享受。"北京学生"大抵是化外之民，而我尤其是像在鼓里过日子，一般同学的多方面

---

[1] Charles Lamb: Essays of Elia: Christ Hospital 35 Years Ago.

的活动我有时连作壁上观的兴致也没有。当时香港的足球网球都很负盛名，这生来与我无缘。近海便于海浴，我去试了二三次，喝了几口咸水，被水母咬痛了几回，以后就不敢再去问津了。学校里演说辩论会很多，我不会说话，只坐着望旁人开口。当时学校里初收容女生，全校只有何东爵士的两个女儿欧文小姐和伊琳小姐两人，都和我同班，我是若无其事，至少我不会把她们当女子看待。广东话我不会说，广东菜我没有钱去吃，外国棋我不会下，连台球我也不会打。同学们试想一想，有了这一段自供，我的香港大学生的资格不就很有问题了么？

读书我也不行。从高等师范国文系来的英文自然比不上好些生来就只说英文的同学。记得有一次作文，里面说到坐人力车和骑马都不是很公平的事，被一位军官兼讲师的先生痛骂了一场。有一夜生了病，第二天早晨浮斯特教授用当时很称新奇的方法测验智力，结果我是全班中倒数第一，其低能可想而知。但是我在学校里和朱跌苍和高觉敷有 three wise men 的诨号。wise men（哲人）自然是 queer fish（怪物）的较好听的代名词。当时的同学大约还记得香港植物园的一件值得注意的事，常见三位老者，坐在一条凳上晒太阳，度他们悠闲的岁月。朱高两人和我形影相伴，容易使同学们联想到那三位老者，于是只有那三位老者可以当的尊号就落到我们三位"北京学生"的头上了。

我们三人高矮差不多，寒酸差不多，性情兴趣却并不相同，往来特别亲密的缘故是同是"北京学生"，同住梅舍（May Hall），而又同有午后散步的习惯。午后向来课少，我们一有闲空，便沿着梅舍从小径经过莫理孙舍（Morrison Hall）向山上走，绕几个弯，不到一小时就可以爬上山顶。在山顶上望一望海，吸一口清气，对于我成了一种瘾,除掉夏初梅雨天气外,香港老是天朗气清,在山顶上一望,蔚蓝的晴空笼照着蔚蓝的海水,无数远远近近的小岛屿上耸立着青葱的树林,红色白色的房屋,在眼底铺成一幅幅五光十彩的图案。霎时间把脑袋里一些重载卸下,做一个"空空如也"的原始人,然后再循另一条小径下山,略有倦意,坐下来吃一顿相当丰盛的晚餐。香港大学生的生活最使我留恋的就是这一点。写到这里,我鼻孔里还嗅得着太平山顶晴空中海风送来的那一股清气。

我瞑目一想,许多旧面目都涌现到面前。终年坐在房里用功,虔诚的天主教徒郭开文,终年只在休息室里打棒球下棋,我忘记了姓名只记得诨号的"棋博士",最大的野心在娶一个有钱的寡妇的姚医生,足球领队的黄天锡,辩论会里声音嚷得最高的非洲人,眯眼的日本人,我们送你一大堆绰号的四川人"Mr. Collins"①,一天喝四壶开水的"常识博士",我们"北京学生"让你领头,跟着你像一群小鸡跟着母鸡去和舍监打交涉的 Tse Foo(朱复),梅舍的露着金牙齿微笑的 No. One(宿舍里的斋夫头目)……朋友们,我还记得你们,你们每一个人都曾经做过我开心时拿来玩味的资料,于今让我和你们每一个人隔着虚空握一握手!

老师们,你们的印象更清晰。在教室里不丢雪茄的老校长爱理阿特爵士,我等待了四年听你在课堂指导书里宣布要讲的中国伦理哲学,你至今还没有讲,尽管你关于"佛学"的巨著曾引起我的敬仰。还有天气好你就来,天气坏你就回英国,像候鸟似的庞孙倍芬先生,你教我们默写和作文,把每一个错字都写在黑板上来讲一遍,我至今还记得你的仁慈和忍耐。工科教授勃朗先生,你不教我

---

① Collins:英国女小说家简·奥斯丁的《傲慢与偏见》中一个可笑的角色。

的课，也待我好，我记得你有规律的生活，我到苏格兰，你还差过你的朋友一位比利时小姐来看我，你托她带给我的那封长信我至今似乎还没有回。提起信，我这不成器的老欠信债的学生，你，辛博森教授，更有理由可以责备我。但是我的心坎里还深深映着你的影子。你是梅舍的舍监，英国文学教授，我的精神上的乳母。我跟你学英诗，第一次读的是《古舟子咏》，我自己看第一遍时，那位老水手射死海鸟的故事是多么干燥无味而且离奇可笑，可是经过你指点以后，它的音节和意象是多么美妙，前后穿插安排是多么妥帖！一个艺术家才能把一个平凡的世界点染成为一个美妙的世界，一个有教书艺术的教授才能揭开表面平凡的世界，让蕴藏着美妙的世界呈现出来。你对于我曾造成这么一种奇迹。我后来进过你进过的学校——爱丁堡大学——就因为我佩服你。可是有一件事我忘记告诉你，你介绍我去见你太太的哥哥，那位蓝敦大律师，承他很客气，再三嘱咐我说："你如果在法律上碰着麻烦，请到我这里来，我一定帮助你"，我以后并没有再去麻烦他。

最后，我应该特别提起你，奥穆先生，你种下了我爱好哲学的种子。你至今对于我还是一个疑谜。牛津大学古典科的毕业生，香港法院的审判长，后来你回了英国，据郭秉和告诉我，放下了独身的哲学，结了婚，当了牧师。你的职业始终对于你是不伦不类。你是雅典时代的一个自由思想者，落在商业化的大英帝国，还缅想柏拉图、亚理斯多德在学园里从容讲学论道的那种生活，我相信你有一种无可告语的寂寞。你在学校里讲课不领薪水，因为教书拿钱是苏格拉底所鄙弃的。你教的是伦理学，你坚持要我们读亚理斯多德，我们瞧不起那些古董，要求一种简赅明瞭的美国教科书。你下课时，我们跟在你后面骂你，虽是隔着一些路，却有意"使之闻之"，你摆起跛腿，偏着头，若无其事地带着微笑向前走。校里没有希腊文的课程，你苦劝我到你家里去跟你学，用汽车带我去你家学，我学了几回终于不告而退。这两件事我于今想起，面孔还要发烧。可是我可以告诉你，由于你的启发，这二十多年来我时常在希腊文艺与哲学中吸取新鲜的源泉来支持生命。我也会学你，想尽我一点微薄的力量，设法使我的学生们珍视精神的价值。可是我教了十年的诗，还没有碰见一个人真正在诗里找到一个安顿身心的世界，最难除的是腓力斯人(庸俗市民)的根性。我很惭愧我的无能，我也开始了解到你当时的寂寞。写到这里，我不免有些感伤，不想再写下去，许多师友的面孔让我留在脑里慢慢玩味吧！香港大学，我的慈母，你呢，于今你所哺的子女都星散了，你那山峰的半腰，像一个没有鸟儿的空巢(当时香港被日本人占领了)，你凭视海水嗅到腥臭，你也一定有难言的寂寞！什么时候我们这一群儿女可以回巢，来一次大团聚呢？让我们每一个人遥祝你早日恢复健康与自由！

三十三年春天嘉定武汉大学

（原载 1944 年 5 月《文学创作》第 3 卷第 1 期）

敬悼朱佩弦先生

在文艺界的朋友中，我认识最早而且得益也最多的要算佩弦先生。那还是民国十三年夏季，吴淞中国公学中学部因江浙战事停顿，我在上海闲着，夏丏尊先生邀我到上虞春晖中学去教英文。当时佩弦先生正在那里教国文。学校范围不大，大家朝夕相处，宛如一家人。佩弦和丏尊、子恺诸人都爱好文艺，常以所作相传视。我于无形中受了他们的影响，开始学习写作。我的第一篇处女作《无言之美》，就是在丏尊、佩弦两位先生鼓励之下写成的。他们认为我可以作说理文，就劝我走这一条路。这二十余年来我始终抱着这一条路走，如果有些微的成绩，就不能不归功于他们两位的诱导。

当时春晖中学的一批朋友相处不算很久，可是在短促的时间里，大家奠定了很长久的交谊。有两件事业都是由此产生出来的。一是立达学园。我们一批年轻的教员，因为不满意春晖中学当局的独裁的作风，相约退出，由匡互生领导，在上海江湾自己创办了一个学校，叫做立达学园。我们所悬的理想是自由式的教育，特别着重启发与感化，想针对中等教育的流行的弊病加以纠正。这学校虽终于受中日战事的打击而衰落，却造就出一批有造诣的学生来，对于中等教育发生了不可忽视的影响。其次是开明书店。我们老早就觉得出版事业对于文化影响的重要，一个理想的书店应该脱离官办与商办的气味，由读书人和著书人自己来经营。由于夏丏尊、叶圣陶几位先生的努力，这计划终于实现。到现在还不过二十五年，开明书店已由一家几百元股本的小书店，一跃而为国内有数的大书店。就出书的质量来说，它胜过一切其它的大书店，对于中学学校和新文艺作者的贡献尤其大。对于这两件事业，佩弦先生和我虽不居主要的倡导者的地位，却都先后出了一些力量。佩弦先生之死，与抱病替开明书店编中学国文教本有关，对于开明可谓鞠躬尽瘁。我自己杂事太多，却未能尽全力，心里常觉歉然。

佩弦先生离开立达、开明的一批朋友是应清华大学的聘；我离开他们，是要出国读书。后来他由清华休假到欧洲去，我还在英国没有归来，在英国彼此又有一个短时期的往还。那时候，我的《文艺心理学》和《谈美》的初稿都已写成，他在旅途中替我仔细看过原稿，指示我一些意见，并且还替我做了两篇序。后来我的《诗论》初稿也送给他，由他斟酌过。我对于佩弦先生始终当作一位良师益友信赖。这不是偶然的。在我的学文艺的朋友中，他是和我相知最深的一位，我的研究范围和他的也很相近，而且他是那样可信赖的一位朋友，请他看稿子他必仔细看，请他批评他也必切切实实地批评。我的《文艺心理学》有一两章是由他的批评而完全改写过的，在序文里我已经提到这一点。

民国二十二年我回国任教北京大学，他约我在清华讲了一年《文艺心理学》，此后过从的机会就更多。在北平的文艺界朋友们常聚会讨论，有他就必有我。于今还值得提起的有两件事。一是《文学杂志》，名义上虽由我主编，实际上他和沈从文、杨金甫、冯君培诸人撑持的力量最多。这刊物因抗战停了十年，去年算是又恢复起来了。头一期就有佩弦先生的文章，但是因为他多病，文债的担负又重，我们不像从前那样容易得到他的文章。其次是朗诵会，当时朋友们都觉得语体文必须读得上口，而且读起来一要能表情，二要能悦耳，以往我们中国人在这方面太不讲究，现在要想语体文走上正轨，我们就不能不在这方面讲究，所以大家定期集会，专门练习朗诵，有时趁便讨论一般文学问题。佩弦先生对于这件事最起劲。语文本是他的兴趣中心，他随时对于一个字的用法或一句话的讲法都潜心玩索，参加过朗诵会的朋友们都还记得，他对于语体文不但写得好，而且也读得好。

抗战中我住在四川，佩弦先生虽是常住昆明，因为家眷在川，到四川去的回数很多。乱离中相见，彼此都已大不如前。他老早就有胃病，昆明教授们生活特别苦，听说他于教书以外，烧饭洗碗补衣全靠自己动手，有时竟吃冷馒头度日，他的旧病可能因此加重，他的形容确是日益消瘦憔悴。这些年来我每次看见他，都暗地替他担心。他本来是一位温恭和蔼的人，生气不算蓬勃，近来和他对面，有如对着深秋，令人起萧索之感。他多年来贫病交加，见着朋友却从来不为贫病诉苦，他有廊下派哲人的坚忍。但是贫与病显然累了他，我常感觉到他仿佛受了一种重压，压得不能自由伸展。于今他死去了，我觉得他是一直压到死的。

读过《背影》和《祭亡妻》那一类文章的人们，都会知道佩弦先生富于至性深情；可是这至性深情背后也隐藏着一种深沉的忧郁，压得他不能发扬踔厉。他的面孔老是那样温和而镇定，从来不打一个呵呵笑，叹息也是低微的。他的脸部筋肉通常是微微下沉，偶一兴奋时便微微向上提起，不多时就放下。平正严肃是他的本性。他那一套旧西装质料虽不讲究，却老是洗刷得干干净净，领结打得挺直；到他的书房里，陈设常是简单朴素，可是一几一砚都摆得齐齐整整。文人不修边幅的习气他绝对没有，行险侥幸的事他一生没有做过一件。他对人对事一向认真，守本分。

在清华任教二十四年，除掉休假，他从没有放弃过他的岗位，清华国文系是他一手造成的。教课以外，他的其它活动只有写文章，编教科书，他在开明书店所出的国文教学书籍是一座相当伟大的纪念碑，今日中等学校国文教师不留心研究本行问题则已，留心研究本行问题的没有不从他那里得到益处的。他对朋友始终真诚，请他帮忙的只要他力量能办到，他没有不帮忙的。我得到他的最后一封信，是答复我托他替一位青年谋事的。事没有谋成，而他却尽了力。计算日期，他写那封信是在进医院之前不过几天，那时他的身体当然已经很坏了，还没有忘记一个朋友的一件寻常的请托。我想起自己老是压着信不复，才知道他的这种仔细当极不容易。他的生活兴趣不算很浓也不算很浅，旅行中爱看名胜，集会中爱坐着听人清谈，朋友们说起有好戏他也偶尔抽空去看看，近年来常做旧诗，胃病未发以前他也能喝几杯酒，在朋友中以酒德见称，不过分也不喧嚷。他对一切大抵都如此，乘兴而来，适可而止，从不流连忘返；他虽严肃，却不古板干枯。听过他的谈吐的人们都忘不了他的谐趣，他对于旁人的谐趣也很欣赏，不过开玩笑打趣在他只是偶然间灵机一现，有时竟像出诸有心，他的长处并不在此。就他的整个性格来说，他属于古典型的多，属于浪漫型的少；得诸孔颜的多，得诸庄老的少。

佩弦先生对于学术的贡献是多方面的，主要是文学史，尤其关于诗歌部门。朋友中有远比我较适宜的人——比如说俞平伯先生和浦江清先生——可以详谈他的学术成就，我在此不用再说，只略说他的文章。在写语体文的作家之中，他是很早的一位。语体文运动的历史还不算太长，作家们都还在各自摸索路径。较老的人们写语体文，大半从文言文解放过来，有如裹小脚经过放大,没有抓住语体文的真正的气韵和节奏;略懂西文的人们处处摹仿西文的文法结构,往往冗长拖沓,诘屈聱牙;至于青年作家们大半过信自然流露,任笔直书,根本不注意到文字问题,所以文字一经推敲,便见出种种字义上和文法上的毛病。佩弦先生是极少数人中的一个,摸上了真正语体文的大路。他的文章简洁精炼不让于上品古文,而用字确是日常语言所用的字,语句声调也确是日常语言所有的声调。就剪裁锤炼说,它的确是"文";就字句习惯和节奏说,它也的确是"语"。任文法家们去推敲它,不会推敲出什么毛病;可是念给一般老百姓听,他们也不会感觉有什么别扭。我自己好多年以来都在追求这个理想,可是至今还是嫌它可望而不可追,所以特别觉得佩弦先生的成就难能可贵。一个文学运动的最有力的推动者不是学说主张而是作品,佩弦先生的作品不但证明了语体文可以做到文言文的简洁典雅,而且向一般写语体文的人们揭示一个极好的模范。我相信他在这方面的成就是要和语体文运动史共垂久远的。

佩弦先生和我同姓,年龄相差一岁,身材大小肥瘦相若,据公共的朋友们说,性格和兴趣也颇相似。这些偶合曾经引起了不少的误会,有人疑心他和我是兄弟,有一部国文教本附载作者小传,竟把我弄成浙江人;甚至有人以为他就是我,未谋面的青年朋友们写信给他的误投给我,写信给我的误投给他,都已经不只一次,这对我是一种不应得的荣誉,他在做人和做文方面都已做到炉火纯青的地步,我至今还很驳杂,"赐也何敢望回?"于今他已经离开人世了,生死我已久看作寻常事,可是自顾形单影只,仍不免有些感伤。回想起当年白马湖的一批朋友们,互生在抗战前就已过去,丏尊在抗战中过去,现在又短了佩弦,只有子恺、圣陶和我几个人还健在，而都已年过五十，渐就衰老。各人在不同的园地里虽然都略有建树，可是离当初所悬的理想相差都还很远，而世界前途越发迷茫混沌，大家对着都莫可如何。我想死者和生者心头是一样感觉沉重的。

(原载 1948 年 8 月 23 日《天津民国日报》)

缅怀丰子恺老友

子恺是受"四人帮"残酷迫害者之一，含冤去世已一年多了。他在我心中仍然活着，他是个令人难忘的人。

我认识子恺还在半个世纪之前。江浙战争把我在上海教书的一个学校打垮了，夏丏尊把我介绍到浙江上虞白马湖春晖中学教英文，那里同事的有夏丏尊、朱自清和丰子恺等人，我们课余闲暇时经常在一起吃酒聊天，我至今还记得子恺酒后面红耳赤，欣然微笑，一团和气的风度，这时他总爱拈一张纸乘兴作几笔漫画，画成就自己制成木刻，让我们传观，我们看到都各自欣赏，很少发议论，加评语。当时我们向往教育自由，为着实现自己的理想，不久就相继跑到上海去创办一所立达学园和一所开明书店，并筹办一个以中学生为对象的刊物《一般》。我们白手起家，经常欣然微笑逍闲自在的子恺也积极参加筹备工作，我才看出他不只是个画家，而且也是肯实干的热心人。但是在繁忙中只要有片刻闲暇，我们还保持嚼豆腐干下酒谈天的老习惯，子恺也没有忘记他的漫画和木刻，我常用"清"、"和"两个字来概括子恺的人品，但是他胸有城府，"和而不流"。他经常在欣然微笑，无论是对知心的朋友，对幼小的儿女，还是对自己的漫画和木刻，他老是那样浑然本色，无爱无嗔，既好静而又好动，没有一点世故气。他是弘一法师的徒弟，在人品和画品两方面都受到弘一的熏陶。我在白马湖时，弘一也来偶尔看望他。他曾一度随弘一持佛法吃素。抗日战争胜利后，弘一去世，子恺还不远千里由贵州跑到四川嘉定请马一浮为他的老师作传。当时我也在嘉定,乱离中久别重逢,他还是欣然一笑。我从此体会到他对老师情谊之深挚。解放后不久,他和我都当了政协委员,他每逢开会来京,相见仍是"欣然微笑",可是最后一次他的健康和兴致都已不如从前,尽管我们两人是同年,他的"黄昏思想"已比我浓得多了。后来他和我一样受到"四人帮"的无情打击,他的受到人民喜爱的漫画被批判得体无完肤,现在重见天日,我这个后死者只有缅怀他在世时那种忠实于艺术和忠实于师友的风度,不禁有人往风微之感而已。

我先从子恺的人品谈起,因为他的画品就是他的人品的表现。一个人须是一个艺术家才能创造出真正的艺术作品。子恺从顶至踵,浑身都是个艺术家。他的胸襟,他的言论笑貌,待人接物,无一不是艺术的,无一不是至爱深情的流露。他的漫画可分两类,一类是拈取前人诗词名句为题,例如《月上柳梢头,人约黄昏后》、《指冷玉笙寒》、《黄蜂频扑秋千索,有当时纤手香凝》之类;另一类是现实中有风趣的人物的剪影,例如《花生米不满足》、《病车》、《苏州人》之类。前一类不但有诗意而且有现实感,人是现代人,服装是现代的服装,情调也还是现代的情调;后一类不但直接来自现实生活,而且也有诗意和谐趣。两类画都是从纷纭世态中挑出人所熟知而却不注意的一鳞一爪,经过他一点染,便显出微妙隽永,令人一见不忘。他的这种画风可以说是现实主义和浪漫主义的妥帖结合。

子恺的文化教养是既广且深的。他早年学过西画,所以懂得解剖和透视。他到日本留过学,接触到日本的浮世画和日本文学,曾翻译过一些小说,晚年还译完《源氏物语》这样的巨著。不过形成他的人品和画品的主要还是中国的民族文化传统,他熟悉中国诗词，又从弘一学过书法，下过很久的功夫。他告诉过我，每逢画艺进展停滞，他就练写章草或魏碑，练上一段时期之后，再回头作画，画就有些长进，墨才"入纸"，用笔才既生动飞舞而又沉着稳健，不至好像飘浮在纸上。从子恺的例子我才开始懂得中国"诗画同源"和"书画同源"的道理。

子恺是近代中国的第一个漫画家和木刻家，他对画艺的功绩，将来历史会有公论。我所惋惜的是他的几十年的画稿已大半散失，仅存的只有青年书店印行的一部《子恺漫画选集》，现在在市上已不易找到。这部选集倒是选得很精，而且是由他本人进行木刻的，我希望关心漫画和木刻画的出版界领导能设法使这部选集再印出来，这不应该是件难事。

1979 年

（原载 1980 年 1 月《艺术世界》第 1 期）

回忆上海立达学园和开明书店

1922年夏天我在香港大学毕业后,就到上海吴淞中国公学中学部教英文,才开始接触到"五四"运动在知识分子中间的巨大影响以及左右两派在政治、文艺和教育等问题上的激烈斗争。我听过李大钊、恽代英诸位先烈的讲话,我还在当时由左派支持的上海大学里兼课,和左派青年也有些来往。我因受过长期的封建教育和帝国主义教育,一时还不能转过弯来,总的说来,我在不满现状方面和进步青年是心连心的,但由于清高的幻想妨碍我参加党派斗争。不多时,中国公学中学部在江浙战争中被摧毁了,我由文艺界老友夏丏尊先生介绍,转到浙江上虞白马湖春晖中学。在短短的几个月之中,我结识了后来对我影响颇深的匡互生、朱自清和丰子恺几位好友。匡互生是春晖中学的教务主任,他和无政府主义者有些来往,特别维护教育的民主自由,而春晖中学校长是国民党的中央委员,作风有些专制。匡互生向校长建议改革(其中有让学生有发言权、男女同校等),被校长断然拒绝了。匡互生就愤而辞去教务主任职,掀起了一场风潮。我对匡互生深表同情,就跟他采取毅然决然的态度,离开春晖中学跑到上海另谋出路。离白马湖时有一批同情我们的学生到车站挽留我们,挽留不住,就跟我们一同跑到上海。到了上海之后,有一批教师例如周为群、刘薰宇、丰子恺、夏丏尊等人也陆续转到上海。原在上海的一批文化界朋友,例如胡愈之、周予同、刘大白、陈之佛、夏衍、章锡琛等也陆续参加进来,组成了一个立达学会。我们商定办一所立达学园。先在上海老西门黄家阙租了几间破房子马上开课，同时在江湾筹建校舍。我们都是些穷书生，白手起家办学校，其艰难是可想而知的。为着筹经费和争取社会支持，我曾陪匡互生找过上海的湖南大资本家聂芸台，文化界要人吴稚晖，还专程跑到北京找过当时的教育部长易培基和教育部参事黎锦熙。

不久，江湾校舍建成了，我们就迁到江湾，以立达学会的名义宣布了创办立达学园的宗旨。这份宣言是在匡互生授意下由我执笔的，公开提出了教育独立自由的主张。叫做"立达"也有深意，来源于儒家"己欲立而立人，己欲达而达人"两句话。"立"指脚跟站得稳，或立场坚定，"达"指通情达理，行得通。在"立"与"达"两方面，"人"与"己"有互相因依的关系，"成己"而后能"成物"，做到成物也才能真正地成己。这是"解放全人类才能真正地解放自己"这一深刻的辩证思想的朴素表达方式，我们当时对马克思主义当然还茫然无知。叫做"学园"而不叫做"学校"，是要标明我们的"学园"不同于当时一般的学校。这个词当然联想到希腊的"柏拉图学园"的自由讨论的风气，但是更切实的意义是把青年当作幼苗来培养和爱护，使他们得到正常的健康的成长。此外，我们还有教育与劳动相结合的用意，准备由学园师生开垦一个农场，后来这个愿望也实现了。立达学园附近有一所劳动大学，这二者是有直接联系的，主持人都是无政府主义者。

立达学园的教育自由的思想和作风，在当时北洋军阀淫威专制令人窒息的情况下，传播了一股新鲜空气，所以对进步青年有很大的吸引力，他们都争先恐后地来就学。在一些辛勤的园丁培养之下，他们之中有不少人后来在各自的岗位上成了无名英雄。例如现在主持浙江省文联的黄源同志，他以研究鲁迅闻名，在文化界做过不少工作。黄源同志和我几十年阔别之后,去年在文代会上重逢,还亲热地呼我为"老师",其实他自己也已七十六岁了,我比他还够不上"十年以长"。他叫我"老师",我既感到惭愧,又感到欢喜,这是一个老园丁的至上酬劳。

立达学会同人还筹办了开明书店。我们的目的是争取青年中学生,因为他们是社会中坚。所以开明书店从开办之日起就以青年为主要对象。我们首先出版了一种刊物,先叫《一般》,后改称《中学生》。在编辑方面出力最多的是夏丏尊和叶圣陶。"开明"就是"启蒙",这个名称多少也受了法国百科全书派启蒙运动的影响。《中学生》这个刊物当时是最受欢迎的,除介绍一般科学知识和发表文艺作品之外,夏丏尊和叶圣陶两位主编特别重视语文教育方面的问题,曾特辟"文章病院"一栏,以具体的例子,生动地说明了当时官方报刊的公文和社论的思想和语文的毛病所在以及治疗的方剂。这不仅讽刺了官样文章及其所表现的思想,也对当时的文风和学风乃至语文教学都起了难以估计的保健作用和示范作用。这个"文章病院"至今还令我特别怀念。因为现在语文在思想内容和表达方式上的一些老毛病依然存在,而病院和医生却不易找到。如果现在那么多的报刊也多办几所"文章病院",少发些公式教条的空论,这对文风和学风都造福不浅。

一家好书店或一种好刊物不仅出版一些好书、刊登一些好文章,还会培养出一些好作家和好编辑。开明书店除《中学生》这个刊物之外,还出了一些深受青少年学生欢迎的课本、文学作品和一般读物。我还记得丰子恺为开明的出版物作了一些插图,自画自刻,在漫画和版画乃至编辑方式的发展方面都起了推动作用。巴金和夏衍等著名作家的早年作品大半是由开明书店发表的。此外,还有些科学家如刘薰宇、顾均正、周予同等人也都是从开明发迹的。就我个人来说，我应特别感谢开明书店对我的培育。我在夏丏尊、朱自清、叶圣陶几位老友的言教和身教下才开始放弃文言文，学写白话文。我在留学英法八年之中一直和开明维持着密切的联系。一到英国，我就不断地替《一般》和《中学生》写稿，后来由夏丏尊搜集并作序的《给青年的十二封信》这部处女作就是由开明印行的。这本小册子现在看来不免幼稚可笑，在当时却成了一部最畅销的书。原因大概在我反映出当时一般青年小知识分子的心理状况，在彷徨失望中摸索出路。从此我和广大青年建立起了友好关系，也不再愁写出文章没有地方发表和没有人看了。我在外国当学生时代写的几部主要的著作（《文艺心理学》、《谈美》、《诗论》、《变态心理学派别》）都是由开明书店印行的，所得到的稿费大大减轻了在官费经常扣发的情况下一个穷学生必然要面临的灾荒。所以想到立达学园和开明书店，我总是怀着感激的心情。

(原载1980年12月2日《解放日报》)

从沈从文先生的人格看他的文艺风格

《花城》编辑同志远道过访，邀我写一篇短文谈沈从文先生的作品。我对文学作品向来侧重诗，对小说素少研究，还配不上谈从文的小说创作，好在能谈他的小说的人现在还很多。我素来坚信"风格即人格"这句老话，研究从文的文艺风格，有必要研究一下他的人格。在从文的最亲密的朋友中我也算得一个，对他的人格我倒有些片面的认识。在解放前十几年中，我和从文过从颇密，有一段时间我们同住一个宿舍，朝夕生活在一起。他编《大公报·文艺副刊》，我编商务印书馆的《文学杂志》，把北京的一些文人纠集在一起，占据了这两个文艺阵地，因此博得了所谓"京派文人"的称呼。京派文人的功过，世已有公评，用不着我来说，但有一点却是当时的事实，在军阀横行的那些黑暗日子里，在北方一批爱好文艺的青少年中把文艺的一条不绝如缕的生命线维持下去，也还不是一件易事。于今一些已到壮年或老年的小说家和诗人之中还有不少人是在当时京派文人中培育起来的。

在当时挚挚不辍地培育青年作家的老一代作家之中，就我所知道的来说，从文是很突出的一位。他日日夜夜地替青年作家改稿子，家里经常聚集着远近来访的青年，座谈学习和创作问题。不管他有多么忙，他总是有求必应，循循善诱。他自己对创作的态度是极端严肃的。我看过他的许多文稿，都是蝇头小草，改而又改，东删一处，西补一处，改到天地头和边旁都密密麻麻地一片，也只有当时熟悉他的文稿的排字工才能辨认清楚。我觉得这点勇于改和勤于改的基本功对青年作家是一种极宝贵的"身教",我自己在这方面就得到过从文的这种身教的益处。

从文是穷苦出身的,属于湖南一个少数民族。他的性格中见出不少的少数民族优点。刻苦耐劳,坚忍不拔,便是其中之一。从《新文学史料》第五辑中所载的他初到北京当穷学生时和郁达夫同志的交往,便可以生动地看出这一点,少数民族是民间文艺的摇篮,对文艺有特别广泛而尖锐的敏感。从文不只是个小说家,而且是个书法家和画家。他大半生都在从事搜寻和研究民间手工艺品的工作,先是瓷器和漆器,后转到民族服装和装饰。我自己壮年时代搜集破铜破铁,残碑断碣的癖好也是由从文传染给我的。从文转到故宫博物院和历史研究所之后,在继续民间工艺品的研究,他在这方面的成就并不下于他的文学创作。不过我觉得他因此放弃了文学创作究竟是一件很可惜的事。

谈到从文的文章风格,那也可能受到他爱好民间手工艺那种审美敏感影响,特别在描绘细腻而深刻的方面,《翠翠》可以为例。这部中篇小说是在世界范围里已受到热烈欢迎的一部作品,它表现出受过长期压迫而又富于幻想和敏感的少数民族在心坎里那一股沉忧隐痛,《翠翠》似显出从文自己的这方面的性格。他是一位好社交的热情人,可是在深心里却是一个孤独者。他不仅唱出了少数民族心声,也唱出了旧一代知识分子的心声,这就是他的深刻处。

1980 年

(原载 1980 年 5 月《花城》第 5 期)

关于沈从文同志的文学成就历史将会重新评价

我和沈从文相知已逾半个世纪，解放前我们长期在一起生活和工作，我一直是他的学生和知心朋友。解放后他在城里搞文物考古工作，我一直留居乡下当教书先生，往来就很少。我一向惋惜他改了行，虽然他在文物考古方面取得了很卓越的成就，我总不免感到他"改行"对新文学是个可惋惜的损失，这次在四届文联全委会中我碰巧和他同房，促膝谈心的机会较多，他细谈了他最近在湖北江陵参观一座新发现坟墓的发掘整理工作情形，和所发现的珍贵丝织刺绣文物，在文化史方面所具有的重要意义，那种激昂赞叹的心情仍不减当年，令我想起："道逢曲车口流涎"和"大人者不失其赤子之心"那些老话来，私幸他一定长寿，并且前途无量。我近几年因译维柯的《新科学》，在研究古代原始社会，过去这方面知识太差，处处都感到"捉襟见肘"，就向他提出一些关于古代社会的问题，他不但引证他自己在研究文物中所取得的收获和启发，作了令人信服的解答，而且还指导我去看我国最近社会科学工作者在这方面的新论著，取得的不同的新成就，我从中认识到研究文学和美学已不能画地为牢，闭关自守，考古和研究古代社会也还是分内事，从文暂不写小说而专心文物考古，是迫于分工的需要，决不是改行。

散会回校后，我立即把从文送给我的《从文自传》（后附黄永玉画家的回忆录）读了一遍，对从文的文学成就稍有进一步的认识。他前半生一直在上学，受过严格的军事训练，小时是个相当顽皮的孩子。后逃学打架、泅水、爬城墙，爱探听穷苦人民怎样过生活，工人们怎样造纸、造锅碗，小商贩们怎样做买卖。他总结自己写的散文说："我上许多课。仍然不放下那一本大书。"指的就是深入人民群众的实际生活，他在《边城》题记里说他"对于农民、手工艺人与兵士，怀了不可言说的温爱"，因为他一生都在和穷苦的人民同呼吸，共命运，他能苦中作乐，乐中也嚼出苦味来，他亲身经历过近代中国的几次大骚动和大改革，从清朝那些败家子的胡作非为，北洋军阀的混战，直到五四运动以及孙中山和毛主席在艰难岁月里进行的以民主与社会主义为目标的革命，终于解放了全中国，从文先以边城穷乡的一个苗族的"老战兵"和司书，后以北京和青岛两大学的文学教师和文学编辑，带着一副冷眼睛和热心肠，一直孜孜不倦地废寝忘食地把亲身见证和感受到的一切，用他那一管流利亲切的文笔记录下来，赢得了广大读者的爱戴和专业同道的器重，决不是偶然的，他的刻苦习作的精神永远是青年作家的榜样。

当然，对从文不大满意的也大有人在，有人是出于私人恩怨，那就可"卑之无甚高论"。也有人在"思想性"上进行挑剔，从文坦白地承认自己只要求"作者有本领把道理包含在现象中"，"接近人生时绝不是所谓道德君子的感情"。我自己也一向坚持这种看法，所以对从文难免阿其所好，因此我也很欣赏他明确说出的下列理想：

"这世界上或有想在沙基上或水面上建造崇楼杰阁的人，那可不是我，我只造希腊小庙，选山地作基础，用坚硬的石头堆砌它，精致，结实，匀称，形体虽小而不纤巧，是我理想的建筑。这神庙供奉的是'人性'。"我相信从文在他的工作范围内实现了这个理想，我特别看出他有勇气提出"人性"这个别扭倒霉的字眼，可能引起"批判",好在我们仍坚持双百方针,就让仁者见仁,智者见智吧!在真理的长河中,是非就终究会弄明白的。

于今文学批评家们爱替作家们戴些空洞的帽子,这人是现实主义者,那人是浪漫主义者,这人是喜剧家,那人是悲剧家,如此等等。我感觉到这些相反的帽子安在从文头上都很合适,这种辩证的统一正足以证明从文不是一个平凡的作家,在世界文学史中终会有他的一席地。据我所接触到的世界文学情报,目前在全世界得到公认的中国新文学家也只有从文和老舍,我相信公是公非,因此有把握地预言从文的文学成就,历史将会重新评价,而他在历史文物考古方面的卓越成就,也只会提高而不会淹没或降低他的文学成就。

1982 年 6 月

(原载 1983 年《湘江文学》第 1 期)

以出世的精神，做入世的事业

——纪念弘一法师

弘一法师是我国当代我所最景仰的一位高士。一九二三年，我在浙江上虞白马湖春晖中学当教员时，有一次弘一法师曾游到白马湖访问在春晖中学里的一些他的好友，如经子渊、夏丏尊和丰子恺。我是丰子恺的好友，因而和弘一法师有一面之缘。他的清风亮节使我一见倾心，但不敢向他说一句话。他的佛法和文艺方面的造诣，我大半从子恺那里知道的。子恺转送给我不少的弘一法师练字的墨迹，其中有一幅是《大方广佛华严经》中的一段偈文，后来我任教北京大学时，萧斋斗室里悬挂的就是法师书写的这段偈文，一方面表示我对法师的景仰，同时也作为我的座右铭。时过境迁，这些纪念品都荡然无存了。

我在北平大学任教时，校长是李麟玉，常有往来，我才知道弘一法师在家时名叫李叔同，就是李校长的叔父。李氏本是河北望族，祖辈曾在清朝做过大官。从此我才知道弘一法师原是名门子弟，结合到我见过的弘一法师在日本留学时代的一些化装演剧的照片和听到过的乐曲和歌唱的录音，都有年少翩翩的风度，我才想到弘一法师少年时有一度是红尘中人，后来出家是看破红尘的。

弘一法师是一九四二年在福建逝世的，一位泉州朋友曾来信告诉我，弘一法师逝世时神智很清楚，提笔在片纸上写"悲欣交集"四个字便转入涅槃了。我因此想到红尘中人看破红尘而达到"悲欣交集"即功德圆满，是弘一法师生平的三部曲。我也因此看到弘一法师虽是看破红尘，却绝对不是悲观厌世。

我自己在少年时代曾提出"以出世精神做入世事业"作为自己的人生理想，这个理想的形成当然不止一个原因，弘一法师替我写的《华严经》偈对我也是一种启发。佛终生说法，都是为救济众生，他正是以出世精神做入世事业的。入世事业在分工制下可以有多种，弘一法师从文化思想这个根本上着眼。他持律那样谨严，一生清风亮节会永远严顽立懦，为民族精神文化树立了丰碑。

中日两国在文化史上是分不开的，弘一法师曾在日本度过他的文艺见习时期，受日本文艺传统的影响很深，他原来又具有中国传统文化的陶冶。我默祝趁这次展览①的机会，日本朋友们能回溯一下日本文化传统对弘一法师的影响，和我们一起来使中日交流日益发挥光大。

（选自《弘一法师》，文物出版社 1984 年 10 月版）

---

① 1980 年 12 月 7 日，中国佛教图书文物馆受中国佛教协会的委托，在北京法源寺举办了"弘一大师诞生一百周年书画金石音乐展"。这是作者为这次展览写的文章。——编者注

书评 杂论

《雨天的书》

　　周先生在《自序》里说："今年冬天特别的多雨。……想要做点正经的工作,心思散漫,好像是出了气的烧酒,一点味道都没有,只好随便写一两行,并无别的意思,聊以对付这雨天的气闷光阴罢了。"这是《雨天的书》命名所由来。从这番解释看来,"书"与"雨"像是偶然的凑合;但是实际上这并非偶然,除着《雨天的书》,这本短文集找不出更惬当的名目了。

　　这书的特质,第一是清,第二是冷,第三是简洁,你在雨天拿这本书看过,把雨所生的情感和书所生的情感两相比较,你大概寻不出分别,除非雨的阴沉和雨的缠绵。这两种讨人嫌的雨性幸而还没渗透到《雨天的书》里来。

　　在《苍蝇》篇里,作者引了小林一茶的一句诗:"不要打哪,苍蝇搓他的手,搓他的脚呢。"他接着说:"我读这一句常常想起自己的诗觉得惭愧,不过我的心情总不能达到那一步,所以也是无法。"在《自序》里,谈到这个缺憾,他归咎于气质境地说:"我近来作文极慕平淡自然的景地。但是看古代或外国文学才有此种作品,自己还梦想不到有能做的一天,因为这有气质境地与年龄的关系,不可勉强。像我这样褊急的脾气的人,生在中国这个时代,实在难望能够从容镇静地做出平和冲淡的文章来。"丁敬礼说:"文之工拙,吾自知之,后世谁相知定吾文者!"我们读周先生这一番话,固然不敢插嘴,但是总嫌他过于谦虚,小林一茶的那种闲情逸趣,周先生虽还不能比拟,而在现代中国作者中,周先生而外,很难找得第二个人能够做得清淡的小品文字。他究竟是有些年纪的人，还能领略闲中清趣。如今天下文人学者都在那儿著书或整理演讲集，谁有心思去理会苍蝇搓手搓脚！然而在读过装模做样的新诗或形容词堆砌成的小说（应该说"创作"）以后，让我们同周先生坐在一块，一口一口的啜着清茗，看着院子里花条虾蟆戏水，听他谈"故乡的野菜"，"北京的茶食"，二十年前的江南水师学堂，和清波门外的杨三姑一类的故事，却是一大解脱。

周先生自己说是绍兴人，没有脱去"师爷气"。他和鲁迅是弟兄，所以作风很相近。但是作人先生是师爷派的诗人，鲁迅先生是师爷派的小说家，所以师爷气在《雨天的书》里只是冷，在《华盖集》里便不免冷而酷了。《雨天的书》里谈主义和批评社会习惯的文字露出师爷气最鲜明，——尤其是从《我们的敌人》至《沉默》（95页至196页）二十几篇。这二十几篇文章未尝不好，但在全书中，未免稍逊一筹。作者的谐趣在本书前半表现得最好。比方《死之默想》篇中有一段说：

苦痛比死还可怕，这是实在的事。十多年前，有一个远房伯母，十分困苦，在十二月底想投河寻死，（我们乡间的河是经冬不冻的,）但是投了下去，她随即走了上来，说是因为水太冷了。

这就是我所谓"冷"。他是准备发笑的，可是笑到喉头就忍住了。有时候他也忍不住，要流露在面孔上来，比方他批评反对泰戈尔来华的人说：

这位梵志泰翁无论怎么样了不得，我想未必能及释迦文佛，要说他的演讲于将来中国的生活会有什么影响，我实在不能附和，——我悬揣这个结果，不过送一个名字，刊几篇文章，先农坛真光剧场看几回热闹，素菜馆洋书铺多一点生意罢了，随后大家送他上车完事，与罗素、杜威（杜里舒不必提了）走后一样。然而目下那些热心的人急急皇皇奔走呼号，好像是大难临头，不知到底怕的是什么。

这里他虽然好奇似的动了一动，却是还保存着一种轻视的冷静。

作者的心情很清淡闲散，所以文字也十分简洁。听说周先生平时也主张国语文欧化，可是《雨天的书》里面绝少欧化的痕迹。我对于国语文欧化颇甚怀疑。近代大批评学者圣伯夫（Sainte Beuve）说《罗马帝国衰亡史》著者吉本（Gibbon）的文字受法国的影响太深，所以减色不少。英、法文构造相似，法文化的英文犹且有毛病。中文与西文悬殊太远，要想国语文欧化，恐不免削足适履。我并非说中文绝对不可参以欧化，我以为欧化的分量不可过重，重则佶屈不自然。想改良国语，还要从研究中国文言文中习惯语气入手。想做好白话文，读若干上品的文言文或且十分必要。现在白话文的作者当推胡适之、吴稚晖、周作人、鲁迅诸先生，而这几位先生的白话文都有得力于古文的处所（他们自己也许不承认）。我们姑且在《雨天的书》中择几段出来：

我从小知道"病从口入祸从口出"的古训，后来又想涸迹于绅士淑女之林，更努力学为周慎。无如旧性难移，燕尾之服终不能掩羊脚,检阅旧书,满口柴胡,殊少敦厚温和之气。呜呼,我其终为"师爷派"矣乎?虽然,此亦属没有法子,我不必因自以为越人而故意如此,亦不必自因其为学士大夫所不喜而故意不如此。我有志为京兆人,而自然乃不容我不为浙人,则我亦随便而已耳。——《雨天的书》第5页。

妻同我商量,若子的兄姊十岁的时候,都花过十来块钱,分给用人并吃点东西当作纪念,去年因为筹不出这笔款,所以没有这样办,这回病好之后,须得设法来补做,并以祝贺病愈,她听懂了这会话的意思,便反对说,"这样办不好。倘若今年做了十岁,那么明年岂不就是十一岁么?"我们听了,不禁破颜一笑。——第33页。

喝茶当于瓦屋纸窗之下,清泉绿茶,用素雅的陶瓷茶具,同二三人共饮,得半日之闲,可抵十年的尘梦。喝茶之后,再去继续修各人的胜业,无论为名为利,都无不可,但偶然间片刻优游乃正亦断不可少,中国喝茶时多吃瓜子,我觉得不甚适宜;喝茶时可吃的东西应当是清淡的茶食。……江南茶馆中有一种干丝,用豆腐干切成细丝,加姜丝酱油,重汤燉热,上浇麻油,出以供客,其利益为堂倌所独有。豆腐干中本有一种茶干,今变而为丝,亦颇与茶相宜。——73页至74页。

稍读旧书的人大约都觉得这种笔调,似旧相识。第一例虽以拟古开玩笑,然自亦有其特殊风味?吴稚晖的散文的有趣,即不外乎此。现在我们不必评论是非,我们只说这种清淡的文章比较装模做样佶屈聱牙的欧化文容易引起兴味些。任凭新文学家们如何称赞他们的"创作"，我们普通的读者只能敬谢不敏的央求道："你们那样装模做样堆字积句的文章固然是美，只是我们读来有些头痛。你们不能说得简单明了些么？"

文学家们也许笑我们浅陋，顽固，但是我们都不管，我们有许多简朴的古代伟大作者，最近我们有《雨天的书》，——虽然这只是一种小品。

（原载1926年11月《一般》第1卷第3期）

《望舒诗稿》

一个"伴着孤岑的少年人","用他二十四岁的整个的心",在"晚云散锦残日流金"的时候,"彳亍在微茫的山径",看他自己的"瘦长的影子飘在地上","像山间古树的寂寞的幽灵"。那时寒风中正有雀声,他向那"同情的雀儿"央求:"唱啊,唱破我芬芳的梦境"!他抬头望见白云,心里像有什么像白云一样的沉郁,"而且要对它说话也是徒然的,正如人徒然向白云说话一样"。到"幽夜偷偷地从天末来"时,他对"已死美人"似的残月唱"流浪人的夜歌",祝他自己"与残月同沉"。他是一个"最古怪的"夜行者,"戴着黑色的毡帽,迈着夜一样静的步子"。他"走遍了嚣嚷的酒场,不想回去,好像在寻找什么"。他低声向"飘来一丝媚眼"说,"不是你","然后跄跄地又走向他处"。回到家时,他抱着陶制的烟斗,静听他的记忆"老讲着同样的故事",或是看他的梦"开出娇妍的花","金色的贝吐出桃色的珠";或是坐在"憧憬之雾的青色的灯"下"展开秘藏的风俗画"。这种幸福的夜不是没有它的灾星。他会整夜地作"飞机上的阅兵式",看"每个爱娇的影子","列成桃色的队伍",寻不着"什么地方去喘一口气"。

像一般少年,他最留恋的是春与爱。"春天已在斑鸠的羽上逡巡着了",他"撑着油纸伞,独自彷徨在悠长又寂寥的雨巷","希望逢着一个丁香一样地结着愁怨的姑娘"。他问路上的姑娘要"那朵簪在发上的小小的青色的花",或是和她唱和"残叶之歌",或是款步过那棵苍翠的松树,"它曾经遮过你的羞涩和我的胆怯",

或是邀她坐江边的游椅说:"啮着沙岸的永远的波浪,总会从你投出着的素足撼动你抿紧的嘴唇的"。但是他也经过爱的一切矛盾,虽是"一个可怜的单恋者",当一个少女开始爱他的时候,他"先就要栗然地惶恐",他告诉愿"追随他到世界的尽头"的人说:"你在戏谑吧!你去追平原的天风吧!"

他是"一个怀乡病者",他常"渴望着回返到那个如此青的天"。"小病的人嘴里感到莴苣的脆嫩,于是遂有了家乡小园的神往"。但是他有时自慰:"因为海上有青色的蔷薇,游子要萦系他冷落的家园吗?还有比蔷薇更清丽的旅伴呢。"因为他有怀乡病,对同病者特别同情。百合子向他微笑着,"这忧郁的微笑使他也坠入怀乡病里"。

这"辽远的国土的怀念者"原来是"青春和衰老的集合体"。他感觉最深刻的是中年人的悲哀。他"只愿在春天里活几朝",而他"心头的春花已不更开"。他"知道秋所带来的东西的重量"。从前在他耳边低声软语着"在最适当的地方放你的嘴唇"的,他已经记不清是樱子还是谁了。他自觉得是在唱"过时"的歌曲:

老实说,我是一个年轻的老人了:
对于秋草秋风是太年轻了,
而对于春月春花却又太老。

这是《望舒诗稿》里所表现的戴望舒先生和他所领会的世界。这个世界是单纯的,甚至于可以说是平常的,狭小的,但是因为是作者的亲切的经验,却仍很清新爽目。作者是站在剃刀锋口上的,毫厘的倾侧便会使他倒在俗滥的一边去。有好些新诗人是这样地倒下来的，戴望舒先生却能在这微妙的难关上保持住极不易保持的平衡。他在少年人的平常情调与平常境界之中嘘咈出一股清新空气。他不夸张，不越过他的感官境界而探求玄理；他也不掩饰，不让骄矜压住他的"维特式"的感伤。他赤裸裸地表现出他自己——一个知道欢娱也知道忧郁的，向新路前进而肩上仍背有过去的时代担负的少年人。他表现出他的美点和他的弱点，他的活泼天真和他的彷徨憧憬。他的诗在华贵之中仍保持一种可爱的质朴自然的风味。像云雀的歌唱，他的声音是触兴即发，不假着意安排的。

戴望舒先生最擅长的是抒情诗，像一切抒情诗的作者，他的世界中心常是他自己。他的《诗稿》中除掉一两首可能例外，如《妾命薄》之类，似全是他自己的生活片段集锦。在感觉方面他偏重视觉，虽然他论诗主张"诗不是某一官感的享乐"；在情感方面他集中于"桃色的队伍"，虽然他有一位留"断指"做纪念的朋友；在想象方面他欢喜搬弄记忆和驰骋幻想，他在"古神祠前"看他的蛛脚似的思量：

从苍翠槐树叶上，
它轻轻地跃到
饱和了古愁的钟声的水上。

他在烟卷上笔杆上酒瓶上证实记忆的存在。一般诗人以至于普通人所眷恋的许多其他方面的人生世相似乎和戴望舒先生都漠不相关。读过《望舒诗稿》以后，我们不禁要问：戴望舒先生的诗的前途，或者推广说整个的新诗的前途，有无生展的可能呢？假如可能，它大概是打哪一个方向呢？新诗的视野似乎还太窄狭，诗人们的感觉似乎还太偏，甚至于还没有脱离旧时代诗人的感觉事物的方式。推广视野，向多方面作感觉的探险，或许是新诗生展的惟一路径。归根究竟，做诗还是从生活入手。

戴望舒先生所以超过现在一般诗人的我想第一就是他的缺陷——他的单纯，其次就是他的文字的优美。诗人的理论往往不符他的实行。读完《望舒诗稿》之后看到附录的《诗论零札》，我们不免要惊讶。他的开章明义就是：

一、诗不能借重音乐，它应该丢去了音乐的成分。
二、诗不能借重绘画的长处。

他的许多新形式的尝试（如《十四行》、《雨巷》、《记忆》、《烦忧》之类）和许多可爱的描写句不都是这两个原则的反证么？

戴望舒先生对于文字的驾驭是非常驯熟自然，但是过量的富裕流于轻滑以至于散文化，也在所不免。《我的记忆》除头二段以外大半近于 prosaic（散文体的），《林下小语》中的：

你到山上觅珊瑚吧，
你到海底觅花枝吧；

之类诗句虽然有它的可爱处，也很容易流于轻易。像《生涯》里的

人间天上不堪寻。
人间伴我惟孤苦。

和《残花的泪》里的

> 寂寞的古园中,
> 明月照幽素,
> 一枝凄艳的残花
> 对着蝴蝶泣诉。

之类似乎太带旧诗气味了。在《乐园鸟》中,亚当夏娃被逐的花园据说是在"天上",似亦有斟酌的余地。不过这都是小疵。就全盘说,《望舒诗稿》的文字是很新鲜的,有特殊风格的。

(原载1937年5月《文学杂志》第1卷第1期)

《桥》

废名先生开始写《桥》是十四年十一月，到十九年终写完上半部，二十一年在开明书店初版出世。此后他断断续续地写了几章，在《新月》、《文学》等刊物发表。据他预定的计划，已出书及陆续发表的部分至多仅占全书的一半，在这几年中完成《桥》的工作一个念头在他心头是一个重负。他近来的兴趣已逐渐由文艺创作转变到他自己所认为更重要的悟理证道一方面去，但仍时时惦念着完成《桥》一件未了心愿。现在他决计费一年左右的光阴把《桥》续成，陆续付本刊发表。趁这个机会，我们就已发表的一部分《桥》来谈谈，借以提醒读者的记忆。

读小说的人常要找故事，《桥》几乎没有故事。主角程小林在十二岁那年春夏间放学回家，在路上掐金银花，看见树脚下有一位放牛的小姑娘琴子，就伸手送她一串花。她的奶奶认识小林和琴子原来有"通家"之谊，于今小林的父亲和琴子的母亲都已去世了，单剩下这两个"孤儿"。于是小林就被邀到史家庄——琴子的家——去玩。上篇所写的就是小林的乡塾生活以及他和琴子来往的"两小无猜"天真烂漫的情状。下篇展开时，小林已经不是在私塾中提笔在水壶上写"程小林之水壶"那个小林了，是走了几千里路回来可以出口就诵莎士比亚的名句的少年公子了。他回到史家庄，久别之后所会见的琴子"无论如何已是昔日之人"，但是"他们俩的会见只费一转眼，而这一转眼傲然是一'点睛'，点在各人久已画在心上的一条龙，龙到这时才真活了，再飞了也不要紧"。

琴子之外，他也会见了细竹，当年的"小东西""竟在他的瞳孔里长大了"。她比琴子小两岁，和琴子只是堂姊妹，却"相依为命"，看来像是嫡亲姊妹。下篇所写的就是小林混在这两位姊妹行中度牧歌式的乡村岁月，三月三望鬼火，夜里提灯看桃花，到"头发林"里披发，下河洗衣，编杨柳球，清明上坟，往花红山看映山红，下雨天坐在房里谈草谈山谈伞，上八丈亭佛庙里坐蒲团，画画，裹粽子过端阳。这种快乐的日子在各人心中却都不免掩藏着几分苦恼。细竹始终是天真烂漫，但是心里总觉得和琴子不是嫡亲姊妹。琴子有时"想小林又是同细竹一块儿玩去了，恨不得把这丫头一下就召回来，大责备一顿"。小林回来，称赞"细竹真好比一个春天，一举一动总来得那么豪华"，琴子警告他"以后不要同细竹玩"，"她轻轻这一说又把他说哭了。她也哭了。"上部所给我们的故事线索仅仅如此。

下部只写成了六段。正是早秋。小林、琴子、细竹三人去朝天禄山，天禄山有山有海，有红叶，山上有个鸡鸣寺，他们要在这寺里住一月半月。在山上他们遇见牛大千小千两姊妹，彼此成了情投意合的游伴。牛家姊妹住她们自己的别墅"扫月堂"，离鸡鸣寺不远。他们五人就在这两处往还。以后的事"且听下文分解"了。

我们为读者的方便，把这故事的线索这样抽绎出来，其实它对于全书的了解并不十分重要。这书虽沿习惯叫做"小说"，实在并不是一部故事书。把文学艺术分起类来，认定每类作品具有某几种原则或特征，以后遇到在名称上属于那一类的作品，就拿那些原则或特征为标准来衡量它，这是一般批评家的惯技，也是一种最死板而易误事的陈规。在从前，莎士比亚的悲喜杂糅的诗剧被人拿悲剧的陈规抨击过；在近代，自由诗，散文诗，"多音散文"以及乔伊斯和吴尔夫夫人诸人的小说也曾被人拿诗和小说的陈规抨击过。但是真正的艺术作品必能以它们的内在价值压倒陈规而获享永恒的生命。对于《桥》，我们所要问的不是它是否合于小说常规而是它究竟写得好不好，有没有新东西在里面。如果以陈规绳《桥》，我们尽可以找出许多口实来断定它是一部坏小说；但是就它本身看，它虽然不免有缺点，仍可以说是"破天荒"的作品。它表面似有旧文章的气息，而中国以前实未曾有过这种文章；它丢开一切浮面的事态与粗浅的逻辑而直没入心灵深处，颇类似普鲁斯特与吴尔夫夫人，而实在这些近代小说家对于废名先生到现在都还是陌生的。《桥》有所脱化而却无所依傍，它的体裁和风格都不愧为废名先生的特创。看惯现在中国一般小说的人对于《桥》难免隔阂；但是如果他们排除成见，费一点心思把《桥》看懂以后，再去看现在中国一般小说，他们会觉得许多时髦作品都太粗疏浮浅，浪费笔墨。读《桥》不是易事，它逼得我们要用劳力征服，征服的倒不是书的困难而是我们安于粗浅的习惯。正因为这一层，读《桥》是一种很好的文学训练。

像普鲁斯特与吴尔夫夫人诸人的作品一样，《桥》撇开浮面动作的平铺直叙而着重内心生活的揭露。不过它与西方近代小说在精神上实有不同，所以不同大概要归原于民族性对于动与静的偏向。普鲁斯特与吴尔夫夫人借以揭露内心生活的偏重于人物对于人事的反应，而《桥》的作者则偏重人物对于自然景物的反应；他们毕竟离不开戏剧的动作，离不开站在第三者地位的心理分析，废名所给我们的却是许多幅的静物写生。"一幅自然风景"，像亚弥儿所说的，"就是一种心境"。他渲染了自然风景，同时也就烘托出人物的心境，到写人物对于风景的反应时，他只略一点染，用不着过于铺张的分析。自然，《桥》里也还有人物动作，不过它的人物动作大半静到成为自然风景中的片段，这种动作不是戏台上的而是画框中的。因为这个缘故，《桥》里充满的是诗境，是画境，是禅趣。每境自成一趣，可以离开前后所写境界而独立。它容易使人感觉到"章与章之间无显然的联络贯串"。全书是一种风景画簿，翻开一页又是一页，前后的景与色调都大同小异，所以它也容易使人生单调之感，虽然它的内容实在是极丰富。

废名先生不能成为一个循规蹈矩的小说家，因为他在心理原型上是一个极端的内倾者。小说家须得把眼睛朝外看，而废名的眼睛却老是朝里看；小说家须把自我沉没到人物性格里面去，让作者过人物的生活，而废名的人物却都沉没在作者的自我里面，处处都是过作者的生活。小林，琴子，细竹三个主要人物都没有明显的个性，他们都是参禅悟道的废名先生。《桥》颇易令人联想到梅特林克的名剧本 Péleas et Mélisand，所写的好像也是一种三角恋爱，而氛围气息却没有一点人间烟火气；其中主角虽都是青年，而每人身上却都像背有百岁人的悲哀的重负与老于世故者的彻悟。《桥》是在许多年内陆续写成的，愈写到后面，人物愈老成，戏剧的成分愈减少而抒情诗的成分愈增加，理趣也愈浓厚。

"理趣"没有使《桥》倾颓，因为它幸好没有成为"理障"。它没有成为"理障"，因为它融化在美妙的意象与高华简练的文字里面。《桥》的"文章之美"，世已有定评（参看知堂先生的序以及《新月》第四卷第五期灌婴先生的评）。关于这一层，我们只提出两点意思。

废名最钦佩李义山，以为他的诗能因文生情。《桥》的文字技巧似得力于李义山诗。举几个例来说。

蛇出乎草，——孩子捏了蛇尾巴。小小长条黑色的东西，两位姑娘草意微惊。(《路上》)

渐渐放了两点红霞——可怜的孩子眼睛一闭："我将永远是一个瞎子。"顷刻之间无思无虑。"地球是有引力的。"莫明其妙的又一句，仿佛这一说苹果就要掉了下来，他就在奈端的树下。(《天井》)

小林站着那个台阶，为一棵松荫所遮，回面认山门上的石刻"鸡鸣寺"三字，刹时间，伽蓝之名为他脱出空华，"花冠间上午墙啼"，于是一个意境中的动静，大概是以山林为明镜，羽毛自见了。(《荷叶》)

这些都是"跳"，废名所说的"因文生情"，而心理学家所说的联想的飘忽幻变。《桥》的美妙在此，艰涩也在此。《桥》在小说中似还未生影响，它对于卞之琳一派新诗的影响似很显著，虽然他们自己也许不承认。

在《树》那一章里小林赞赏细竹的谈话说："厌世者做的文章总美丽。"《桥》的基本情调虽不是厌世的而却是很悲观的。我们看见它的美丽而喜悦，容易忘记它后面的悲观色彩。也许正因为作者内心悲观，需要这种美丽来掩饰，或者说，来表现。废名除李义山诗之外，极爱好六朝人的诗文和莎士比亚的悲剧，而他在这些作品里所见到的恰是"愁苦之音以华贵出之"。《桥》就这一点说，是与它们通消息的。在《诗》那一章里，小林问琴子细竹怎么不折花回来，她们本是说出去折花，回来却空手，一听这话，双双的坐在那桌子的一旁把花红山回看了一遍，而且居然动了探手之情！所以，眼睛一转，是一个莫可如何之感。

　　古人说："镜里花难折"，可笑的是这探手之情。

我们读完《桥》，眼中充满着镜花水月，可是回想到"探手之情"，也总不免"是一个莫可如何之感"。

（原载 1937 年 7 月《文学杂志》第 1 卷第 3 期）

八十年代初，在北大家中

1985年，接受香港大学黄丽松校长颁发的名誉博士证书

《谷》和《落日光》

像许多青年作家，芦焚先生是生在穷乡僻壤而流落到大城市里过写作生活的。在现代中国，这一转变就无异于陡然从中世纪跌落到现世纪，从原始社会搬到繁复纷扰的"文明"社会。他在二三十年中在这两种天悬地隔的世界里做过居民。虽然现在算是在大城市里落了籍，他究竟是"外来人"，在他所丢开的穷乡僻壤里他才真正是"土著户"。他陡然插足在这光彩眩目喧聒震耳的新世界里，不免觉得局促不安；回头看他所丢开的充满着忧喜记忆的旧世界，不能无留恋，因为它具有牧歌风味的幽闲，同时也不能无憎恨，因为它流播着封建式的罪孽。他也许还是一位青年，但是像那位饱经风霜的"过岭"者，心头似已压着忧患余生的沉重的担负。我们不敢说他已失望，可是他也并不像怀着怎样希望。他骨子里是一位极认真的人，认真到倔强和笨拙的地步。他的理想敌不住冷酷无情的事实，于是他的同情转为忿恨与讽刺。他并不是一位善于讽刺者，他离不开那股乡下人的老实本分。

读过《谷》和《落日光》以后，我们收拾零乱的印象，觉得它们的作者仿佛是这么样的一个跨在两个时代与两个世界的人。这点了解也许可以帮助我们化除一些不调和的感觉，——读这两部作品时，不调和的感觉是不免要不断地产生。

论题材，它们的来源大部分是近代文明在侵入而尚未彻底侵入的乡村和乡镇。像《落日光》里的"沉浸在落寞的古老情调里"的田庄，像在关圣大帝的神道前挂着红布花球写着"有求必应"的大槐树旁的庞府，像《牧歌》里老马干和印迦姑娘拦路同部落头目的队伍鏖战的小山冈，或是小茨儿和退伍老兵在酷热天气所爬过的蜈蚣岭，像江湖客和小二对头痛饮的小旅店，这些都可以说是芦焚先生的"老家"，在这些地方和这些地方的人物中他显得最家常亲切。但是此外芦焚先生还有一个"客寓"，上面是刷着崭新的白垩和油漆招牌的。在这个另一世界里我们遇到的是狱里墙壁上用指甲刻新诗的青年志士，是侮辱女同志以反动罪名吓人的委员，是唱沙哑歌声的帝国儿郎，是在黄昏中并肩散步合念着"由崎岖的爱的路而直达永恒"的少爷小姐。这些人物在全部作品所烘托出来的气氛之中，有如西装少年拈香礼佛，令人感到不伦不类。这倒不能怪芦焚先生，因为他所经历的本来就是这种不伦不类的世界。

芦焚先生的世界虽是新旧杂糅的，其中人物的原型却并不算多，他们大部分是受欺凌压迫者，或是受命运揶揄者像《头》里的孙三，《谷》里的洪匡成，《牧歌》里的雷辛及其他被蹂躏者无辜地惨遭残杀，永远没有申冤的日子，是一种；像《过岭记》里的退伍老兵，《人下人》里的叉头，《鸟》里的易瑾，《金子》里的孟天良和金子自己以及和候鸟同来去的卖香荽的江湖客，都经历尽人生的险艰而到头终无去向，是另一种。在这些人物的描写中，作者似竭力求维持镇静，但他的同情，忿慨，讥刺，和反抗的心情却处处脱颖而出。因为这一点情感方面的整一性，《谷》和《落日光》在表面上虽有许多不调和的地方，却仍有一贯的生气在里面流转。也正因为这个缘故，读芦焚颇近读 Hardy，我们时时觉得在沉闷的气压中，有窒息之苦。

读《谷》和《落日光》不是一件轻快的事。一泻直下，流利轻便，这不是芦焚先生的当行本色。他爱描写风景人物甚于爱说故事。在写短篇小说时,他仍不免没有脱除写游记和描写类散文的积习。有时这固然是必需的,离开四围景物的描写,我们不能想象有什么方法可以烘托出《过岭记》或《落日光》里的空气和情调。但是在芦焚先生的大部分的作品里,描写多于叙述时,读者不免觉到描写虽好,究竟在故事中易成累赘。这也许是读者的错过,《谷》和《落日光》也许根本就不应该只当作短篇小说看的。

每个作者都有他自己的一条路,我想芦焚先生的正路是《谷》,《过岭记》,《人下人》,《落日光》,《牧歌》,《金子》,《江湖客》数篇所指示的。他最擅长的是单锋直入,在同一氛围空气中写出同一类的人物的厄运。在《头》里他似乎尝试另一风格,要左顾右盼,声东击西,结果不免错杂零乱。错杂零乱的文章自然有它的好处,《头》在这方面的尝试也不能说是失败,但究竟也不能说是完全的成功。主角只是孙三一个人,其余许多人物都仿佛成为工具或傀儡。不过说来说去,这篇文章究竟难能可贵,没有人舍得割弃它的。这句话却未必能应用到《一日间》,《一片土》,《父与子》之类偏重讽刺的作品。我想芦焚先生最好把这块田地留给老舍。

我读芦焚先生的作品和读萧军先生的作品是同时的。这两位新作家都以揭露边疆生活著称,对于受压迫者都有极丰富的同情,对于压迫者都有极强烈的反抗意识,同时,对于自然与人生,在愤慨之中仍都有几分诗人的把甘苦摆在一块咀嚼的超脱胸襟。但是他们在风格上有一个重要的异点;萧军在沉着之中能轻快,而芦焚却始终是沉着。这种分别,我们只要拿萧军的《江上》和《同路人》同芦焚的《过岭记》和《金子》一比较,就可以明白。自然,萧军也有笨重的地方,《羊》的头一部分就是特例;芦焚也有轻快的地方,《谷》就是特例。不过特例终于是特例,两人的分别终于是很显然的。因为这个原故,读芦焚总比读萧军费力。萧军的好处马上就可以吸引读者的注意,芦焚的好处是要读者费一番挣扎才能察觉的。

(原载1937年8月《文学杂志》第1卷第4期)

论自然画与人物画

——凌叔华作《小哥儿俩》序

我认识《小哥儿俩》的作者已经十余年了,已往虽然零星的读过她的几篇作品,可是直到今天才有福分把《小哥儿俩》从头到尾仔细看了一遍。想到梅特林和他的姐姐在一块儿住了三十多年,一直到他母亲临死的那一刻,才认识她向未呈现的一种面目那一个故事,我心里感到一种喜悦,如同一个人在他也久住的家乡突然发现某一角落的新鲜境界一样。

作者自言生平用功夫较多的艺术是画,她的画稿大半我都看过。在这里面我所认识的是一个继承元明诸大家的文人画师,在向往古典的规模法度之中,流露她所特有的清逸风怀和细致的敏感。她的取材大半是数千年来诗人心灵中荡漾涵泳的自然。一条轻浮天际的流水衬着几座微云半掩的青峰,一片疏林映着几座茅亭水阁,几块苔藓盖着的卵石中露出一丛深绿的芭蕉,或是一湾谧静清莹的湖水的旁边,几株水仙在晚风中回舞。这都自成一个世外的世界,令人悠然意远。看她的画和过去许多人的画一样,我们在静穆中领略生气的活跃,在本色的大自然中找回本来清净的自我。这种怡情山水的生活,在古代叫做"隐逸",在近代有人说是"逃避",它带着几分"出世相"的气息是毫无疑问的;但是另一方面看,这也是一种"解放"。人为什么一定要困在现实生活所画的牢狱中呢?我们企图作一点对于无限的寻求,在现实世界之上创造一些易与现实世界成明暗对比的意象的世界,不是更能印证人类精神价值的崇高么?

但是这里有一个问题:这种意象世界是否只在远离人境的自然中才找得出呢?我想起二十年前的电车里和我的英国教师所说的一番话。他带我去看国家画像馆里的陈列,回来在电车上问我的印象,我坦白地告诉他:"我们一向只看山水画,也只爱看山水画,人物画像倒没有看惯,不大能引起深心契合的乐趣。我不懂你们西方人为什么专爱画人物画。"他反问我:"人物画何以一定就不如山水画呢?"我当时想不出什么话回答。那一片刻中的羞愧引起我后来对于这个问题不断的注意。我看到希腊造形艺术大半着眼在人物,就是我们汉唐以前的画艺的重要的母题也还是人物;我又读到黑格尔称赞人体达到理想美的一番美学理论,不免怀疑我们一向着重山水看轻人物是一种偏见,而我们的画艺多少根据这种偏见形成一种畸形的发展。在这时我特别注意到作者所说的倪云林画山水不肯着人物的故事,这可以说是艺术家的"洁癖",一涉到人便免不掉人的肮脏恶浊。这种"洁癖"是感到人的尊严而对于人的不尊严的一面所引起的强烈的反抗,"掩鼻而过之",于是皈依于远离人境的自然。这倾向自然不是中国艺术家所特有的,可是在中国艺术家的心目中特别显著。我们于此也不必妄作解人,轻加指摘。不过我们不能不明白这些皈依自然在已往叫做"山林隐逸"的艺术家有一种心理的冲突——理想与现实的冲突,或者说,自然与人的冲突——而他们只走到这冲突两端中的一端,没有能达到黑格尔的较高的调和。为什么不能在现实人物中发现庄严幽美的意象世界呢?我们很难放下这一个问题。放下但丁、莎士比亚和曹雪芹一班人所创造的有血有肉的人物不说,单提武梁祠和巴惕楞(Parthenon)的浮雕,或是普拉克什特理斯(Praxiteles)的雕像和吴道子的白描,它们所达到的境界是否真比不上关马董王诸人所给我们的呢?我们在山林隐逸的气氛中胎息生长已很久了,对于自然和文人画已养成一种先天的在心里伸着根的爱好,这爱好本是自然而且正常的,但是放开眼睛一看,这些幽美的林泉花鸟究竟只是大世界中的一角落,此外可欣喜的对象还多着哟。我们自己——人——的言动笑貌也并不是例外。身分比较高的艺术家,不尝肯拿他们的笔墨在这一方面点染,不能不算是一种缺陷。

我在谈《小哥儿俩》,这番讨论自然画与人物画的话似乎不很切题,其实我的感想也有一种自然的线索,作者是文学家也是画家,不仅她的绘画的眼光和手腕影响她的文学的作风,而且我们在文人画中所感到的缺陷在文学作品中得到应有的弥补。从叔华的画稿转到她的《小哥儿俩》,正如庄子所说的"逃空谷者闻人足音跫然而喜"。在这里我们看到人,典型的人,典型的小孩子像大乖、二乖、珍儿、凤儿、枝儿、小英,典型的太太姨太太像三姑的祖母和婆婆,凤儿家的三娘以至于六娘,典型的佣人像张妈,典型的丫鬟像秋菊,跄跄来往,组成典型的旧式的贵族家庭,这一切人物都是用画家笔墨描绘出来的,有的现全身,有的现半面,有的站得近,有的站得远,没有一个不是活灵活现的。小说家的使命不仅在说故事,尤其在写人物,一部作品里如果留下几个叫人一见永不能忘的性格,像《红楼梦》里的王凤姐和刘姥姥,《儒林外史》里的马二先生和严贡生,那就注定了它的成功,如果这个目标不错,我相信《小哥儿俩》在现代中国小说中是不可多得的成就。

像题目所示的《小哥儿俩》所描写的主要的是儿童,这一群小仙子圈在一个大院落里自成一个独立自足的世界,有他们的忧喜,他们的恩仇,他们的尝试与失败,他们的诙谐和严肃,但是在任何场合,都表现他们特有的身份证:烂漫天真,大乖和二乖整夜睡不好觉,立下坚决的誓愿要向吃了八哥的野猫报仇,第二天大清早起架起天大的势子到后花园去把那野猫打死,可是发现它在喂一窝小猫儿的奶,那些小猫太可爱了,太好玩了,于是满腔仇恨烟消云散,抚玩这些小猫。作者把写《小哥儿俩》的笔墨移用到画艺里面去,替中国画艺别开一个生面。我始终不相信莱辛(Lessing)的文艺只宜叙述动作,造形艺术只宜描绘静态那一套理论。

作者写小说像她写画一样,轻描淡写,着墨不多,而传出来的意味很隽永。在这几篇写小孩子的文章里面,我们隐隐约约地望见旧家庭里面大人们的忧喜恩怨。他们的世故反映着孩子们的天真,可是就在这些天真的孩子们身上,我们已开始见到大人们的影响,他们已经在模仿爸爸妈妈哥哥姐姐们玩心眼。我们不禁联想到华兹华斯的名句:

> 你的心灵不久也快有她的尘世的累赘了。习俗躺在你身上带着一种重压,像霜那么沉重,几乎像生命那么深永!

像每一个真正的艺术家,作者是不肯以某一种单纯的固定的风格自封的。我特别爱好《写信》和《无聊》那两篇,它们显示作者的另一作风。《写信》全篇是独语,不但说了一个故事,描写了一个性格,还把那主人翁——张太太——的心窍都披露出来。这是布朗宁(Browning)和艾略特(T. S. Eliot)在诗中所用的技巧,用在小说方面还不多见。我相信这种写法将来还有较大的前途。《无聊》是写一种mood(情绪),同时也写了一种atmosphere(氛围),写法有时令人联想到曼斯菲尔德(Mansfield),很细腻很真实。"终日驱车走,不见所问津",古人推为名句。这篇小说很有那两句诗的风味。

我总得再说一遍,这部《小哥儿俩》对于我是一个新发见,给了我很大的喜悦。我相信许多读者会和我有同感。

1945 年 3 月于嘉定

(原载 1946 年 5 月《天下周刊》创刊号)

"舍不得分手"

我只读过《日出》而没有看到它上演，依我想，它演起来一定比读起来更生动。经得演的戏不一定经得读，经得读的戏也不一定经得演。曹禺先生对于空气的渲染，剧境的制造，性格的描绘以及对话的衡量都很拿手，这些都是上演成功的要素，假如演员合乎理想，《日出》定是一个痛快淋漓的作品。不过读剧者有余暇揣摩斟酌，他的冷静的头脑不易被一顷刻间的生动情境所卷进去，就不免瞻前顾后，较量到剧情与性格的起伏生展，以及作者对于人生的深一层的观照种种问题。一较量到这些问题，曹禺先生的艺术似乎离老练成熟还有些距离。这里我只说个人读《日出》后所感到的一些欠缺。

在布局方面，《日出》有三条线索：第一是主角陈白露抛弃方达生而沦落到城市淫奢恶毒生活的旋涡里，终于因负债失望而自杀；第二是一位乡下姑娘"小东西"因反抗卖身于土豪金八而求庇于陈白露，终于被地痞黑三架去，卖到一个三等妓院里，后来因不堪凌虐而自杀；第三是陈白露所依靠的财神大丰银行经理潘月亭因投机买债券失败而打好了自杀的计算。其余一切剧情都是这三个线索的附带的穿插。这三个线索之中，第二个关于"小东西"的一段故事和主要动作实在没有必然的关联，它是一部可以完全独立的戏。它在《日出》里最大的功用只在帮助方达生——也许和陈白露——多了解一层城市生活的罪恶。但是曹禺先生并没有把这节外枝叶和本干打成一片，它在《日出》里只能使人起骈姆枝指之感。

如果把有关这段故事的部分——第一幕后部以及第三幕全部——完全割去,全剧不但没有损失,而且布局更较紧凑。第三幕毛病很多,它的四方八面的烘染比较宜于电影而不易表演于剧台,并且就很怀疑曹禺先生对于他所写的北方三等妓院有正确深刻的认识。

  曹禺先生对于第三幕不肯割爱的苦衷,我们也不难想象到。割去第三幕,全剧就要变成一篇独幕剧,他在附注里虽然声明"第三四幕发生的时间是在第一二幕一星期后",其实割去第三幕之后,把附带的穿插略加更动——如银行小书记黄省三失业而毒杀全家人之类——《日出》是很容易改成独幕剧的。剧景始终是"在××旅馆的一间华丽的休息室内",重要的剧情也并没有改场换面的必要。曹禺先生便把一篇独幕剧的材料做成一篇多幕剧,于是插进本非必要的第三幕来改换一下场面,又把第四幕的时间不必要地移后一星期。这虽是一种救济,可是也暴露出这部戏的基本的弱点。《日出》的主要阵容根本没有生展,陈白露失望自杀的阵容从第一幕就布好,——作者不是常提起那瓶安眠药?《日出》的性格根本没有生展,陈白露始终是一位堕落的摩登少女,方达生也始终是一位老实呆板令人起喜剧之感的书呆子。《日出》所用的全是横断面的描写法,一切都在同时间之内摆在眼前,各部分都很生动痛快,而全局却不免平直板滞。

  最后,我读完《日出》,想到作剧的一个根本问题,就是作者对于人生世相应该持什么样的态度,他应该很冷静很酷毒地把人生世相的本来面目揭给人看呢?还是送一点"打鼓骂曹"式的义气,在人生世相中显出一点报应昭彰的道理来,自己心里痛快一场,叫观众看着也痛快一场呢?对于这两种写法我不敢武断地说哪一种最好,我自己是一个很冷静的人,比较欢喜第一种,而不欢喜在严重的戏剧中尝甜蜜。在《日出》中我不断地尝到义愤发泄后的甜蜜。"小东西"不肯受金八的蹂躏,下劲打他一耳光,我——一个普通的观众——看得痛快;她不受阿根的欺侮,又下劲打他一耳光,那是我亲眼看见的,更觉得痛快。不过冷静下来一想,这样勇敢的举动和憨痴懦弱的"小东西"的性格似不完全相称,我很疑心金八和阿根所受的那几个巴掌,是曹禺先生以作者的资格站出来打的。李石清裁去了黄省三,逼得他失业,毒杀全家,图谋自杀。潘月亭听到债券大涨的消息,不怕李石清漏掉他的底细,当面臭骂他一顿。但是不转瞬间电话机一响,债券大落了。李石清马上就回敬潘月亭一顿臭骂,继着就是疯狂的黄省三出场揶揄李石清。古话说得好,"善恶报应,就在眼前"。我——一个普通的观众一看到这里,觉得痛快,觉得要金圣叹来下一句眉批:"读此当浮一大白!"但是这究竟是小说,实际上在这个悲惨世界里,有冤不得伸,有仇不得报,哑口吃黄连,苦在心里,是比较更平常的事。陈白露堕落失望,自杀;"小东西"不堪妓院的虐待,自杀;潘月亭投机失败,自杀;黄省三失业没有方法养家活口,自杀。人反正不过是一条命,到了绝路便能够自杀毕竟也还是一件痛快事,但是这究竟也还是小说,是电影。实际上在这个悲惨世界里这条命究竟不是可以这样轻易摆布得去,有许多陈白露在很厌倦地挨他们的罪孽的生命,有许多"小东西"很忠于职守地卖她们的皮肉,有许多潘月亭翻了一个筋头又成了好汉,大家行尸走肉似地在悲剧生活中翻来覆去,而没有意识到自己是在演悲剧。这就是我们时代的最大的悲剧。在第三幕附注中曹禺先生告诉我们他不肯因为"叫'太太小姐们'看着舒服些"而救"小东西"的命,他能说几句话,我相信他多少能够接收我这一点拙见。可是在实际上,"叫'太太小姐们'看着舒服些",对于作剧家是一个很大的引诱,而曹禺先生也恐怕在无意之中受了这种引诱的迷惑。

《日出》的布景与命题显然有一种象征的意义。我们看完《日出》,不能不问:黑暗去了,光明来了,以后的事情究竟怎样呢?方达生在最后一幕收场所给我们的希望是:"我们要一齐做点事,跟金八拼一拼。"这不能不使我们觉得这是一种"倒降顶点"(anti-climax)。偌大的来势就落到这么一个收场么?杀了金八,就能把这个黑暗世界改成光明的么?我们觉得,方达生那么一个心有余而力不足的书呆子实在不能担当《日出》以后的重大责任。他的性格应该写得比较聪明活泼些,比较伟大些。他对于阿根所鄙弃的提夯杵唱夯歌的劳动阶级,应该不仅只有一种书生的同情,应该还有一种有组织有计划的关联。曹禺先生所暗示的一线光明始终是在后台,始终是一种陪衬。我们不能使它更较密切地和主要动作打成一片,甚至于特别留一幕戏的地位给它么?

以上都是对于贤者求全责备的话。让这一面之辞发表出去,对于《日出》实在不很公平。《日出》有许多好处,如果我有时间和篇幅,我可以做一篇比这篇较长的文章来写我对于它的赞赏。不过我想"捧场"的话,对于曹禺先生这样一个有希望的聪明作家是不必需的。以他那一管伶俐生动的笔,我们有理由盼待更完善的作品出来。我真有些舍不得放下笔,他所描写的那一群活灵活现的坏蛋——张乔治,阿根,潘月亭,李石清,尤其是那个顾八奶奶和他的"面首"胡四——真叫人舍不得分手!

(原载 1937 年 1 月 1 日天津《大公报·文艺》第 276 期)

朱佩弦先生的《诗言志辨》

佩弦先生治中国文学史，下过三十年左右的工夫，所研讨的问题甚多，搜集的材料甚丰富，获得的创见也不是三言两语所可说完。因为谨严是他的本性，大部分记录都还没有整理发表，他自己认为还要经过更缜密的搜索和更成熟的思考。我个人所特别惋惜的是他对于陶诗下过那么多年的工夫而没有写下他的意见。前两年我写过一篇《陶渊明》就正于他，他回信说在大体上赞同我的看法，但是在一些枝节问题上他的结论不同，希望将来有机会详细说出，可是至今没有说出而就长辞人世了。这只是一个事例，他的像这样留着没有说出的话还不知凡几。此后十年二十年应该是他的秋收时期。可是老天偏吝惜这十年二十年不给他，这犹如秋收前的风雨灾害，叫辛辛苦苦培养起的东西一旦化为乌有。我们所应追悼的不仅是从私交方面追悼他个人，尤其是从学术方面追悼他的著述没有时间完成。我想趁这个机会挑出他的最近的一部学术著作《诗言志辨》来作一个简单的介绍，使读者对于他治学方面所表现的谨严的精神和缜密的方法可以约略窥见一斑。

《诗言志辨》原拟名为《诗论释辞》，后来因为书中四篇论文全以《诗言志》一个意念为中心，所以改用今名。它是对于文学批评史的一种重要的贡献。近三十年来中国学者很出了一些文学批评史的书籍。这些著述大半以时代为中心，把每时代的文艺主张和见解就散见于当时文献中的七拼八凑地集拢起来，作一个平铺的叙述。这种体例有两个大毛病。第一，就横的方面说，它不分主宾正侧，不能抓住每时代的几个中心问题,更不能见出关于这些中心问题的思想对于当时文艺创作和欣赏起了什么样的作用。第二,就纵的方面说,它不穷原委线索,没有指出每个重要的文艺思想如何起源,如何生展,如何转变,如何与其它思想交接离合。因为有这两大缺点,许多文学批评史都只是一些没有真知灼见的材料书。而且就材料而言,它们也是陈陈相因,不完不备,甚至断章取义,来附和作者的歪曲的见解。每部值得读的历史都是一个纵断面或横断面的解剖,都是一种凭作者理解的再造,想把历史的立体相和盘托出是不可能的,如果要这样办,结果必是囫囵吞枣,或是造垃圾堆。许多文学批评史就失败在这种和盘托出的企图上面。佩弦先生的《诗言志辨》之所以成为一个重要的贡献,也就因为它替文学批评史指点出一个正当的路径和一个有成效的方法。第一是他能从大处着眼。在中国和在其它各国一样,诗是最原始而普遍的文学体裁,重要的文艺思想都从诗论出发(在欧洲从古希腊一直到文艺复兴,主要的批评著作都是诗论),佩弦先生单提出诗来说,正是提纲挈领。再就诗论来说,每个民族都有几个中心观念——或则说基本问题——在历史过程中生展演变,这就成为所谓"传统"——或则说文艺批评者的传家衣钵。比如在欧洲,古希腊人形成一些中心的文艺观念,如"摹仿","整一","诗的真理",诗的功用在"教训"在"娱乐",抑在"健康"之类,二千余年来欧洲文艺批评家的思想就都抱着这几个中心问题打转。懂得了这些中心观念的来踪去向,其它的一切相关的问题自然迎刃而解。佩弦先生看清了这个道理,在中国诗论里抓住了四大中心观念来纵横解剖,理清脉络。这四大中心观念就是(一)诗言志,(二)比兴,(三)诗教,(四)正变。在表面上他虽似只弄清楚了这四大问题,在实际上他以大处落墨的办法画出全部中国文学批评史的轮廓。

诗的问题——也可以说一切文艺的问题——用浅显的话来说,就不外这四种:(一)它本身是什么?为何而作?(二)它是用什么方式作成的?如何而作?(三)它对于人生有什么效用?影响如何?(四)它与时代社会背景有什么关系?怎样演变?中国古圣先贤对于这四个基本问题早已有很确定的见解。就本质说,"诗言志",这就是说,心里有话要说,诗就把它说出来。就技巧说,诗的作法不外"比兴赋"三义,比是显譬,兴是用隐喻从旁引起,赋是直陈其事。就效用说,诗是教化的工具,它归本于"温柔敦厚",所以"先王以是经夫妇,成孝敬,厚人伦,美教化,移风俗"。最后,就关系说,诗是时代社会的反映,观诗不但可以知个人的心志,也可以知一国的政俗。时代盛衰造成诗的正变,所以周当至盛有"风雅正经",衰微之后乃有"变风变雅";正变随时,变是不得已的,"穷则变,变则通",知人论世,正不必拘于一成不变之定律。这是我个人对于这四个基本观念的了解,与佩弦先生的不必全同,不过佩弦先生抓住这四点来谈,确是独具卓见。就提出问题说,他是大处着眼;就处理问题说,他却是小处下手。他自己在序文里表明他的意旨说:

> 现在我们固然愿意有些人去试写中国文学批评史,但更愿意有许多人分头来搜集材料,寻出各个批评的意念如何发生,如何演变——寻出它们的史迹。这个得认真的仔细的考辨,一个字不放松,像汉学家考辨经史子书。这是从小处下手。

引文旁圈是我加的,这几句话足见本书的特色,也足见佩弦先生治学的方法和精神。他要用汉学家治学的——这就是说科学的方法和精神来治文学批评史。姑拿头一篇——《诗言志》——为例来说,他把"诗言志"这句话溯源到《尧典》,再引《左传》襄公二十七年"诗以言志"一句旁证,于是就许氏《说文》"诗志也,志发于言"的解说,谈到"志与诗原来是一个字"。这个字义确定了,他于是进一步从《左传》、《论语》、《檀弓》诸书讨探"志"字的意义,大体说来,"志"与"情""意"同义,就是"怀抱"。这整句话弄明白了,他于是从《诗经》搜求证据解释古人作诗的用意,发见这不外乎讽与颂——刺讥和赞美——大半与政教有关,由公卿列士"献"上去的。在"献诗陈志"时代,诗与乐还是合在一起的,书里引了好多证据。"献诗陈志"之后继以"赋诗言志"时代,邻国聘问,友朋宴享,赋诗是一个重要的礼节,虽断章取义,而尚未离乐。诗与乐离在春秋末年,儒家论诗已偏重诗的意义,孔子所谓"兴观群怨",孟子所谓"不以文害辞,不以辞害志,以意逆志",都只顾到意义,这可以说是"教诗明志"时期,当时"诗以读为主,以义为用,论诗的才渐渐意识到作诗人的存在"。战国以后,从荀卿起,便进入个别诗人"作诗言志"时期,"缘情"(源于陆机《文赋》"诗缘情而绮靡"句)的意念便逐渐抬头,有代替"言志"意念的趋势。"缘情"便不涉政教,至于"言志"诗的余波则演成六朝"因文明道"一个意念。这只是头一篇的轮廓,当然不能尽原文的意蕴,但是从此可知佩弦先生如何小心翼翼地搜罗证据,证明"诗言志"一个意念如何起来,如何由"献诗陈志",经过"赋诗言志"与"教诗明志",以至于"作诗言志",再由此由"言志"而演变为"缘情"与"明道"。这个"诗言志"的意念经过这一番汉学家的"认真的仔细的考辨",于是现出它的

"史迹"。其余三篇也是同样的方法,产生许多同样的新颖的见解,我在这里不敢再做复述原书那个劳而无功的工作。我只说我从原书中得到很多的启发。

我对于原书所陈的见解也还有一些疑义,主要的有两点:头一点是关于佩弦先生把"言志"与"缘情"对举,认为春秋战国以前,诗以讽颂为主,"缘情"的作用不著;到了汉魏六朝"作诗言志"时代,"缘情"才掩盖了"言志"。我认为古代所谓"志"与后代所谓"情"根本是一件事。"言志"也好,"缘情"也好,都是我们近代人所谓"表现"。《左传》昭二十五年子太叔语的孔颖达《正义》说"此六志《礼记》谓之六情,在己为情,情动为志,情志一也"。佩弦先生引用此语,并未加反对。其次,说《诗经》里诗篇多是讽颂,与政教有关,那是汉人的说法——毛序郑谱是代表——未见得可靠。依我们用常识看,国风多为歌谣,第一义正是言情,到后来聘享赋诗引用来暗射当时政教问题,已是断章取义。这就是说,讽颂已是歪曲义。较早的论诗语如孔子所说的"兴观群怨"也正由"情"字着眼。这"情"也实在就是"志"。

第二点是关于佩弦先生的比兴的解释。这观念起于毛公的《诗大序》:

诗有六义焉:一曰风,二曰赋,三曰比,四曰兴,五曰雅,六曰颂。

这六义中风雅颂指体裁,比兴赋指作法,钟嵘、刘勰都是如此看法,我认为大致不差。风雅颂三名较古,《诗经》原来就依此分题。比兴赋连举不见于汉以前的著作,只是汉儒诂经的用语。就毛传来看，我以为"比是显譬，兴是隐喻旁引，赋是直陈其事"的解释大体可靠。佩弦先生看到六义平列，以为它们都指乐声上的分别：

> 风赋比兴雅颂似乎原来都是乐歌的名称，合言六诗，正是以声为用。(81 页)

> 大概赋原来就是合唱。(82 页)

> 比原来大概也是乐歌名，是变旧调唱新辞。(83 页)

> 兴似乎也本是乐歌名，疑是合乐开始的新歌。(78 页)

这是一个很新颖的看法，但是可惜没有充分的证据。佩弦先生连用"大概""似乎"字样，足见他的谨慎处。

以上两点关系颇不小。不过我的疑义也许竟是一个不学无知者的疑义，安得起死人而问之？朋友死了，一切就归于沉寂，疑无从质，质之无从得回响，令人不能不为之怅然。

(原载 1948 年 8 月《周论》第 2 卷第 7 期)

王静安的《浣溪沙》

王静安先生在《人间词乙稿序》里数他自己的生平得意之作仅三四首，其第一首即《浣溪沙》，原词如下：

天末同云黯四垂，失行孤雁逆风飞，江湖寥落尔何归？
陌上挟丸公子笑，座中调醢丽人嬉，今宵欢宴胜平时。

他自己的评语是：

意境两忘，物我一体，高蹈乎八荒之表，而抗心乎千秋之间。

我从前初读这首词时，觉得作者自许不免过高，如论意境，也只有"失行孤雁"二句沉痛凄厉。去夏过武昌，和友人谭蜀青君谈到这首词，他也只赞赏前段，并且说后段才情不济，有些硬凑。后来我再稍加玩索，才觉悟谭君和我从前所见的都是大错。这首词本不甚难，但是略一粗心，差之毫厘，便谬以千里，从此可见读诗之难。

这首词容易被人误解，因为前后两段所描写的是两面相反的图画，两种相反的情感。它仿佛是两幕戏，前幕布景是风云惨黯，江湖寥落，角色是孤雁，剧情是"失行"和"逆风飞"，全幕空气极阴沉，情调也极凄惨。后幕布景由黯云荒野一变而为高堂华烛，角色是公子丽人，剧情是烹雁欢宴，全幕空气极浓丽，情调也极快活。这两幕戏中以前幕为较易了解，因为它完全是正写，它只有一种功用，就是把孤雁的凄凉身世写出来。后幕则完全是侧写，好比项庄舞剑，意在沛公，表面上虽是渲染公子丽人的欢乐，骨子里则仍反映孤雁的悲剧。这一点反映容易被粗心人忽略。但是它是全词的精彩所在，因为它，前段显得更凄惨，后段显得很深微曲折。此种写法类似莎士比亚在悲剧中穿插喜剧而实有不同。"悲喜杂剧"中的喜剧功用在暂时和缓高度的紧张，这首词则以欢宴收场，并非一种穿插，它的功用全在以乐境反衬悲境，好比画事以浓阴反衬强光一样。单论后段本身，它完全是一种乐境，但是因为摆在前段旁边，两两相形，它反而比较前段更深刻沉痛。如果没有感到"今宵欢宴胜平时"句的深刻沉痛，就完全失去这首词的妙处了。

友人废名君有一次来闲谈，提起六朝文学，他告诉我说："你别看六朝人的词藻那样富丽，他们的内心实有一种深刻的苦痛。"这句话使我非常心折。六朝人的词藻富丽，谁也知道，他们的内心苦痛，稍用心体察的人们也可以见出。废名君的灵心妙悟在把他们的词藻富丽和内心苦痛联在一起说，仿佛见出这两件事有因果关系。我当时没有问废名君，依他看，这种关系究竟如何。依我揣想，尼采对于古希腊人所说的"由形相得解脱"也许可以应用到六朝人。词藻富丽是他们拿来掩饰或回避内心苦痛的，他们愈掩饰，他们的苦痛更显得深沉。看六朝人的作品，首先要明白这一点，如果只看到词藻富丽，那就只看到空头架子了。写到这里，我想起况周颐在《蕙风词话》里批评纳兰容若的话：

寒酸语不可作。即愁苦之音，亦以华贵出之，饮水词之所以为重光后身也。

"愁苦之音，亦以华贵出之"是六朝人的妙处，是李后主和纳兰容若的妙处，也是这首词后段的妙处。前段不如后段，因为它仍不免直率，仍不免是"寒酸语"。

(原载 1936 年 2 月 14 日《武汉日报·现代文艺》第 51 期，收入《朱光潜全集》第 8 卷，安徽教育出版社 1993 年版)

谈 书 评

谈到究竟，文艺方面最重要的东西还是作品。一个人在文艺方面最重要的修养不是记得一些干枯的史实和空洞的理论，而是对于好作品能热烈地爱好，对于低劣作品能彻底地厌恶。能够教学生们懂得什么才是一首好诗或是一篇好小说，能够使他们培养成对于文学的兴趣和热情，那才是一位好的文学教师；能够使一般读者懂得什么才是一首好诗或是一篇好小说，能够使他们培养成对于文学的兴趣和热情，那才是一位好的批评家。真正的批评对象永远是作品，真正的好的批评家永远是书评家，真正的批评的成就永远是对于作品的兴趣和热情的养成。

书评家的职务是很卑恭的。他好比游览名胜风景的向导，引游人注意到一些有趣的林园泉石寨堡。不过这种比拟究竟有些不恰当。一个旅行向导对于他所指点的风景不一定是他自己发现出来的，尤其不一定自己感觉到它们有趣。他可以读一部旅行指南，记好一套刻板的解释，遇到有钱的顾主就把话匣子打开，把放过几千次的唱片再放一遍。书评家的职务却没有这么简单。他没有理由向旁人说话，除非他所指点的是他自己的发现而且是他自己的爱或憎的对象。书评艺术不发达即由于此。在事实上，一个人如果不以书评为职业，就很难有工夫去天天写书评；而书评却不如旅行向导可以成为一种职业，书评所需要的公平，自由，新鲜，超脱诸美德都是与职业不相容的。

常见的书评不外两种，一种是宣传，一种是反宣传。所谓

"宣传"者有书店稿费或私人交谊做背景，作品本身价值是第二层事，头一层要推广它的销路，在这种书籍的生存战争中，它不能不有人替它"吹"一下。所谓"反宣传"者有仇恨妒忌种种心理做背景，甲与乙如不同派，凡甲有所作，乙必须闭着眼睛乱骂一顿，以为不把对方打倒，自己就不易抬头"称霸"。书评失去它的信用，就因为有这两种不肖之徒如劣马害群。书评变成贩夫叫卖或是泼妇闹街，这不但是书评末运，也是文艺的末运。

  书是读不尽的，自然也评不尽。一个批评家应该是一个探险家，为着发现肥沃的新陆，不惜备尝艰辛险阻，穿过一些荒原沙漠冰海；为着发现好书，他不能不读数量超过好书千百倍的坏书。每个人都应该读些坏书，不然，他不能真正地懂得好书的好处。不过在每个时代，每个国家里坏书都"俯拾即是"，用不着一个专门家去把它指点出来。与其浪耗精力去攻击一千部坏书，不如多介绍一部好书。没有看见过小山的人固然不知道大山的伟大；但是你如果引人看过喜马拉雅山，他决不会再相信泰山是天下最高峰。好书有被埋没的可能，而坏书却无永远存在之理，把好书指点出来，读者自然能见出坏书的坏。

  攻击唾骂在批评上固然有它的破坏的功用，它究竟是容易流于意气之争，酿成创作与批评中不应有的仇恨，给读者一场空热闹，而且一个作品的最有意义的批评往往不是一篇说是说非的论文，而是题材相仿佛的另一个作品。如果你不满意一部书或是一篇文章，且别费气力去唾骂它，自己去写一部比它较好的作品出来，至少，指点出一部比它较好的作品出来！一部书在没有比它再好的书出来以前，尽管是不圆满，仍旧有它的功用，有它的生存权。

批评的态度要公平，这是老生常谈，不过也容易引起误解。一个人只能在他的学识修养范围之内说公平话。对于甲是公平话，对于乙往往是偏见。孔夫子只见过泰山，便说"登泰山而小天下"，不能算是不公平，至少是就他的学识范围而言。凡是有意义的话都应该是诚实的话，凡是诚实话都是站在说话者自己特殊立场扪心自问所说的话。人人都说荷马或莎士比亚伟大而我们扪心自问，并不能见出他们的伟大。我跟人说他们伟大么？这是一般人所谓"公平"。我说我并不觉得他们伟大么？这是我个人学识修养范围之内的"公平"，而一般人所谓"偏见"。批评家所要的"公平"究竟是哪一种呢？"司法式"批评家说是前一种，印象派批评家说是后一种。前一派人永远是朝"稳路"走，可是也永远是自封在旧窠臼里，很难发见打破传统的新作品。后一派人永远是流露"偏见"，可是也永远是说良心话，永远能宽容别人和我自己异趣。这两条路都任人随便走，而我觉得最有趣的是第二条路，虽然我知道它不是一条"稳路"。

法朗士说得好："每个人都摆脱不开他自己，这是我们最大的厄运。"这种厄运是不可免的，所以一般人所嚷的"客观的标准"，"普遍的价值"等等终不免是欺人之谈。你提笔来写一篇书评时，你的唯一的理由是你对于那部书有你的特殊的见解。这种见解只要是由你心坎里流露出来的，只要是诚实，虽然是偏，甚至于是离奇，对于作者与读者总是新鲜有趣的。书评是一种艺术，像一切其它艺术一样，它的作者不但有权力，而且有义务，把自己摆进里面去；它应该是主观的；这就是说，它应该有独到见解。叶公超先生在本刊所发表的《论书评》一文里仿佛说过，书评是读者与作者的见解和趣味的较量。这是一句有见地的话。见解和趣味有不同，才有较量的可能，而这种较量才有意义，有价值。

天赋不同，修养不同，文艺的趣味也因而不同。心理学家所研究的"个别的差异"是创作家批评家和读者所应该同样地认清而牢记的。文艺界有许多无谓的论战和顽固的成见都起于根本不了解人性中有所谓"个别的差异"。我自己这样感觉，旁人如果不是这样感觉，那就是他们荒谬，活该打倒！这是许多固执成见者的逻辑。如果要建立书评艺术，这种逻辑必须放弃。

欣赏一首诗就是再造一首诗；欣赏一部书，如果那部书有文艺的价值，也应该是在心里再造一部书。一篇好的书评也理应是这种"再造"的结果。我特别着重这一点，因为它有关于书评的接受。无论是作者或是读者，对于一篇有价值的书评都只能当作一篇诚实的主观的印象记看待，容许它有个性，有特见，甚至于有偏见。一个书评家如果想把自己的话当作"权威"去压服别人，去范围别人的趣味；一个读者如果把一篇书评当作"权威"恭顺地任它范围自己的趣味；或是一个创作家如果希望别人对于自己的著作的见解一定和自己的意见相同；那末，他们都是一丘之貉，都应该冠上一个公同的形容词——愚蠢！

如果莎士比亚再活在世间，如果他肯费工夫把所有讨论、解释和批评他的作品文章仔细读一遍，他一定会惊讶失笑，发见许多读者比他自己聪明，能在他的作品中发见许多他自己所梦想不到的哲学，艺术技巧的意识以及许多美点和丑点。但是他也一定会觉得这些文章有趣，一律地加以大度宽容。懂得这个道理，我们就应该明了：刘西渭先生有权力用他的特殊的看法去看《鱼目集》，刘西渭先生没有了解他的心事；而我们一般读者哩，尽管各人都自信能了解《鱼目集》,爱好它或是嫌恶它,但是终于是第二个以至于第几个的刘西渭先生,彼此各不相谋。世界有这许多纷歧差异,所以它无限,所以它有趣;每篇书评和每部文艺作品一样,都是这"无限"的某一片面的摄影。

(原载 1936 年 8 月 2 日天津《大公报·文艺》"书评特刊"第 190 期)

谈读诗与趣味的培养

据我的教书经验来说，一般青年都欢喜听故事而不欢喜读诗。记得从前在中学里教英文，讲一篇小说时常有别班的学生来旁听；但是遇着讲诗时，旁听者总是瞟着机会逃出去。就出版界的消息看，诗是一种滞销货。一部大致不差的小说就可以卖钱，印出来之后一年中可以再版三版。但是一部诗集尽管很好，要印行时须得诗人自己掏腰包作印刷费，过了多少年之后，藏书家如果要买它的第一版，也用不着费高价。

从此一点，我们可以看出现在一般青年对于文学的趣味还是很低。在欧洲各国，小说固然也比诗畅销，但是没有在中国的这样大的悬殊，并且有时诗的畅销更甚于小说。据去年的统计，法国最畅销的书是波德莱尔的《病之花》。这是一部诗，而且并不是容易懂的诗。

一个人不欢喜诗，何以文学趣味就低下呢？因为一切纯文学都要有诗的特质。一部好小说或是一部好戏剧都要当作一首诗看。诗比别类文学较谨严，较纯粹，较精致。如果对于诗没有兴趣，对于小说戏剧散文等等的佳妙处也终不免有些隔膜。不爱好诗而爱好小说戏剧的人们大半在小说和戏剧中只能见到最粗浅的一部分，就是故事。所以他们看小说和戏剧，不问它们的艺术技巧，只求它们里面有趣的故事。他们最爱读的小说不是描写内心生活或者社会真相的作品，而是《福尔摩斯侦探案》之类的东西。爱好故事本来不是一件坏事，但是如果要真能欣赏文学，我们一定要超过原始的童稚的好奇心，要超过对于《福尔摩斯侦探案》的爱好，去求艺术家对于人生的深刻的观照以及他们传达这种观照的技巧。第一流小说家不尽是会讲故事的人，第一流小说中故事大半只像枯树搭成的花架，用处只在撑扶住一园锦绣灿烂生气蓬勃的葛藤花卉。这些故事以外的东西就是小说中的诗。读小说只见到故事而没有见到它的诗，就像看到花架而忘记架上的花。要养成纯正的文学趣味，我们最好从读诗入手。能欣赏诗，自然能欣赏小说戏剧及其他种类文学。

如果只就故事说，陈鸿的《长恨歌传》未必不如白居易的《长恨歌》或洪昇的《长生殿》，元稹的《会真记》未必不如王实甫的《西厢记》，兰姆(Lamb)的《莎士比亚故事集》未必不如莎士比亚的剧本。但是就文学价值说，《长恨歌》、《西厢记》和莎士比亚的剧本都远非它们所根据的或脱胎的散文故事所可比拟。我们读诗，须在《长恨歌》、《西厢记》和莎士比亚的剧本之中寻出《长恨歌传》、《会真记》和《莎士比亚故事集》之中所寻不出来的东西。举一个很简单的例来说，比如贾岛的《寻隐者不遇》：

松下问童子，言师采药去。只在此山中，云深不知处。

或是崔颢的《长干行》：

君家何处住？妾住在横塘。停舟暂借问，或恐是同乡。

里面也都有故事，但是这两段故事多么简单平凡？两首诗之所以为诗，并不在这两个故事，而在故事后面的情趣，以及抓住这种简朴而隽永的情趣，用一种恰如其分的简朴而隽永的语言表现出来的艺术本领。这两段故事你和我都会说，这两首诗却非你和我所做得出，虽然从表面看起来，它们是那么容易。读诗就要从此种看来虽似容易而实在不容易做出的地方下功夫，就要学会了解此种地方的佳妙。对于这种佳妙的了解和爱好就是所谓"趣味"。

各人的天资不同，有些人生来对于诗就感觉到趣味，有些人生来对于诗就丝毫不感觉到趣味，也有些人只对于某一种诗才感觉到趣味。但是趣味是可以培养的。真正的文学教育不在读过多少书和知道一些文学上的理论和史实，而在培养出纯正的趣味。这件事实在不很容易。培养趣味好比开疆辟土，须逐渐把本非我所有的变为我所有的。记得我第一次读外国诗，所读的是《古舟子咏》，简直不明白那位老船夫因射杀海鸟而受天谴的故事有什么好处，现在回想起来，这种蒙昧真是可笑，但是在当时我实在不觉到这诗有趣味。后来明白作者在意象音调和奇思幻想上所做的功夫，才觉得这真是一首可爱的杰作。这一点觉悟对于我便是一层进益，而我对于这首诗所觉到的趣味也就是我所征服的新领土。我学西方诗是从十九世纪浪漫派诗人入手，从前只觉得这派诗有趣味，讨厌前一个时期的假古典派的作品，不了解法国象征派和现代英国的诗；因为这些诗都和浪漫派诗不同。后来我多读一些象征派诗和现代英国诗，对它们逐渐感到趣味，又觉得我从前所爱好的浪漫派诗有好些毛病，对于它们的爱好不免淡薄了许多。我又回头看看假古典派的作品，逐渐明白作者的环境立场和用意，觉得它们也有不可抹煞处，对于它们的嫌恶也不免减少了许多。在这种变迁中我又征服了许多新领土，对于已得的领土也比从前认识较清楚。对于中国诗我也经过了同样的变迁。最初我由爱好唐诗而看轻宋诗，后来我又由爱好魏晋诗而看轻唐诗。现在觉得各朝诗都各有特点，我们不能以衡量魏晋诗的标准去衡量唐诗和宋诗。它们代表几种不同的趣味，我们不必强其同。

对于某一种诗，从不能欣赏到能欣赏，是一种新收获；从偏嗜到和他种诗参观互较而重新加以公平的估价，是对于已征服的领土筑了一层更坚固的壁垒。学文学的人们的最坏的脾气是坐井观天，依傍一家门户，对于口胃不合的作品一概藐视。这种人不但是近视，在趣味方面不能有进展；就连他们自己所偏嗜的也很难真正地了解欣赏，因为他们缺乏比较资料和真确观照所应有的透视距离。文艺上的纯正的趣味必定是广博的趣味；不能同时欣赏许多派别诗的佳妙，就不能充分地真确地欣赏任何一派诗的佳妙。趣味很少生来就广博，好比开疆辟土，要不厌弃荒原瘠壤，一分一寸地逐渐向外伸张。

趣味是对于生命的彻悟和留恋，生命时时刻刻都在进展和创化，趣味也就要时时刻刻在进展和创化。水停蓄不流便腐化，趣味也是如此。从前私塾冬烘学究以为天下之美尽在八股文、试帖诗、《古文观止》和《了凡纲鉴》。他们对于这些乌烟瘴气何尝不津津有味？这算是文学的趣味么？习惯的势力之大往往不是我们能想象的。我们每个人多少都有几分冬烘学究气，都把自己围在习惯所画成的狭小圈套中，对于这个圈套以外的世界都视而不见，听而不闻。沉溺于风花雪月者以为只有风花雪月中才有诗，沉溺于爱情者以为只有爱情中才有诗，沉溺于阶级意识者以为只有阶级意识中才有诗。风花雪月本来都是好东西，可是这四个字联在一起，引起多么俗滥的联想！联想到许多吟风弄月的滥调，多么令人作呕！"神圣的爱情"，"伟大的阶级意识"之类大概也有一天要归于风花雪月之列吧？这些东西本来是佳丽，是神圣，是伟大，一旦变成冬烘学究所赞叹的对象，就不免成了八股文和试帖诗。道理是很简单的。艺术和欣赏艺术的趣味都必须有创造性，都必时时刻刻在开发新境界，如果让你的趣味囿在一个狭小圈套里，它无机会可创造开发，自然会僵死，会腐化。一种艺术变成僵死腐化的趣味的寄生之所，它怎能有进展开发？怎能不随之僵死腐化？

艺术和欣赏艺术的趣味都与滥调是死对头。但是每件东西都容易变成滥调，因为每件东西和你熟悉之后，都容易在你的心理上养成习惯反应。像一切其他艺术一样，诗要说的话都必定是新鲜的。但是世间哪里有许多新鲜话可说？有些人因此替诗危惧，以为关于风花雪月，爱情，阶级意识等等的话或都已被人说完，或将有被人说完的一日，那一日恐怕就是诗的末日了。抱这种顾虑的人们根本没有了解诗究竟是什么一回事。诗的疆土是开发不尽的，因为宇宙生命时时刻刻在变动进展中，这种变动进展的过程中每一时每一境都是个别的，新鲜的，有趣的。所谓"诗"并无深文奥义，它只是在人生世相中见出某一点特别新鲜有趣而把它描绘出来。这句话中"见"字最吃紧。特别新鲜有趣的东西本来在那里，我们不容易"见"着，因为我们的习惯蒙蔽住我们的眼睛。我们如果沉溺于风花雪月，也就见不着阶级意识中的诗；我们如果沉溺于油盐柴米，也就见不着风花雪月中的诗。谁没有看见过在田里收获的农夫农妇？但是谁——除非是米勒（Millet）、陶渊明、华兹华斯（Wordsworth）——在这中间见着新鲜有趣的诗？诗人的本领就在见出常人之所不能见，读诗的用处也就在随着诗人所指点的方向，见出我们所不能见，这就是说，觉得我们所素认为平凡的实在新鲜有趣。我们本来不觉得乡村生活中有诗，从读过陶渊明、华兹华斯诸人的作品之后，便觉得它有诗；我们本来不觉得城市生活和工商业文化之中有诗，从读过美国近代小说和俄国现代诗之后，便觉得它也有诗。莎士比亚教我们会在罪孽灾祸中见出庄严伟大，伦勃朗（Rembrandt）和罗丹（Rodin）教我们会在丑陋中见出新奇。诗人和艺术家的眼睛是点铁成金的眼睛。生命生生不息，他们的发现也生生不息。如果生命有末日，诗总会有末日。到了生命的末日，我们自无容顾虑到诗是否还存在。但是有生命而无诗的人虽未到诗的末日，实在是早已到生命的末日了，那真是一件最可悲哀的事。"哀莫大于心死"，所谓"心死"就是对于人生世相失去解悟和留恋，就是对于诗无兴趣。读诗的功用不仅在消愁遣闷，不仅是替有闲阶级添一件奢侈；它在使人到处都可以觉到人生世相新鲜有趣，到处可以吸收维持生命和推展生命的活力。

诗是培养趣味的最好的媒介，能欣赏诗的人们不但对于其他种种文学可有真确的了解，而且也决不会觉得人生是一件干枯的东西。

（选自《孟实文钞》，良友图书公司1936年版）

谈中西爱情诗

各国诗都集中几种普通的题材，其中最重要的是人伦。西方关于人伦的诗大半以恋爱为中心。中国诗言爱情的当然也很多，但是没有让爱情把其它人伦抹煞。朋友的交情和君臣恩谊在西方诗中几无位置，而在中国诗中则为最常见的母题。把屈原杜甫一批大诗人的忠君爱国忧民的部分剔开，他们的精华便已剥丧大半，他们便不成其为伟大。友朋交谊在中国诗中尤其重要，赠答酬唱之作在许多诗集中占其大半。苏李，建安七子，李杜，韩孟，苏黄，纳兰成德与顾贞观诸人的交谊古今传为美谈，他们的来往唱和的诗有很多的杰作。在西方诗人中像歌德和席勒，华兹华斯与柯尔律治，雪莱与济慈，魏尔兰与兰波诸人虽以交谊著，而他们的集中叙朋友乐趣的诗却不常见。这有几层原因：

一、西方社会表面上虽是国家为基础，骨子里却偏向个人主义。爱情在生命中最关痛痒，所以尽量发展，以至掩盖其它人与人的关系，说尽一个诗人的恋爱史，差不多就已说尽他的生命史，在浪漫时代尤其如此。中国社会表面上虽以家庭为中心，骨子里却侧重替国家服务（"做官"）。文人往往费大半生光阴于仕宦羁旅，"老妻寄异县"是常事。他们朝夕接触的往往不是妇女而是同僚与文字友。儒家的礼教在男女之间筑了一道很严密的防线（"阃"），当然也有很大的关系。在西方，这种防线未尝不存在，却没有那么严密。

二、西方受骑士风的影响，尊敬女子是荣耀的事，女子的地位较高，教育也较完善，在学问兴趣上往往可与男子欣合，在中国得之于朋友的乐趣，在西方可以得之于妇人女子。中国受儒家的影响，乾上坤下是天经地义，而且女子被看成与"小人"一样"难养"，"近之则不逊，远之则怨"，实际上也往往确是如此，所以男子对于女子常看作一种不得不有的灾孽。她的最大的任务是传嗣，其次是当家，恩爱只是一种伦理上的义务，志同道合是稀奇的事。中国人生理想向来侧重事功，"随着四婆裙"在读书人看是耻事。

三、东西恋爱观相差也甚远。西方人认为恋爱本身是一种价值，甚至以为"恋爱至上"，恋爱有一套宗教背景，还有一套哲学理论，最纯洁的是灵魂的契合，拿生育的要求来解释恋爱是比较近代的事。中国人一向重视婚姻而轻视恋爱，真正的恋爱往往见诸"桑间濮上"，潦倒无聊者才寄情于声色，像隋炀帝、李后主几个风流天子都为世诟病，文人有恋爱行为的也往往以"轻薄"、"失检"见讥。在西方诗人中恋爱是实现人生的，与宗教文艺有同等功用；在中国诗人中恋爱是消遣人生的，妇人等于醇酒鸦片烟。

这并非说，中国诗人不能深于情，不过表现的方式不同。西方爱情诗大半作于婚媾之前，所以称赞美貌，申诉爱慕者特多；中国爱情诗大半作于婚媾之后，所以最好的往往是惜别，怀念，和悼亡。西诗最善于"慕"，但丁的《新生》，彼特拉克和莎士比亚的商籁，雪莱的短歌之类都是"慕"的胜境。中国诗最善于"怨"，《卷耳》，《柏舟》，《迢迢牵牛星》，曹丕的《燕歌行》，梁元帝的《荡妇秋思赋》，李白的《怨情》，《春思》之类都是"怨"的胜境。中国诗亦有能"慕"者，陶渊明的《闲情赋》是著例；但是末流之弊，"慕"每流于"荡"，如《西厢》的"惊艳"和"酬韵"。西方诗亦有能"怨"者，罗塞蒂的短诗和拉马丁的《湖》，《秋》，《谷》

诸作是著例；但是末流之弊，"怨"每流手"怒"，如拜伦的《当我们分手时》和缪塞的《十月之夜》。"乐而不淫，哀而不伤"，所以是诗的一个很高的理想。

中西情诗词意往往有暗合处。赫芮克的《劝少女》绝似杜秋娘的《金缕曲》，丁尼生的《磨坊女》绝似陶渊明的《闲情赋》中"愿在衣而为领"一段。但是通盘计算，中西诗风味大有悬殊。如果要作公允的比较，我们须多举原作，非二三短例所可济事，而且诗不能译，西诗译尤难。我们在这里只略说个人的印象。大体说来，西诗以直率胜，中诗以委婉胜；西诗以深刻胜，中诗以微妙胜；西诗以铺张胜，中诗以简隽胜。在西方情诗中，我们很难寻出"却下水精帘，玲珑望秋月"，"过尽千帆皆不是，斜晖脉脉水悠悠"，"春衫犹是小蛮针线，曾湿西湖雨"诸句的境界；在中国情诗中，我们也很难寻出莎士比亚的《当我拿你比夏天》，雪莱的《印度晚曲》，布朗宁的《荒墟中的爱》和波德莱尔的《招游》诸诗的境界。

通则都有特例。中诗虽较西诗委婉，但也有很直率的。大约国风、乐府中出自民间的情诗多自然流露。唐五代小令胎息于教坊歌曲，言情也往往以直率见深至。像"子不我思，岂无他人"，"愿为西北风，长逝入君怀"，"碧玉破瓜时，郎为情颠倒；感郎不羞郎，回身就郎抱"，"陌上谁家年少，足风流，妾拟将身嫁与，一生休；纵被无情弃，不能羞"，"须作一生拼，尽君今日欢"，"奴为出来难，任侬恣意怜"之类如在欧洲情诗中出现，便难免贻讥大方，而在中诗中却不失其为美妙。西方受耶稣教的影响，言情诗对于肉的方面有一种"特怖"，所以尽情吐露有一个分寸，过了那个分寸便落到低级趣味。

肉的"特怖"令西方诗人讳言男女燕婉之私，但是西方人的肉的情欲是极强旺的，压抑势所不能，于是设法遮盖掩饰，许多爱情都因为要避免宗教道德意识的裁制，借化装来表现。弗洛伊德派心理学家曾经举过许多实例。但在中国，情形适得其反。不但与宗教道德意识相冲突的爱情可以赤裸裸地陈露，而且有许多本与男女无关的事情反而要托男女爱情的化装而出现。《诗经》中许多情诗据说是隐射国事的，屈原也常以男女关系隐寓君臣遇合。像朱庆余的"妆罢低声问夫婿，画眉深浅入时无?"那一首诗表面上全是叙新婚之乐，实际却与新婚毫无关系。我们倒很希望弗洛伊德派心理学家对此种事例下一转语。

（原载 1948 年 8 月 8 日《华北日报》）

读《论骂人文章》

《论语》第 102 期有知堂先生的一篇《论骂人文章》，写得极痛快淋漓。他的大意可以从几个警句中看出：

> 骂人的文章可以分两大类，一是为官的，一是为私的。为私的一类……骂法有人称作爬梯子，或曰借头。其办法甚简单，只要挑选社会稍有声名的一二人，狗血喷头的痛骂一番，骂得对不对完全不成问题，只要使人家知道某人这样的被我所骂了就好。……官骂本是自古有之，如历来传旨申饬即是。……统制思想之举在老头儿与其儿子还是同样的爱好，于是官骂事业照旧经营下去。……未开幕以前当然有些筹备，这且不谈，只看突然变动，四面总攻，其攻击不择手段，却有一定公式，这就可以认定是那个来了。……谁被指定挨这官骂的有祸了！他就得准备守、战，或是降，胜总是休想。……守即不理，即兵法上的坚壁清野，……此最省事，只须持久。战即是回骂。当回骂之初大约觉得很痛快的，自己喜得还有这样力气舞动大刀，而且每一刀都劈中敌阵的要害，却不知已中了道儿，犹如遇见鬼打墙，拳打足踢，气力用尽而墙终如故。……这类集团的官骂，古有骂工之骂，今有帮行之骂，都是很厉害的，单身独客，千万注意，沾染不得。

这篇文章出世在去年冬天，当时在下读过，不禁拍案叫绝，以为论骂人文章，到此至矣尽矣。但是自己没有小心记住知堂先生的警告，这几月来像有"被指定挨官骂"的趋势。"单身独客"没有"注意"到"帮行之骂"的"厉害"，殊属罪有应得。祸既临头，守呢？战呢？还是降呢？从理智说，我很能明白"坚壁清野"最省事。被骂还骂，对于骂者究竟还有相当敬意，至少是要默认他为敌手。倔强的沉默不仅是省事，而且也是一种最酷毒的报复。但是这一条路是在下所走不通的，因为人家对你"狗血喷头的痛骂"时而你仍兀然不动声色，冷着眼瞧着他现丑态，这需要在下所没有的幽默。至于战，这更不必谈。打笔墨官司，说得好听一点，不过是闲暇的比赛。骂人总可以找到罪状，还骂也总可以找到理由。胜负之分，只看谁有时间与气力能坚持到底，而在下既没有这种时间，又没有这种气力。无已，其出于降乎！

降既非战，又非守，既非还骂，又非不还骂；那究竟是怎样办呢？俗语有一句说，"向狗嘴巴里讨饶"。降者"讨饶"之谓也。既云"讨"则必有词。在下的讨饶词或"降表"是为此：

骂人者啊，无论你是为官的，为私的，我十分羡慕你，敬佩你，你有那么多的时间和精力。你的目的是很高尚的，英勇的，你需要战胜，征服，显得自己比人高明。你敢于上战场，好汉！你聪明，你不把你的战斗本能发泄在枪林弹雨中，那不免是要丢脑袋的玩艺儿，所以你只摇笔杆子喊"打倒"、"铲除"；实在有势力的人你不骂，就是骂也是隐姓匿名，含沙射影，你择定的挨骂者是你的同行的冤家，也只有笔杆子可以抵抗你的。他不抵抗，你自然是胜利；他抵抗，也不过是笔头回敬，你的大名也落得再显露一回，仍是荣耀。你的骂的方法也非常巧妙，狗是趁肥处咬，你却戴着放大镜找疮疤，找到了，死劲地刺它一针，所谓"断章取义"，"深文周纳"，"吹毛求疵"，都是你的惯技。为着要罪状显得凶恶一点，你不怕造一点谣言，找一点似是而非的根据，甚至于被骂者本来是有根据凭证的话，你可以闭着眼睛骂他错误荒谬。比如说，人家说："《最后的晚餐》是用油彩画的"，话本是对的，你可以说"那是一种粉画的，那时根本就没有油画！"你不必有根据，只要你把话说得斩截一点，面上摆出一点自己有确凭确据的神气，那末，错处就显得在人家而不在你了。

　　骂人者啊，我赞扬你许多话，你看我对你多么心悦诚服，你该饶了我吧？如果还不够，让我向你说一点迂腐的话。人人都觉得自己是对的，都看不见自己的错误，老天生人，生来就让他的眼睛只朝外看。你看旁人荒谬，旁人就难免看你荒谬，是非公道自在人心，有理说理，用不着骂，理是愈平心静气地讨论愈明白的，愈逗气氛乱骂愈糊涂的。再说要打倒旁人让你自己爬起来的话，你也得拿点真货色出来，骂只能浪费你的精力。你在骂时心里不免有几分醋意，要把你的心肝宣揭出来，那就不免令人"掩鼻"。自爱自尊之道甚多，骂不一定是"抬头"的捷径。

　　骂人者啊，你无论如何，总得要开恩大赦，爱惜你的时间和精力啊！有如在下，胜之不武，何必呢？在下诚惶诚恐，谨奉表以闻。

　　　　　　　　　　　　（原载1937年5月11日北平《晨报·风雨谈》）

目送归鸿，手挥五弦

嵇康送他的堂兄从军诗里这两句向我们透露了一些关于诗的消息。

"目送归鸿"和"手挥五弦"是两件事，似不相干，但其中却有微妙的联系。归鸿翱翔太空的形象和意趣会转化成弦上音，也会表达出作者的"俯仰自得，游心太玄"那种旷达高远的胸襟和情致。所以"到处留心皆学问"这句格言对诗人和艺术家有特别深刻的意义。孔子谈修养，引古诗"鸢飞戾天，鱼跃于渊"两句，作了一句说明："言其上下察也"（见《中庸》），"上下察"才可扩大眼界，开拓胸襟，到做诗时也才可因景生情，触类旁通。

诗和一般艺术都可以说是触类旁通的工夫。传说王羲之看鹅掌拨水，悟出写字用笔的方法，张旭也是从看公孙大娘舞剑器，悟出写草书的诀窍。就诗来说，触类旁通还更重要。王羲之的《兰亭诗》里有两句说："群籁虽参差，适我无非新。"群籁之所以能"适我"，就是我的思想感情能触类旁通到群籁，发现自然界千变万化的事物和我有生生不息的契合。诗人的世界所以永远是新鲜的，诗的泉源所以是用之不竭的。

关于诗的创作方法，我国旧有赋比兴三体之说。其中只有赋是"直陈其事"，比与兴都是"附托外物"，所不同者"比显而兴隐"（据孔颖达的《毛诗·大序疏》）。所谓"附托外物"就是触类旁通，以近喻远或以远喻近，而不是"直陈其事"。兴比单纯的比又较微妙，所以随着诗歌在一个民族中的发展，诗艺日渐提高，兴也就日渐占优势。西方诗论从亚理斯多德以来，一直重视"隐喻"（metaphor）。"隐喻"就是我们所说的"兴"。西方十七八世纪开始盛谈想象与诗的密切关系，他们（例如洛克和休谟等）认为想象的特点就在于能在表面极不相似的事物之中发现类似，把在自然中原来是分开来的东西结合起来。用我们的话来说，这也就是触类旁通。人情和物理似很不类似，特别是人有生命而物有些是无生命的，但很不类似之中毕竟有些类似（例如辛词："我见青山多妩媚，青山见我应如是"），因此，人情和物理可以达到一种出人意料的契合，这就是说，人情可以触类旁通到物理。人情本是游离恍惚的，要通过具体形象才能凝定下来，表达出去，这具体形象就要取材于自然界事物。凡是情景交融的诗歌都属于"兴"或隐喻一类，也都是拿物理来使人情变为具体形象的。

诗当然也可以"直陈其事"，但是极难做好，特别是在抒情诗里"直"就易流于平板和一览无余。姑拿在我国传统诗歌中占比重很大的爱情诗为例。象"奈何许，天下人何限，慊慊只为汝！""须作一生拼，尽君今日欢"那样赤裸裸的直陈其事的好诗是不多见的。从《诗经》第一首《关雎》，经过唐诗宋词元曲，一直到现在民间恋歌，用比兴的居绝大多数。抽象的爱情是千篇一律的，联系到具体情境，附托到具体的景物，便显得千变万化，丰富多彩，各有各的独特的境界。这就是"群籁虽参差，适我无非新"。

诗有触类旁通的道理，所以言在此而意在彼，言有尽而意无穷，从有限可以见无限。诗的引人入胜处也就在此。

因此，用死办法很难把诗做好。所谓死办法就是写此人此物此事，眼睛就只看到此人此物此事，粘滞在迹象上，不让心眼儿多开一点窍，多放一些"心花"，自己不能触类旁通，也不替读者多留一点触类旁通的余地,始终纠缠在"有限"里,见不出"无限"。这里可以趁便谈一谈我国过去诗论家用不同名词("意境","兴趣","妙悟","神韵","性灵","境界"等)所表现的同一个理想。

上文引的嵇康的那首诗里还有"嘉彼钓叟,得鱼忘筌"两句,这是用庄子的话。筌是捕鱼具,捕得鱼了,就可以不必粘滞在筌上。过去诗论家借用这个比喻,提出诗要"不落言筌",即所谓"不着一字,尽得风流"。做诗如何能"不着一字"?"不着一字"者是指不粘滞在此人此物此事上,"尽得风流"者此人此物此事毕竟如实写照出来。姑举大家都熟习的毛主席赠李淑一的《蝶恋花》为例来说明。这首词的此人此物此事是"杨柳二烈士牺牲之后许久,忠魂如果听到他们没有亲眼看到的革命胜利会感到的悲壮的情绪"。如用死办法做诗,这样直陈其事,就算完事大吉。毛主席却未曾在这上面着一字,而是用吴刚捧酒,嫦娥舒袖曼舞,伏虎的消息传到天上,忠魂的飞泪便成了人间的倾盆大雨那一种"游仙"境界的意象把它烘托出来,既虚无飘缈而又沉痛悲壮,所谓"如空中之音,相中之色,水中之月,镜中之象,言有尽而意无穷","尽得风流"。这就是"不落言筌",也就是严沧浪所说的"妙悟","妙悟"者由此悟彼,用彼显此,见出彼此之间若即若离,又似又不似那种微妙的联系。

言尽而意穷的不能算诗。执有尽之言而见不出无穷之意也不能算读诗。做诗和读诗都要既见出此人此物此事,又见出此人此物此事以外的广大天地,所谓"从有限见无限"。不同诗人在同一有限事物中所见到的无限不能尽同,不同读者在同一首诗中所见到的无限也不能尽同,仁者见仁,智者见智,深者见深,浅者见浅。读者不可能不把他个人的阅历和修养掺进到他的体会里去。所以除掉对史实、典故和字义的误解和曲解是在所不许之外，读者有触类旁通的权利。因此，一首真正可从有限见无限的诗就不可能有"只此一家"的解释。近来报刊上发表解释毛主席诗词的文章很多，看法分歧也很多，我想这是很合乎情理的事。

屈原的兰蕙杜若是抒写爱情还是发泄忠贞义愤？千载以下，谁做包龙图来判断这宗公案？我这长年坐在书房里六十五岁的老学究，读起《花间集》来也感到一种缠绵悱恻，读起稼轩词来也感到一种沉雄悲壮的气概，究竟我所感到的是我自己的情感还是作者的情感呢？我自己也很难判断这宗公案。我只知道这一点，诗人教会我们用他们的眼睛来看世界，来认识到有限中的无限，因而从自我的窄狭天地中解放出来，发现这世界永远是新鲜的，这生活是值得生活的。

(原载1962年7月《诗刊》第4期)

我在《春天》里所见到的

——鲍蒂切利杰作《春天》之欣赏

这幅画通常叫做《春天》，伯冉生(Berenson)在《佛罗伦萨画家论》里引作《爱神的国度》，似乎比较恰当些，画的趣味中心很显然地在爱神，从构图看，她不但站在中心，而且站的水平线也比旁人都高一层，旁人背后都是橘树，只有她背后是一座杂树丛生的土丘，土丘四围有一半圆形的空隙，好像是一道光圈围着她的头。因此，她的头部在全部光线的焦点；同时，因为土丘阴影的反衬，她的面部越显得光亮。在她头上飞着的库比德也容易把视线引到她的方向去。其次，就情感方面说，她是图中最严肃的一位。只有她一个人衣冠最整齐，最规矩；只有她一个人有孑然独立，与众不即不离的神情。她低着头，伸起右手，眼睛向着她自己的心里看，仿佛猛然听到一种玄奥的启示，举手表示惊奇，同时，告戒人肃静无哗，细心体会一下启示的意蕴。

就全图说，它表现一个游舞队，运动的方向她是由右而左。开路先锋是水星神，左手支腰，右手高举，指着空中一个让我们猜测的什么东西，视线很沉着地望着所指的方向。这一点不可捉摸的意蕴令我们想象到此外还有一个更高远的世界。意大利画家向来是斩钉断铁地明显，像这幅画的神秘色彩是不多见的。水星神之后接着就是"三美神"。就意象说，就画法说，她们都是很古典的。像她们的衣裳，她们整个地是透明的，轻盈的，幽闲的。手牵着手，面对着面，她们在爱神面前，像举行宗教仪式似的缓步舞蹈。库比德的箭就向她们瞄准。她们的心被射穿了没有呢？看她们的目光，看她们的面容，爱固然在那里，镇定幽闲固然在那里，但是闲愁幽怨似乎也在那里。女性美和爱的心情原来是富于矛盾性的，谁能够彻底地窥透此中消息呢？

从爱神前面移到爱神后面，我们仿佛从古典世界搬家到浪漫世界。在前面我们觉到仙境的超脱，在后面我们又回到人间的执著了。穿花衣的和几乎裸体的女子究竟谁象征春神，谁象征花神，学者的意见不一致。最后的男孩象征西风则几成定论。把穿花衣的看作春神似乎比较合理。花神被冷酷的西风两手揪住，一方面回头向残暴者瞪着惊慌的眼求饶，一方面用双手揪住春神求卫护。这是一场剧烈的挣扎。线条的运动，颜面的表情，服装的颜色都表现出一种狂放不可节制的生气在那里动荡。不说别的，连这右角的树干也是挛屈的，不像左边的树那样鸦风鹊静地挺立着。这里我们觉到很浓厚的浪漫风味，和右边的静穆的古典风味成一个很鲜明的反称。

这幅画向来被看作"寓言"。它的寓意究竟是什么呢？老实说，我想来想去，不能把全图的九个似相关似不相关的人物联串成一个整体。我有两个疑点：第一，我不明瞭爱神前面的水星神和三美神在图中有何意义；第二，我怀疑春神和花神近于重复。我看到这幅画就联想到画在 Campo Santo 壁上的另一幅意大利画。那幅画是"死的胜利"，这幅画不可以叫做"生的胜利"么？天神的信使——水星神——领导生命的最珍贵的美，春，爱向无终的大路上迈步前进，虽然生命的仇敌——西风——在后面追捕，他们仍旧是勇往直前。这是不是这幅画的寓意呢？

把寓意丢开，专从画本身说，一切都是很容易了解的。爱神是中心，左右人物各形成一组。如果春神组是主体，三美神组在构图上是必有的陪衬，春神和花神在意义上或近于重复，在构图上却似缺一不可，一则浓装与半裸成反衬，一则右边多一形体，和左边相对称，不至嫌轻重悬殊。依我想，鲍蒂切利不是一个文人画家，构图的匀称和谐，在他的心中也许比各部意义的贯串还更为重要。我们看这幅画似乎也应着重它在第一眼所显现出来的运动的节奏和构造的和谐。意义固然也很重要，但是要放在第二层。我所见到的偏重意义和情调方面，因为我既然要忠实地写自己的感想，就不应该勉强把我素来以看诗法去看画的心习丢开。我对于这幅画所特别爱好的是那一幅内热而外冷，内狂放而外收敛的风味。在生气蓬勃的春天，在欢欣鼓舞的随着生命的狂澜动荡中，仍能保持几分沉思默玩的冷静，在人生，在艺术，这都是一个极大的成就。

(原载 1936 年 4 月 4 日天津《大公报·艺术周刊》第 77 期)

丰子恺先生的人品与画品

——为嘉定丰子恺画展作

在当代画家中，我认识丰子恺先生最早，也最清楚。说起来已是二十年前的事了。那时候他和我都在上虞白马湖春晖中学教书。他在湖边盖了一座极简单而亦极整洁的平屋。同事夏丏尊朱佩弦刘薰宇诸人和我都和子恺是吃酒谈天的朋友，常在一块聚会。我们吃酒如吃茶，慢斟细酌，不慌不闹，各人到量尽为止，止则谈的谈，笑的笑，静听的静听。酒后见真情，诸人各有胜概，我最喜欢子恺那一副面红耳热，雍容恬静，一团和气的风度。后来我们都离开白马湖，在上海同办立达学园。大家挤住在一条僻窄而又不大干净的小巷里。学校初办，我们奔走筹备，都显得很忙碌，子恺仍是那副雍容恬静的样子，而事情却不比旁人做得少。虽然由山林搬到城市，生活比较紧张而窘迫，我们还保持着嚼豆腐干花生米吃酒的习惯。我们大半都爱好文艺，可是很少拿它来在嘴上谈。酒后有时子恺高兴起来了，就抯一张纸作几笔漫画，画后自己木刻，画和刻都在片时中完成，我们传看，心中各自欢喜，也不多加评语。有时我们中间有人写成一篇文章，也是如此。这样地我们在友谊中领取乐趣，在文艺中领取乐趣。

当时的朋友中浙江人居多，那一批浙江朋友们都有一股清气，即日常生活也别有一般趣味，却不像普通文人风雅相高。子恺于"清"字之外又加上一个"和"字。他的儿女环坐一室，时有憨态，他见着居然微笑；他自己画成一幅画，刻成一块木刻，拿着看看，欣然微笑；在人生世相中他偶然遇见一件有趣的事，他也还是欣然微笑。他老是那样浑然本色，无忧无嗔，无世故气，亦无矜持气。黄山谷尝称周茂叔"胸中洒落如光风霁月"，我的朋友中只有子恺庶几有这种气象。

当时一般朋友中有一个不常现身而人人都感到他的影响的——弘一法师。他是子恺的先生。在许多地方，子恺得益于这位老师的都很大。他的音乐图画文学书法的趣味，他的品格风采，都颇近于弘一。在我初认识他时，他就已随弘一信持佛法。不过他始终没有出家，他不忍离开他的家庭。他通常吃素，不过作客时怕给人家麻烦，也随人吃肉边菜。他的言动举止都自然圆融，毫无拘束勉强。我认为他是一个真正能了解佛家精神的。他的性情向来深挚，待人无论尊卑大小，一律蔼然可亲，也偶露侠义风味。弘一法师近来圆寂，他不远千里，亲自到嘉定来，请马蠲叟先生替他老师作传。即此一端，可以见他对于师友情谊的深厚。

我对于子恺的人品说这么多的话，因为要了解他的画品，必先了解他的人品。一个人须先是一个艺术家，才能创造真正的艺术。子恺从顶至踵是一个艺术家，他的胸襟，他的言动笑貌，全都是艺术的。他的作品有一点与时下一般画家不同的，就在他有至性深情的流露。子恺本来习过西画，在中国他最早作木刻，这两点对于他的作风都有显著的影响。但是这些只是浮面的形相，他的基本精神还是中国的，或者说，东方的。我知道他尝玩味前人诗词，但是我不尝看见他临摹中国旧画。他的底本大半是实际人生一片段，他看得准，察觉其中情趣，立时铺纸挥毫，一挥而就。他的题材变化极多，可是每一幅都有一点令人永久不忘的东西。我二十年前看过他的一些画稿——例如"指冷玉笙寒"，"月上柳梢头"，"花生米不满足"、"病车"之类，到于今脑里还有很清晰的印象，而我素来是一个健忘的人。他的画里有诗意，有谐趣，有悲天悯人的意味；它有时使你悠然物外，有时使你置身市尘，也有时使你啼笑皆非，肃然起敬。他的人物装饰都是现代的，没有模拟古画仅得其形似的呆板气；可是他的境界与粗劣的现实始终维持着适当的距离。他的画极家常，造境着笔都不求奇特古怪，却于平实中寓深永之致。他的画就像他的人。

  书画在中国本有同源之说。子恺在书法上曾经下过很久的工夫。他近来告诉我，他在习章草，每遇在画方面长进停滞时，他便写字，写了一些时候之后，再丢开来作画，发见画就有长进。讲书法的人都知道笔力须经过一番艰苦的训练才能沉着稳重，墨才能入纸，字挂起来看时才显得生动而坚实，虽像是龙飞凤舞，却仍能站得稳。画也是如此。时下一般画家的毛病就在墨不入纸，画挂起来看时，好像是飘浮在纸上，没有生根；他们自以为超逸空灵，其实是画家所谓"败笔"，像患虚症的人的浮脉，是生命力微弱的征候。我们常感觉近代画的意味太薄，这也是一个原因。子恺的画却没有这种毛病。他用笔尽管疾如飘风，而笔笔稳重沉着，像箭头钉入坚石似的。在这方面，我想他得力于他的性格，他的木刻训练和他在书法上所下的功夫。

（原载 1943 年 8 月《中学生》杂志第 66 期）